老飞

刘迪 著

上海文艺出版社

谨以此书向献身祖国蓝天的老飞们致敬

1

那天的日出有些特别，像凌霄花的颜色，他在那些耀眼的金光中看到了生命的渴望，一种关乎飞翔的渴望。他的时光在仰头望苍穹、低头看山河的飞行中风驰电掣，他的渴望不但没有衰减，反而愈加澎湃浩荡。岁月将他的渴望像基因一样植入了血脉，继而传给了他的子孙。直到晚年，方天楚都没忘记那天日出的颜色并深情地沉醉其中。

1951年，春节前四天。

北方某二线机场，清晨，万缕金丝，给静卧在跑道上的飞机镀上了一圈金边。

官兵们列队进场，青涩的面庞，挺拔的身形，在冬日的光影里，像一棵棵飒爽的白杨。

指挥员们早已进入塔台，今天注定是不寻常的一天……

指挥员习惯性地看了看天，欣然道：看来老天爷都站在我们这边，给了一个转场的好天气。

这时，远方出现了鸟群般的黑点，有人说：看，他们来了……

接着，天空像敞开了一扇大门……巨大的轰鸣声雷霆般呼啸

001

而来。所有人都目不转睛地看着远方。

领头的第一架飞机正在通场建立航线，准备降落。

一大队的飞行员站在草地上，目不转睛地看着跑道尽头……一架银色的飞机身披朝霞正翩然进场……

这是方天楚第一次近距离观看米格-15着陆，他情不自禁地说：喷气式就是喷气式，真他妈威风。

他身旁的大队长李子虚说：小老乡，眼馋了？

方天楚说：唉，俺连教练机还没碰呢。

李子虚说：心急吃不了热豆腐，飞好你的雅克-11。

方天楚说：是，我听大队长的。

李子虚说：先把起落、特技、仪表、航行飞扎实。

方天楚看着正在降落的飞机赞叹：正对T字布，轻两点，二十五度仰角，行云流水……漂亮。

李子虚问：知道他是谁吧？

方天楚问：谁？

李子虚说：老航校甲班学员，我师兄肖汉。第一个吃螃蟹的牛人。

方天楚说：大队长，如果你不离开老部队，今天凯旋的英雄应该是你吧？

李子虚若有所思地说：不是活着的英雄，就是战死的烈士。

方天楚说：肖汉不但是英雄，而且是活着的英雄。

李子虚说：对，一个不简单的家伙，喜欢创造第一。第一个放单飞，第一个谈恋爱，第一个结婚，第一个击落敌机。

金子跃说：大概也是老航校飞出来的第一个将军。

吴宇航说：榜样，这就是我们的榜样，令人羡慕的榜样。

方天楚说：你到底是羡慕他第一个打下敌机，还是第一个谈恋爱？

吴宇航说：坦率地说，都羡慕。

方天楚说：我只羡慕他打敌机，反正打不下敌机我不会……

李子虚说：不会什么？不碰女人？

方天楚红着脸说：哼！我才不会做那种没出息的事呢！

李子虚看着远方，很久才说：真是个傻小子。

方天楚稚气地说：大队长，我什么都不想，就想打敌机。

金子跃说：工欲善其事，必先利其器。

李子虚说：子跃说得对，接下来改装的任务很重，能不能改装出来是个未知数。

一辆嘎斯车从辅道开过，肖汉坐在敞篷车的侧板上，手臂平直地搭在汽车的栏杆上，侧头微扬，桀骜不驯，他身后是那天血红的霞光……

方天楚看着那个硬朗的剪影穿过红日，心想：他做到的，我也能做到。

这时，红色信号枪响起，转场结束。

回场的飞机在停机坪一字排开，朝霞漫天。

塔台前，飞行员们穿着毛领皮夹克和皮靴，手拿图囊，正列队接受首长接见。

站在欢迎队伍里的李子虚低声介绍：大个子方子翼，空A师师长，四过雪山草地，十四岁加入中国共产党，第一位驾机飞上蓝天的红军飞行员。刘司令夸他是难得的蓝天将才。

李子虚继续介绍说：华龙，哈尔滨人，会说英语、俄语，你们别看他年龄不大，但却是个老革命。学飞行之前，是延安交际处的，专门负责接待外国友人，斯诺、白求恩他都见过，后来考上了延安航空工程学校，是东北老航校一期甲班学员。

方天楚问：听说过，就是偷骑贺龙战马的那位吧？

李子虚说：正是此兄。在延安时，他听过毛主席上课，见过朱德、陈毅和很多我军高级将领。新中国成立初期，国民党轰炸上海，苏联空军带着米格-15帮助我们国土防空，任务完成后，把飞机留给了我们。部队接收改装结束，上海市长陈毅去机场塔台，看我们飞行表演，市长问我们需要什么？谁都不好意思开口，只有华龙说我们飞行需要手表。不久，中队长以上的飞行员，每人都戴上了瑞士手表，除此之外，每月还特供飞行员三条大锡包。

说完他撸起袖子给大家看手腕上的手表，然后继续说：刘玉阶，延安的小木匠，首长窑洞里的家具，很多出自他手，据说毛主席坐的那把帆布躺椅就是他做的。参加过百团大战，立过战功。东北老航校学员，他的教官就是赫赫有名的刘善本。

夜晚的大礼堂灯光明亮，肖汉站在长条桌前，目光如炬，黝黑的脸庞闪着光，厚厚的嘴唇轮廓分明。今晚，在还没打过仗的飞行员眼里，他就是神一样的存在。

他终于开口了：毛主席说，一切反动派都是纸老虎。事实证明，美国人没什么了不起。首先，我们要克服崇美、恐美思想，其次要苦练飞行技能，把米格-15的优越性能飞出来。以我之长，克敌之短。横的怕愣的，愣的怕不要命的。我虽然第一个打下了敌机，但我觉得这还不够，今后还有许多个第一等我去拿……祖国用第一为我命名，我要用第一回报祖国。

方天楚认为肖汉说得太好了，特别是最后一句。大礼堂里响起暴雨般的掌声，群情激昂。

2

辽阳机场的东面是平房,住着中国飞行员;机场的西面有一栋小白楼,住着苏联飞行教官。苏联教官伊万大尉,是苏联二战英雄。伊万是方天楚、金子跃、吴宇航、常天籁四人的教官。他很严厉,经常说:连个起落都飞得蹦蹦跳跳的,上去就是送死。

夜晚,食堂灯光明亮柔和,散发出阵阵面包的香味。此时中国飞行员的伙食,参照苏联标准,有了大大改善。餐厅里一边是西餐,一边是中餐,有摆台的服务员,餐桌上有印花桌布。

伊万端着盘子拎着一瓶伏特加,坐到了方天楚旁边,倒了两杯酒,要和方天楚干杯。方天楚明白,下午,会已经开过了,这杯酒是第二天要放他单飞的意思,当然,还有预祝成功的含义。方天楚不敢不喝,而且一连喝了两杯,尽管伏特加的味道呛人,烧得上半身灼热,但也很爽。他就是从这天开始,被伊万灌上了瘾。

第二天,天公作美,给了一个湛蓝的大晴天。

方天楚进场的时候,在起飞线上,看到伊万正和负责训练的副团长契科夫高声争吵。苏联人经常像公鸡一样斗架,弄得脸红脖子粗,不用管,他们斗够了,马上就好,像什么都没发生一样。

方天楚见惯不怪,站在一旁等着,但第六感觉告诉他,他们吵架似乎与他有关。这时,苏联团长安德烈来了,自己开着一部大吉普,"咣当"把车驻在了停机坪,然后不紧不慢下车,问:嗨,吵什么?果然,他们为放不放方天楚单飞发生了争执。契科夫严格执行飞行条例,说没飞过教练机不能放单飞。伊万教官认为,战时就是非常时期,一切皆可例外,没有教练机难道就不放单飞了吗?就不打仗了吗?他认为方天楚可以放单飞。团长安德烈和伊万都是苏联英雄，又是战友，英雄所见略同。团长安德烈不以为意地说：这有什么好吵的，让我来解决吧！你们看那边，我刚从沈阳调了两架米格-15教练机，马上叫地勤准备一下，我带方天楚飞两个起落。团长就是团长，两句话就解了围。苏联人看起来松垮，其实是外松内紧，关键地方一点不马虎。准备停当，伊万带着方天楚上了飞机，对座舱设备一一做了讲解，又帮助他熟悉了一下设备的使用，以及着陆时怎么看一米高度等要领。这时，团长来了，伊万亲自帮团长系好降落伞。下飞机前，伊万对方天楚说：你自己飞，就当没他那个人。方天楚心领神会，准备完毕向塔台报告：洞拐（07）航线起落，准备完毕，请求开车。塔台回答：可以开车。方天楚把飞机滑向跑道，摆正，加油门起飞……连着飞了两个起落，滑回起飞线，然后关车下飞机。飞行的整个过程，团长像一个木头人，没说一句话，也没有一个动作，但方天楚感觉，团长就是他身旁的定海神针。团长只说了句：很好，可以单飞。甩甩手走了。

　　方天楚像做梦一样，难道就这样定了吗？他有些激动又有些忐忑地想：看来，就要单枪匹马上了。

　　果然，伊万带着方天楚来到一架米格-15战斗机旁，指着它说：看，这是你的第一个姑娘，上吧！

　　教官亲自帮方天楚穿好救生伞，跟着他上了飞机，说：就按准备的飞，我在下面看着你。然后拍了拍他的肩膀，转身下了飞机。

　　方天楚深吸了一口气，然后气定神闲地向塔台报告：洞拐航线起落，准备完毕，请求开车。

　　塔台回答：可以开车。

　　涡轮发动机巨大的气流把机身后面的积雪高高地扬起。

飞机滑向跑道摆正，加大油门增速，拉杆起飞，平稳地离开跑道，十五米高度收起落架，高度八百米改平。这一套流程在他脑子里倒背如流，操作起来如行云流水。在平行航线上左右转弯，灵敏高速的动感，让方天楚有一种自由飞翔的快感。

无线电里传来指挥员的声音：洞拐加入航线。

方天楚回答：明白。

三转弯后，目测着陆，机头和T字布平行时，放下起落架，仪表盘上三个绿灯亮了，他报告塔台：起落架已放好。

他的目光迅速扫了一下左后方，T字布和机翼成一条线，正好四十五度，速度减至四百公里每小时，接着压左坡度，四十五度开始第三转弯，转到一百十度改平，放下襟翼，开始下降高度，并报告塔台：襟翼放好。

飞机和跑道成二十五度夹角，高度三百五十米进入第四转弯，转过后对正跑道下滑点逐渐调整速度，高度三十米看地面，高度七米开始慢慢地收光油门，一米线平飞，随着飞机下降，拉成两点姿势，飞机接地前向后拉杆，避免飞机震跳，此时飞机像落在玻璃上一样，接地的感觉真好……前轮接地后刹车逐渐增大，速度减小后，再轻点油门，收襟翼，退出跑道，滑回起飞线，停机关车。

他把米格-15的首次单飞，飞出了教科书水平。

方天楚走下飞机，只见伊万已经等在那里了，他向教官敬了个礼，刚要报告飞行情况，教官摆了摆手：我都看到了，起飞，航线建立，下滑，目测，落地都不错，飞机接地轻盈，只是飞机接地瞬间杆拉大了点，掌握要领比什么都重要，大就大点吧，没关系，以后就好了。

教官带着方天楚走到飞机后部，果然看到机尾喷管的防擦垫有磨痕。

本来心情不错的方天楚，脸上立刻布满了阴云，怎么一点都没感觉呢？

教官挥挥手，像是要扇掉方天楚脸上的阴云，然后，不以为意地说：没什么，要领你是掌握了。接着又说：米格-15机身重量四吨，但前面装了三门机炮，两百多发炮弹，重心靠前，最忌讳三点同时着陆，后两点着陆一定要拉够。否则，加上前起落架缓冲器的作用，一旦跳起来，加速度作用会造成增幅跳跃，甚至会跳到十几米高，飞机无法控制，导致前轮甩掉，有过血的教训。这就是要拉够两点着陆的原因，你是对的，但也不能拉得仰角过大。

伊万教官看起来大大咧咧，但要害问题前因后果总是强调得很清楚。他拍了拍方天楚的肩膀说：去吧，准备飞第二个起落。

方天楚正要上飞机，契科夫来了，因为刚刚着地时擦了机尾，他坚决不同意方天楚飞第二个起落。伊万不干，两人似乎永远不在一个频道，他们在飞机下又争得面红耳赤。契科夫认为，按照飞行条例，擦尾就要重新带飞。伊万绷着脸说，没关系，不需要带飞。霸道教官的坚持把副团长气走了。

方天楚重新上了飞机，在座舱里冷静了片刻，重新开始起飞。这次从起飞航线建立到下滑目测，直到后两点轻轻落在T字布旁边，可谓无懈可击。

伊万平时是个不爱笑的人，这回看到走过来的方天楚，呵呵地笑了：方天楚，很好。

晚餐，方天楚主动倒了一大杯伏特加，准备去敬教官，被李子虚喊住，示意他先去敬契科夫，方天楚马上领会了大队长的意思，向契科夫走去。见方天楚来敬酒，契科夫很开心，一口干了，还回敬了一杯。方天楚这才走到伊万身边，他也很高兴，一口干了。伊万看了看契科夫，对方天楚说：飞得好，就什么事都没有。

回到座位，李子虚对方天楚说：争取和伊万多飞几个起落，航线起落科目说起来简单，实际上是飞行员的门面，也是衡量一个飞行员技术素质的重要标准。有什么样的师父就会带出什么样的徒弟，但愿你也能成为像伊万那样的英雄。

方天楚说：我很荣幸，有伊万这样的教官，有你这样的大队长。

飞到第五个飞行日，苏联教官就安排编队飞行了。按照当时的常规，飞编队都是飞行员先起飞，教官后面起飞赶上飞行员，再换位进行双机编队飞行。伊万带领的小组则不然，是按长、僚机空中编队的位置起飞，契科夫提出异议，伊万依然不听，他就按他自己的来。他说别的小组怎么飞我们不管，我们就是严格按照编队位置起飞。他总是有理。

要飞编队了，这是大家都渴望的一天。空中，教官要在没有翻译的情况下发指令，原本以为语言是一个巨大的障碍，没想到中国飞行员对一些飞行术语倒背如流。那时，年轻人学俄语就像三十年后年轻人学英语一样时髦。

在战争的催逼下，飞行员们以难以置信的速度，掌握了简单的飞行技能，几乎在一夜之间学会了俄语。

在紧张的训练中，时间像长出了翅膀，他们没有注意，东北广袤的大地已经绿意盎然，庄稼长势正好，成熟的果实在微风里荡漾。

这天，伊万教官和方天楚飞双机编队，他们一前一后滑向跑道，教官在前面慢滑，看到方天楚间隔距离摆好后，在无线电里慢悠悠地说了声：走嘞！

于是，方天楚跟着长机慢慢地加油门，双机轻盈地离开了地面，僚机跟着长机收了起落架。长机向左压坡度，僚机也跟着向左压坡度，同时拉升高度。双机转弯，僚机和长机保持在一个水平面上，这是规定。僚机要时刻保持好队形中的位置，使自己始终在长机的视线内，这样长机才能大胆地做动作。双机基本队形规定间隔是 30m×50m，高度差 3m 到 5m，疏开队形是 50m×150m。可是，每次编队队形甩大了，伊万就让方天楚缩小编队，他希望僚机和他离得越近越好。方天楚心想：你既然不怕撞，我怕啥？于是紧跟长机。这时，听到教官说：方天楚，阿拉哨（俄语，不错）。

教官做了坡度四十五度的水平转弯，这是编队的基本动作，方天楚感觉很轻松。接着又来了两个六十度的盘旋，油门都快加满了，才能跟上，方天楚感觉有些吃力，他集中全部精力，紧跟长机，不知不觉头上已经开始冒汗。

无线电里传来教官的问话：契我（俄语，怎么样），方？

方天楚回答：阿拉哨。

无线电里传来了笑声。这笑声让方天楚警觉起来。果然，教官开始连续俯冲上升转弯，这下可把方天楚忙活坏了。他使出吃奶的劲，才勉勉强强跟上教官，汗水从头上往下流……

这时，预先在地面准备的动作都做完了，方天楚松了口气，以为要返航了，可是教官好像飞上了瘾，对着春城就俯冲下去，方天楚顾不上看高度表，跟着长机向下俯冲。这时，他看到褐色的大地向他奔涌而来，那么壮观，那么令人兴奋……长机根本就不给他沉迷的时间，接着拉起，俯冲，又拉起。起初，教官还下令，几个来回以后，口令也不下了，要俯冲就俯冲，要拉起就拉起，方天楚感觉下面的房子和树木，极速向后，如万马奔腾……

教官大概觉得够了，便拉起飞机，说了声：方天楚，打毛衣（俄语，返航）。

他们把队形变成30m×50m的基本队形，但教官还是用手示意方天楚向他靠近，方天楚说：靠就靠。方天楚继续向教官靠近，教官满意地咧嘴笑了，他甚至看到了教官的白牙。此时，空中没有升降气流，飞行状态平稳，方天楚紧紧盯住长机，几乎靠到10m×5m了。

这样的编队飞行，让在下面观摩的李子虚也出了一身冷汗。

伊万和自己带飞的徒弟，在塔台指挥和停机坪所有人的眼皮底下，密集队形通场，有人甚至发出了惊叫。伊万教官非常得意。

下了飞机，方天楚脸都白了，衣服湿透，脱下来能拧出水。

伊万过来拍了拍方天楚，递了一根烟给他压惊，说：方天楚，好样的。

方天楚此时虽然感觉到从来没有过的疲劳，但却异常兴奋……这一刻，他对飞行有了极大的自信。

方天楚吸了两口烟，这种感觉好极了。这是他人生中的第一根香烟。

苏联教官不但教他飞行，也教会了他抽烟喝酒。

这次双机编队成了方天楚终身难忘的飞行经历，他甚至用一生怀念和伊万教官飞行的日子。

讲评时，负责训练的副团长契科夫狠狠地批评了他，说他队形编得小，机翼插机翼，违反飞行条例，给长机造成了危险。方天楚没说是伊万叫他靠近的，老实地承认了自己的错误。

会后，伊万说：我们就这样飞，别理他。

第二天不飞行，当天晚上，他们在空勤灶和教官们喝了不少酒，喝得东倒西歪。中国同志说，祝斯大林长寿，苏联同志说，祝毛泽东长寿，一起高唱苏联《飞行员之歌》：

我们都是飞行员，
辽阔的蓝天是我们的家。
……

方天楚很想和教官再拉几个像样的筋斗，飞几次复杂特技。但一觉醒来，教官们都不见了，只留下一位苏联顾问。他们和教官连一句告别的话都没说。方天楚一直把伊万视作他终生的偶像。后来他们才知道，伊万去朝鲜前线参战了。

很多年后，方天楚偶遇伊万的战友，得知教官牺牲在朝鲜战场了，他大哭了一场。从感情上他一直不相信伊万死了，他认为伊万这样的人是不朽的。

苏联教官走后，B师两个团开始进行战前训练。飞了一次攻击，打了一次地靶，投了一次副油箱。这期间，牺牲了两位战友：一位是大队长，飞复杂特技时，进入螺旋未改出，撞地牺牲；另一位飞行员因飞机故障，迫降失败牺牲。

前线的战况不断传来：后勤运输线遭到了严重的破坏，屯集物资和弹药的仓库遭美机轰炸，志愿军的粮食和冬衣被大火烧毁；陆军兄弟在阵地上挨饿受冻仍坚持战斗；美国空军为提高弹药攻击的精准度，超低空轰炸，甚至用机枪扫射志愿军阵地，战士们几乎能看到美国飞行员的大鼻子。

3

侦察机随时会出现在空中，轰炸机肆意轰炸阵地、城镇、村庄和桥梁，歼击机随叫随到指哪儿打哪儿。志愿军唯一的庇护是夜色，昼伏夜出，在夜色中奔袭，在夜色的掩护下深挖战壕和坑道。

沃克带着他的两架座机L-5和L-17，以及他的天才飞行员林奇，成为最早进入朝鲜的三颗星将军。作为第八集团军司令，他带着装甲车和远程超级大炮，掌控着一支有着巨大体量的机械化部队。

彭德怀和他的将军们，在矿洞看地图运筹帷幄指挥战斗的时候，沃克正在他的座驾上进行常规飞行。他和他的将军们不是在机翼上就是在吉普车的引擎盖上看地图。据沃克的飞行员林奇回忆，他平均每天巡航四小时以上。他不但在自己布防的上空巡视，评估可能面临的威胁，也潜入对方的阵地飞行，观察对方动向。他以现代职业军人的风格指挥战斗。有时，他甚至飞到他的部队上方督战，看到官兵撤退，他叫林奇超低空减速飞行，放慢马达转速，他会打开舱门，探出大半个臃肿的身子向下喊话。他叫林奇在飞机上漆上三颗星，以便士兵们能看到他们的三星将军就在头顶上和他们一起战斗。为了鼓舞士气，他经常叫林奇摇摆翅膀向士兵致敬。他大清早就开始沿着河流巡视，寻找对方水下的暗桥，评估对方夜晚把什么重装备运过河了。他还会沿着公路叫林奇贴着树梢飞，以便能辨认路面是不是有装甲履带的车辙。

他通常更喜欢那架双人L-5飞机，因为速度慢，视觉好，更有利于侦察，虽然安全系数不及L-17。总之，他不但喜欢在天上飞，也喜欢在地上窜。他的两辆吉普车经过改装，底盘安装了装甲钢板，车上有机枪和手雷。他的车队经常闪着花哨的警灯，像马戏团一样，呼啸经过战区。

沃克是美国二战名将巴顿的得意门生，他的床头总是摆着他老师的名作《我所知道的战争》，随身携带着《战争教训录》。沃克在战场上灵活地运用"情报要素法"及"作战指标法"，他学到了老师的战术精髓并一直铭记：高级指挥官应着眼于在哪里打败敌人，而不是如何打败敌人。沃克应当算是一个勇猛的儒将，但他的不幸是有一个爱慕虚名能说会道居功自傲的上司，麦克阿瑟的名声淹没了他的功绩。如果说沃克还有什么建树，那就是他指挥第八集团军的大撤退，保全了他的体量庞大的机械化部队，让釜山战役减少了损失。他最大的不幸是死得太早，以至于没有机会创造辉煌。

1950年11月24日，麦克阿瑟飞到前线视察和会见将领，据说他的库珀特遣队已经抵达鸭绿江。此时，仁川登陆已经过去两个多月，显然这是他军事史上的巅峰。他的欧诗兰根烟斗赋予了他阳刚之气，同时也平添了些老男人的儒雅。朝鲜前线萧瑟的寒风，反倒叫他精神抖擞，他的样子是那么踌躇满志。

这天下午，他在返回东京之前，突发奇想，要巡游鸭绿江。他果真登上飞机，从鸭绿江口右转沿江飞行，在库珀特遣队上空摇动机翼，然后，一直向北，飞过银装素裹的群山峻岭，直到看到苏联疆域……

第二天，也就是1950年11月25日，毛泽东长子，二十八岁的毛岸英在朝鲜大榆洞志愿军总部，被敌机投下的燃烧弹烧死。

其时，沃克的儿子小沃克也随他入朝参战，但幸免于难。而接替李奇微的第八集团军第三任司令范弗利特的儿子，却没有那么幸运，作为B-26轰炸机飞行员，在一次执行轰炸任务时被击落，死于朝鲜。

1950年12月23日，沃克死于车祸，父子在朝鲜见了最后一面。

几乎在沃克身亡的同一天，李奇微收到了新的任命通知，接替沃克担任第八集团军司令，不久，李奇微又取代了他的老师麦克阿瑟任联合国军司令。范弗利特接任第八集团军司令。说起来都是狠角。

美国人认为他们在保卫自由世界，维护国际秩序，阻止红色共产主义的蔓延和扩张。中国人认为自己打的是保家卫国的立国之战，打得一拳出，挡得百拳来。方天楚晚年在反思这场战争的时候，经常这样说：当年如果我们不出兵，现在鸭绿江对岸就是美国的空军基地。

而志愿军的名将们，就是和这些狠角对垒。中国的侦察兵，依然采用古老的战术，利用夜色潜入敌人前沿阵地，用夜视镜般的双眼，侦察敌情，冒着巨大的危险，潜入敌人心脏抓舌头。

当时的中国军队，已经认识到陆军、空军、海军配合的重要性，甚至认为，朝鲜战场上最为重要的是制空权。但是，无论朝鲜还是中国，空军建设刚刚起步，处在依赖外援的初级阶段，还没有形成有效战斗力。因此，中国在请求苏联提供军事援助时，始终把空军支援作为重中之重。

1950年11月1日，在中朝地面战斗打响的第七天，苏方取消了空军只在中国境内参战的限制，下令可以越界参战，但不可超越朝鲜新义州空域。自此，喷气歼击机面世以来的第一次空中大搏杀，在苏美空军之间展开，紧接着，中国空军也蹒跚着加入其中，且迅速成长。

苏联空军直接参加朝鲜战争的第一天，出动几个中队，升空寻找战机。午后12时许，在安东地区上空，飞行员奇日中尉击落一架F-51野马歼击机，首开战绩。午后14时许，中尉菲得洛维奇击落一架F-80喷气歼击机。开战第一天，苏军就取得了击落两架敌机而自己无伤亡的战绩。

中尉菲得洛维奇因首开击落喷气式歼击机的纪录，而彪炳于世。

2000年2月，朝鲜战争中的一级战斗英雄、一位中国空军上将在回忆录中写道："战争初期，中国人民志愿军空军还相当年轻、弱小，空战主要是苏联空军打的。后来的大机群作战，特别是与F-86大机群作战，仍由苏联空军唱主角，中国人民志愿军空军协同其完成作战任务……没有苏联空军的大力支援，中国人民空军就不会发展得那么快，志愿军空军也很难取得如此辉煌的战绩……"

4

这天，友军训练，大家有了难得闲暇的一天。于是，李子虚便带着大队人马去登山。

凤凰山四五百米高，离机场不远。

小伙子们爬到了山顶，向远处观望，巍峨的山脉层峦叠嶂。

李子虚感慨地说：在飞机上看像电影，在地上看像幅大画。

方天楚显然无心看大画，说：陆军在前线浴血奋战，我们却在这里观望风景，谁有这个雅兴呀！

一群飞鸟经过，李子虚说：那我们就来练练眼神吧！比比看谁最先发现飞鸟。

这样一说，大家来了劲，把目光投向深邃的碧空。

肖汉在介绍空战经验时说：空战是分秒必争的，谁先发现对方，谁就把握了先机，谁就可以先发制人，谁的胜算就大。

方天楚双目瞪圆，四处寻找鸟群踪迹。

李子虚拍了拍他肩膀说：小老乡，别把头摇得像拨浪鼓。目光要由近及远，由下往上，盯而不死，活而不乱，做到有效分配注意力……

方天楚突然说：看，飞鸟……

大家凝神观望，空中突然传来隆隆的马达声，紧接着，两架战机呼啸而过。

李子虚说：是苏联友军的飞机。

飞机在空中跃升，拉筋斗，半扣，连续盘旋……大有海阔凭鱼跃，天高任鸟飞的意思。

方天楚兴奋地扬着脖子说：好家伙，在飞复杂特技呢！

他们的眼睛追踪着飞机，不时发出惊叹。

金子跃说：报纸上说7月10日，停战谈判已经在开城举行了。

吴宇航说：听说那只是交战九个月后的战略调整，仗还有的打呢！

方天楚说：都谈上了，我们整天还练啥劲呢？

李子虚说：有开战就有停战，边谈边打，既春秋又战国，只有打胜仗，才能拿到停战谈判的筹码。我们中央军委的方针是"逐步前进，轮番作战"。

方天楚问：那什么时候能轮到我们呢？

李子虚说：训练好了，自然就让我们上了。

刘司令终于来检验飞行部队了。

这天，全师两个团的五十架飞机全部升空，飞了一次全师的大编队。大家清楚，这是决定能否参战的一次检阅。第一次飞大机群编队，大家都有些紧张，眼睛瞪得溜圆，生怕自己飞丢了影响全局。

机群返回后，大家忐忑不安，两个团的大机群编队飞得到底怎么样，谁也不知道。晚饭大家不像往日那样狼吞虎咽，你看我，我看你，无心吃饭。

晚上，飞行员在篮球场集合。操场安静极了，师长站在队列前，并不急于宣布，而是扫视了一下全体指战员，最后才说：刘司令员检阅了我们师的编队飞行。然后高举右手猛地挥了一下，说：同意我们师赴朝参战啦！

话音刚落，操场顿时炸开了锅。

师长摆了摆手，示意大家安静，继续说：联合司令部遵照毛主席从空战中学会空战的指示，安排我们从先打敌人小机群、小速度飞机开始，逐步过渡到打敌人大机群、大速度飞机。稳扎稳打，积累经验，逐步转入打大仗，打硬仗。避免与美空军拼消耗，力求以较小的代价夺取较大的胜利，打得赢就打，打不赢就走，不恋战，不硬拼。

师长的一席话，给大家浇了一桶凉水。

方天楚小声对李子虚说：大队长，我怎么听不懂师长的话。

李子虚指指脑袋说：慢慢琢磨。

晚上，大家睡不着，躺在大通铺上你一句我一句议论。

金子跃说：早就做好了空中拼刺刀的准备，现在要上战场了，却叫我们打不赢就走，那不就是逃跑吗？

吴宇航说：我们陆军兄弟在前线流血牺牲，我们空军飞行员怎么能做胆小鬼呢？

金子跃说：打不下敌人，撞也要把它撞下来，即使牺牲也在所不惜。

大队长李子虚在隔壁单间里也没睡，听到外面的议论，他披衣走出来说：我想问一句，我们的飞机上，配有三门性能优越的机炮，如果用它都不能击落敌机，撞就能撞下敌机吗？

大队长就是大队长，这一问，大家都不说话了。

大队长继续说：我也想一个抵一个，可是我们有多少飞机，有多少飞行员？打消耗战，我们打得起吗？我们不能重蹈国民党空军的覆辙。我们要深入领会师长讲话的含义，不要说气话。

这一天终于来了。

转场一线机场之前，上级给大家放了一天假，收拾物品，处理个人私事。

几个月紧张的训练，是该放松一下了，大家决定：穿上干净衣服，换上胶鞋，去县城逛逛。

自从来到辽阳，大家还是第一次来县城。

辽阳是个老县城，但因屡遭轰炸，来不及修复，破烂不堪。尘土飞扬的街道上，一辆辆运送物资的大车从他们身旁经过，车把式不时扬起带红缨的马鞭，高声吆喝，骡马嘶鸣。

李子虚带着几个飞行员走到县城广场，恰逢县里搞体育比赛，大家停下来观望，看着看着便来了兴致。金子跃上前问：同志，我们解放军能参加吗？负责的同志笑呵呵地说：我们欢迎解放军同志参加。

在一片加油声中，发令枪一响，飞行员们像豹子一样向前冲去，前几名被飞行员们包揽了。奖品有毛巾、牙膏、牙刷和笔记本。飞行员们推让，不肯拿奖品，但地方的同志说：奖品一定要拿着，留作纪念，有你们这样生龙活虎的军人，我们相信一定能打胜仗。

还有什么事要办呢？最后，大家心照不宣地去了照相馆。谁也不知道，这是不是他们最后的照片。

5

迎春花盛开在北方的原野上。

苏醒的黑土地上，父女俩在田里播种。

天上又传来飞机的轰鸣，他们停下手里的活，抬手遮阳瞭望。

永祥大伯说：这是解放军的飞机吧？

姑娘甜妹说：您没看到飞机上的红五星吗？是我们队伍的飞机。

一架飞机在空中跃升，接着做了个漂亮的横滚。

父女俩看得入了神……

过了会儿，老人说：不会是他吧？

姑娘明知故问：谁呀？

永祥大伯说：是李子虚部队的飞机吧？

姑娘说：他们的飞机是带螺旋桨的，你看这些飞机像燕子一样，是不一样的飞机。

老人紧锁眉头说：这些天飞机一直在天上转，莫不是要和美国人打大仗了……我昨晚梦到李子虚开飞机回来了。

姑娘说：听说他们去南方了，离这里几千里呢！

老人说：对他们开飞机的来说，几千里算啥？那不是说回来就回来了。

姑娘嗔道：整天李子虚、李子虚的，人家和你有啥关系？

老人慢悠悠地说：啥关系？他拿走了我的两个大车轱辘，一溜烟走了，连个音信都没有。

姑娘笑了，说：还说呢！你磨磨唧唧跟人家谈条件，叫人家跑了四五趟。

老人得意地说：呵呵，这正是你爹的盘算。

姑娘红着脸问：爹，你都盘算啥了？

老人说：盘算啥？那小子为了一对车轱辘几顾茅庐，天知道他是看上了车轱辘还是看上了俺闺女。

爹，说啥呢？天不早了，咱们也该收工了。晚上，我还要召集妇女给志愿军做鞋呢。

转眼，草地里开满了马兰花，蓝幽幽的，暗香袭人，秋天到了。

抗美援朝战争已经打了快一年了。

农田里金黄一片，庄稼到了快收割的季节。

男人们清理库房和麦场，在做收割前的准备。

女人们开始忙着给志愿军缝制过冬的棉衣。

天刚蒙蒙亮，大车队就出发了，村支书对永祥大伯说：您开过火车，赶大车不在话下。您路熟，在前面带路，我断后。甜妹，你眼睛好，帮你爹看着路面，避开那些该死的弹坑。

黛色的山脊现出漂亮的轮廓，太阳呼之欲出。

父女俩一边听着得得的马蹄声，一边说着话。

爹，这些天飞机越来越多了。

要打大仗啰……打仗就要死人。

前些日子掉在北沟的那架飞机上的飞行员也不知咋样了？

我听村里帮部队拖飞机的人回来说……那个飞行员死了。

死了？

才二十，还是个孩子呢！部队的同志说，他本来可以跳伞，就不会死了，但他舍不得飞机。

听说一架飞机上万大洋呢！谁舍得？

早年张作霖在东北组建过一个航空队，花重金从德国买回来三百架飞机，乌压压的一大片……没听说打过什么仗，就都摔成废铜烂铁了，真是个败家子。后来日本人来也建了不少机场，咱东北机场多，被打下的飞机也多，我那副大车轱辘，就是从小日本的飞机上卸下来的，九成新，还有一副螺旋桨……大车装上飞机轱辘，牛马跑起来不出汗……小日本投降后，共产党到牡丹江建了航校，招了些学员，但没有飞机，校长就带着学员到咱这找洋落子。李子虚就是顺着车辙，找上门来的……小伙子机灵、中看，又和善，写一手好字，你爹我是见过世面的人，一眼就相中了，只是……

只是什么？

唉，只是这个行当不比赶大车，是个危险的行当。

太阳一竿子高了，大车队来到了县城。正是热闹的时候，街上的店铺都开门了，人来人往，卖牛羊肉的，卖油炸香油果子的，卖肉包黏豆包的，各种吆喝声不绝于耳。

到了物资站，甜妹下了大车，跺跺脚，拍了拍身上的土，脱掉了御寒的羊皮袄，对她爹说：我去街上买点东西。

永祥大伯说：卸完货，我在这儿等你，别叫我担心，买完东西快回来。

支书在一旁说：放心吧，土匪和山大王都被解放军赶跑了。

甜妹扎着一条乌黑油亮的大辫子，穿着一件碎花夹袄，高挑的身材，扎着一个白貂围脖，走在尘土飞扬的大街上，很是亮眼。她给邻家大婶扯了两块花布，买了咸盐和火柴，又在卖头饰的货摊前流连忘返。看了半天，买了一个红色的发卡，别在头上，转身要走。这时，她看到几个戴大盖帽的年轻军人走了过来，一时被他们挺拔威武的身影吸引住了，几个军人此时正好也在看她，甜妹被看得不好意思地低下头……忽听有人喊她：甜妹……是甜妹吧？

她抬头望去，是一张熟悉的面孔，正惊愕地张着嘴，看着她。

李子虚。甜妹脱口而出。

两人对视了许久。

李子虚说：你都这么大了，长高了……后面一句"女大一枝花"卡住没说出来。

甜妹说：你比过去黑了。

李子虚说：整天迎着太阳飞行，能不黑嘛！真没想到，在这儿能遇到你。

甜妹小声咕哝：也许是天意吧！

李子虚没听清，问：你说什么？

甜妹改口说：我们到县城给志愿军送物资，对了，我爹也来了。

李子虚说：他在哪儿？

甜妹说：在物资站卸货呢！

李子虚说：带我去看看他老人家。

李子虚回头对大家说：你们先去照相馆等我，我回头去那里找你们。

路上，甜妹说：我爹一看到天上的飞机就念叨你。你这人可真不经念叨。

你爹说我什么了？

甜妹咯咯笑了：说你拿走了他的大车辊轳就没音信了。

怎么会……心里一直记着呢！只是……

说着就到了物资站。货已经卸完了，永祥大伯正背对着大门给马喂料。

甜妹喊：爹，你看我遇到谁了？

永祥大伯仍然背着身，没头没脑地问：李子虚呀，我就想问你一句……你还记得咱爷俩的契约吗？

李子虚看了看甜妹，红着脸小声说：怎么会忘，君子一言，驷马难追。

永祥大伯这才慢慢转过身，上下打量着李子虚，说：你说君子一言，驷马难追，可一晃四五年了，我没等到你一点音信……

李子虚说：老航校一毕业，我们就去保卫上海了；抗美援朝开始后，空军参战，部队从上海被调过来，又开始了新的训练。现在，我们改装了新型的喷气式飞机……

你这是要去前线了？

明天就开赴前线了，我不能多耽搁，战友们还在等我呢！

说完，他看了看甜妹，欲言又止。

永祥大伯看着两个年轻人，说：开飞机规矩多，那可不是闹着玩儿的。走吧，甜儿，去送送李子虚。

走在街上，两个人你看看我，我看看你，目光虽然在彼此的身上没有久留，却看得真切，所以两人脸上都充满喜悦。

甜妹问：你和我爹有过什么契约？

你真想知道？

嗯。

你爹让我娶你。

那你就同意了？

同意了呀。

为什么？

为了得到你爹的两个大车轱辘呀。

这么说，你是为了两个轱辘才答应要娶我的？

噢，到了……

李子虚看着前面的照相馆想对甜妹说，能一起拍张照片该多好，可是话到嘴边又止住了，言不由衷地说：战友们在等我呢！

分别的时候，意犹未尽，他们都想说些什么，但谁也没说出口。

李子虚突然想到刚刚得到的奖品，就把笔记本拿出来，匆匆写了几个字，递给了甜妹。他们就这样仓促地分别了。走了几步，李子虚回眸，看到甜妹微笑着向他挥手，不由伤感，他说不准自己还能不能再次见到这个俊俏的姑娘。

县城的照相馆有一个玻璃天棚，水晶宫一样，因为经常停电，所以只能利用自然光拍摄。

李子虚走进照相馆，战友们的个人照已经拍完了。

他整理了一下衣服，笑眯眯地拍了一张单人照，又和大家拍了一张集体照。

第二天，照片取回来了，大家围在一起观看。相片上的小伙子个个英俊，但表情都有些严肃，只有大队长李子虚面带微笑，神采奕奕。

刚好团长来了，也凑过来看照片，边看边夸赞：多可爱的年轻人，多威武的小伙子。当团长看到李子虚的照片时，笑着问：李子虚呀！你看你笑得，前面像有个大姑娘。

李子虚脸红了。

6

1951年秋天，对空B师来说很不寻常，轮战一线的日子来了。

在空A师转回二线休整的同一天，空B师五十架米格-15歼击机开赴丹东一线机场。

转场中飞机满油满弹，随时准备加入战斗。

大孤山机场是战时机场，跑道是临时用钢板铺设的，飞机降落，钢板发出咣当咣当的巨响，叫飞行员以为起落架掉了。

在大孤山的东北边，有一座小山，山坡上有三栋两层的红砖小楼，住着飞行团的领导、机关人员和飞行员。飞行员住在当中一幢，一个大队一间，睡大通铺，头朝外，脚朝墙。大队长属于营级干部，比飞行员多一张床，睡在进门的地方。

地勤人员的营房离空勤住地两公里，在大孤山镇东边的几排大仓库里，地上铺着稻草当床，一个仓库住一百多人，晚上不能关灯，否则，从外面回来的人找不到自己的铺位。

地勤人员工作时间长，两头见星星。当时他们的口号是"故障不过夜"。战时，飞机的维护大多在室外，虽然有几个机窝，不过是一米多高半圆形的土围子。北方的冬天最低气温零下二三十度，遇上排除故障要钻进飞机内部检查，检修人员须脱掉棉衣，穿衬衣爬进冰冷的气道，身体冻僵了，拉出来，烤烤火，再进去。

通常飞行员和自己机组的地勤人员感情都很深厚。这也是中国空军的一个优良传统。第一个打下敌机的肖汉曾经说过：空军是一个整体，不是飞行员的独唱曲，是一场大合唱。

大孤山机场跑道东西朝向，在大孤山东南不到十里。B师的飞机摆在跑道东头，向西起飞。苏联友军的飞机摆在跑道西头，向东起飞。

清晨，日出东方，几十架银色的战鹰在跑道上一字排开，阳光洒在机翼上，银光闪闪，非常壮美。

在飞机的后面，两三百米的地方，是一座座白帐篷，红砖地面当中有一个烧红的大铁炉子，周围搭满了木板床。战时，地勤人员会连续几个月住在这里。

师政委是参加过长征的老红军，政治立场坚定。在参战动员大会上，他说：我们是为祖国和人民而战，为荣誉而战，所以我们不怕死。而敌人是为自己为金钱打仗，所以他们必然怕死。他的发言让大家热血沸腾并感觉身负神圣而光荣的使命。

此时，一个好消息传来。连获三枚苏联英雄金质奖章的阔日杜布师长率领的苏联空军近卫师已经参战。这是苏联空军的王牌部队，参加过第二次世界大战，飞行员们留着清一色小胡子，几乎人人扛着校官肩章。这支队伍一开进机场，就让年轻的中国飞行员看得两眼发直，生出无限的敬仰。阔日杜布在礼堂亲自给中国飞行员授课，介绍美国空军的活动规律和战术特点，传授如何运用战术，如何发挥米格-15的优越性能，击落敌机并取得胜利。

战前准备繁多，每个人都要研究战区地形，把朝鲜北部的山川河流、城镇村落刻在脑子里。可是，到大孤山已经多日，总是没有动静，大家不免有些焦躁。

一天，李子虚对方天楚说：你看你快能扎小辫了，该理发了。

方天楚说：可不，人闲长头发，吴宇航给我理个发吧！

吴宇航拿出了理发的工具。

方天楚发牢骚说：整天讲指挥、讲攻击、讲掩护，光说不练有什么用？毛主席说，实践出真知。真正打胜仗的本事，只有在实战中才能学会。整天绕着自家机场飞航线，敌机的影子都没见过。

吴宇航说：能不能少说点话，听着叫人心烦。

理完发，吴宇航问：去看看满意不？

方天楚照了照镜子说：真不错，难怪人家都叫咱们分头大队。

吴宇航说：头型再好，打不下敌机给谁看？

去朝鲜战区巡航的这一天，终于到了。

夜里，方天楚失眠了，他的耳边一直响着肖汉的话：争取远距离发现敌人，这是争取空中作战主动权的关键。

迷迷糊糊睡了一会儿，听到哨子声，值班参谋在楼下喊：起床进场啦！

大家匆忙洗漱完，拿起飞行装备下楼集合点名，然后咕咚咕咚跳上汽车。

到了机场，天还是一片漆黑，只能隐约看到远处的黛色山冈。地勤同志早到了，已经把检测好的飞机拉到了起飞线，等待飞行员到位。

方天楚和机械师孙远打了个招呼，首先检查了救生伞，然后机械师把伞放进座舱。他们又一起围着飞机转了一圈，按照飞行条例检查照相机、轮胎、油量和无线电，完成后向大队长李子虚报告：飞机准备完毕。此时，天还没亮，气温很低，机组地勤同志催方天楚去休息。

飞行员休息室在地勤的帐篷后面,是一片平房,一个大队一间房子,每人一张木板床,床上有被子、褥子,房子中间炉火通红。这里休息的条件比宿舍的大通铺好多了。

夜里没睡好,方天楚穿着飞行服往床上一躺就睡着了。

这个回笼觉睡得可真香啊!

吃早饭的时候,机场广播室开始广播了:同志们好,机场广播室现在开始播音,我们战斗的一天开始了,祝愿同志们一切顺利!

吃过早饭,方天楚便向他的飞机走去。

休息室距离起飞线最远的飞机有二百多米,听到一等准备的命令,飞行员会以百米冲刺的速度跑向飞机,一般会上气不接下气,影响上机操作。因此,大家吃完饭都习惯早早来到飞机下面待命。

这天,方天楚走到离自己飞机还有五十米的时候,突然传来命令:一等准备。

方天楚戴上飞行帽,紧跑了几步,从容地上了飞机,打开无线电,穿上救生伞,静候开车的命令。

这时,一颗绿色信号弹从塔台上腾空而起,跑道上顿时马达轰鸣……

转眼,一对对战机展翅飞向蓝天。

机群过了龙王庙,高度六千米,改平向安东飞去……进入朝鲜境内后,大家都傻了眼,公路和铁路的两侧有数不清的炸弹坑,有些公路和铁路甚至架在弹坑上。过了新义州后,就再也看不到一个完整的村落了,展现在眼前的都是残垣断壁,有些甚至还冒着黑烟。到了新安州,已经看不到一幢完整的房子了,到处是积水和弹坑。而朝鲜的首都平壤,几乎是一片瓦砾,很难找到一座完整的建筑。

眼前场景，让方天楚想到美国空军B-29遮天蔽日的大机群轰炸景象。

机群按预定航线从平壤往回转，高度八千米，在清川江上空向安东转弯时，方天楚突然发现右边有两架敌机，和他们机群形成对头的态势，他急忙报告：发现敌机两架！话音未落，又是两架，一前一后，从他的飞机右后方一闪而过。美机F-84，他看得很清楚，机身上有两道黄杠，这是美国第48联队的标志。

方天楚很想反坡度追击敌机，痛快地来个开门红，可他转念一想，事太顺了，是否有猫腻？关键是带队长机没有下令追击。方天楚眼睁睁地看着敌机在眼皮底下溜了，他自责是不是贻误了战机？

按照当时的情势，敌机应当也发现了他们的飞机，但因为F-84最大速度是每小时九百公里，通常情况下，F-84主要任务是对地面进行轰炸和扫射，不和米格-15打空战。

第一次到战区就发现了敌机，返航着陆后，方天楚既自责又激动，他兴奋地和战友们描述空中发现F-84的情况，但意想不到的是，没有人相信他的话。有人说：带队长机都没发现敌机，你怎么能发现敌机呢？难道你多长了个眼睛？

方天楚生气地说：自己看不到，还怪别人多长了只眼睛。

你去打呀，你说看见敌机了，为什么不开炮？

我是想去打，但长机没下命令，我去打，叫擅自离队，违反纪律。

你有本事把敌机打下来，就没人说你违反纪律了。

方天楚被噎得满脸通红，火往上蹿，正要发作，没想到李子虚说：我也发现敌机了。

听听，不是我瞎说吧！好容易有了机会，还把敌机放跑了，下一次轮到我们，还不知要等到什么时候。

方天楚委屈得差点落泪。他不知道大队长李子虚是不是真的看到了敌机，但大队长的话举足轻重，帮方天楚翻转了局势。联司的首长得知这一情况后，表扬他们说：能在战区试航中，发现敌机，是一个很好的开端。接下来的仗有你们打的。

首长的肯定，安抚了方天楚的心。

这天是兄弟团战斗值班。

太阳暖洋洋的，大家在草地上，有的盘腿坐着，有的斜躺着，有的嘴里叼着一根毛毛草，你一言我一语讨论着。

一番辩论，大家基本达成了共识：首先，尽早发现敌机，是争取空战主动权的关键，也就是说，要先于敌人发现我们之前发现敌机。但往往大机群巡航、作战中，领队长机是空中指挥员，要负责编队、航线、速度，以及和指挥部联络，注意力不能分散，而僚机相对比较轻松，因而往往是两边僚机先发现敌机，长机下达战斗命令，才能发起进攻。战场瞬息万变，很容易贻误战机。怎么办呢？

方天楚说：我同意长机进攻，僚机掩护，但是，僚机可不可以进攻呢？在什么情况下可以进攻呢？

李子虚说：方天楚的意思是，我们不能教条地执行长机进攻、僚机掩护的规定，战场上要机动灵活。

方天楚感激地看了大队长一眼，继续说：上次发现敌机，我是动了去攻击的念头，但冷静思考后，如果那天我擅自进攻，可能打下敌机，但也有可能被敌机击落，毕竟敌人有四架飞机，总之这并不符合"以小的代价消灭敌人"的方针。但是，下次遇到这种情况，我们怎么办呢？还放走敌人吗？有没有更好的办法呢？

如果情况对僚机攻击有利，是不是可以一边攻击一边报告？然后长机变成僚机，掩护僚机进攻。

这样长机和僚机不仅是机械的指挥和被指挥的关系，也是灵活机动的协同关系。

对，我们要理解"长机僚机好兄弟"的关系本质。

这样一讨论，僚机也有了攻击的可能，一直对做僚机耿耿于怀的方天楚，自然十分高兴。后来的几天，他整天哼着小曲，期待着启航进攻的日子。

这天，B师二团十二架飞机奉命起飞，在平壤地区拦截八架敌 P-51 螺旋桨战斗机。这种战斗机本身携带六门 12.7mm 口径的机枪，并且可以挂装两组炸弹。它的机头风帽上喷着红漆，所以也叫小红头。它的低空性能非常好，能投炸弹也能机枪扫射，对地面部队危害非常大。在解放战争中，国民党曾用它轰炸扫射地面部队，使解放军蒙受了不少损失。但在朝鲜战争中，它已经是美国参战飞机中最落后的机种了。

二团此次出航，击落 P-51 两架，击伤一架，自己被击伤一架，没有伤亡。全师上下喜气洋洋。联司首长发来了嘉奖令，祝贺 B 师首创纪录。

为了庆祝胜利，表彰击落敌机的飞行员和机组，B 师在大孤山镇的戏院召开了庆功大会。

剧院里坐得满满的，师首长、地方政府的同志和打下敌机的飞行员，坐在主席台上，台下不断发出喝彩和掌声。

文工团的姑娘给击落敌机的飞行员戴上了大红花,然后站在毛主席像前合影留念,非常风光,让台下的飞行员有些坐不住。

方天楚找了个借口,捅了捅旁边的金子跃说:明早要去机场值班,走吧。

方天楚出了门,回头一看,除了大队长李子虚,其他人陆续都跟着出来了,其实大家的心情都一样,虽然是庆功会,但敌机毕竟不是他们打下来的。大家走在漆黑的小街上,谁也不说话,走着走着,还是有人憋不住了。

看人家多风光,登主席台,戴大红花,拍照留影,多神气,弄得我们抬不起头来。

黑暗中传来方天楚的声音:真没出息,他们能打螺旋桨,我们就能打喷气式。

有人说:你也太狂妄了吧?

方天楚咄咄逼人地说:我的教官伊万曾对我说,他喜欢狂妄的飞行员。我要说,当一个飞行员就应该狂妄。

黑暗中只听到脚步声,却没人再说话了。

转日,轮到一团战斗值班。

上午九点,李子虚和方天楚拿着飞行帽,往起飞线走。李子虚抬头看了看天,若有所思地说:多好的大晴天哪。

方天楚接着他的话说:真想痛痛快快打一仗!大队长,我能问你个事吗?

问吧。

那天你真的发现敌机了吗?

李子虚说:我没发现。

方天楚有些生气:那你为什么要那样说,为什么要骗人呢?

李子虚说：我虽然没发现敌机，但我了解你，相信你——相信你看到了敌机。

方天楚心中一热。

李子虚说：仗有我们打的，目前，参战的部队很多，苏联空军阔日杜布的部队，在一线就驻了三个团，还有朝鲜空军的一个师，我们参加作战的两个师，联司的首长要根据敌情来决定由哪个部队起飞作战。

上午，一团二十架飞机起飞，副团长挂帅，沿着米格航线，做 S 形空中巡航。当机群高度升至一万米时，发现右前方五公里处，一大群 F-86 拉着白烟，像一片移动的云，正在向右转弯。副团长下令投掉副油箱，准备攻击。

一场大战似乎就在眼前，大家在无线电里听到副团长向联司指挥所报告：泰山泰山，发现敌机群，请求攻击！请求攻击！

此时，飞行员们的眼睛紧紧地盯着右下方，拇指和无名指已经压到了三门炮的扳机上……

突然，耳机里传来联司指挥所的命令：返航，马上返航。

副团长担心误听：泰山泰山，请重复一遍。

依然是斩钉截铁的返航命令。

军令如山，机群转弯，无线电里此时安静极了……飞机一架接着一架落了地。

关了车，大家一个个无精打采地走下飞机，往日都要和地勤人员说说话，调侃几句，今天都拉着脸，不想说话。地勤人员退出飞机里的炮弹，默默地开始检查飞机。

大家跳上汽车，有意弄得咣当响。到了休息室，食堂已经把饭送来了，可是谁也不吃，有的拉起被子蒙上头躺在床上，有的用毛领裹着头。方天楚躺在床上没盖被，眼睛直勾勾地看着天花板发呆……终于忍不住说：这样的仗都不让打，明显是不信任我们，不如回家种地去。

李子虚说：方天楚，就你有嘴是吧？

食堂的同志不知怎么回事，一遍遍喊大家吃饭，可就是没一个人动筷子，只好把饭放在炉子上。

团长、政委走了进来，看休息室里气氛不对，点根火柴能着起来的样子。正在这时，一辆别克轿车和一辆苏式吉普开了过来，走下了一行人，有师长、师政委、副师长、政治部主任和几个机关的同志。

团政委说：师首长看你们来了。

大家这才起立，站在床边，但没一个说话的。

师长向大家摆摆手说：同志们，坐下吧！

首长们个个面带微笑，副师长说：联司首长让师长、政委代表他们来看望大家，现在，请政委给大家讲话。

师政委说：今天这个仗没让同志们打，大家可能有意见，从你们的情绪来看，意见还真不小呢！不但有意见，而且还有气嘛！连饭都不吃了嘛！

师政委接着说：想打仗，这很好嘛，但是不能急。仗是有的打的，联司的首长来电话，要我们给同志们讲清楚，上午这一仗，没让同志们打，是因为敌我力量太悬殊。你们不知道，敌人出动了五十架 F-86，我们只有二十架，敌人的飞机超过我们一倍多，这种情况我们能和敌人硬拼吗？我们现在还是在实战训练阶段，要想在空战中学会空战，还是要坚决执行联司的作战部署，从小机群、小速度飞机打起，不断地取得经验，提高自己驾驭空战的本领。打今天这样的大机群，是以后的事。还是那句老话，留得青山在，不怕没柴烧。今天上午联司首长再三考虑才下令返航。如果让你们上，可能会有同志打掉敌机，但我们的损失可能更大……我们师只有五十架飞机、六十名飞行员，用不了多少次就会拼光，所以，我们要打下敌机，又要不被敌人打掉，就得好好地研究我们的现状。现在，你们能吃饭了吧？"

上午九时，师指挥所接联司指挥所通报：美机一批，在清川江一带活动。命B师一团攻击这批美机。在带队长机率领下，机群排着楔形编队，向战区飞去。李子虚带着一大队飞在前面，由近及远，由远及近，由高及低，由低及高，搜索前进。当飞到宜川上空时，只见一群黑点出现在右前方，无线电里传来一串急促的报告：

发现敌机！

发现敌机！

……

李子虚镇定地向带队长机报告：右前方发现F-86战斗机十二架。

得到带队长机攻击的命令后，李子虚带着自己的大队向美机扑去。由于双方速度都非常快，两个机群闪电般擦肩而过，没来得及开炮射击。

正当一大队放弃追击，向长机靠近时，美机却来了个右转弯，绕到了一大队机群后方。形势紧急，左侧的方天楚机头一扭，便朝着敌机冲了过去。

正在准备攻击的美机，猛然看到一架米格-15冲了过来，且来势凶猛，眨眼间就要撞到一起，慌忙躲闪，队形瞬间乱了。双方开始缠斗，其中两架美机乘势咬住了前面的金子跃，方天楚一急，顾不上瞄准，"咚咚咚"开了炮，闪光的炮弹在空中开花，吓得美机放弃了对金子跃的攻击，呼啦一下，向方天楚围了过来。两军对垒勇者胜。方天楚发挥了米格-15垂直机动性能的优势，猛拉操纵杆，急速跃升，把美机甩在了下面，接着又一推机头，忽地向美机群冲下去。就这样忽上忽下，冲来冲去，乱了敌机的阵脚，并瞅准机会开了几炮，美机对这种愣头青式的"新战术"完全摸不着头脑，几次想进攻，但都不得手，只能收兵向海上飞去。真是横的怕不要命的。

落地后，战友们跑过来，围着飞机看了一圈，飞机下面的机炮打得黑乎乎的，而飞机毫发无损，大家竖着拇指说：好一顿神操作，惊心动魄。

方天楚不以为意地说：白忙了一场，算是和F-86过了过招，开了几炮过了过瘾。

金子跃说：要不是你赶跑他们，今天后果很难预料。

方天楚轻蔑又自信地说：美国佬好像也不怎么样！看来我还是不够快，不够猛，不够狠。

从第一次发现敌机，到第一次向敌机开炮，他感觉离击落敌机的日子越来越近了。

7

在去机场的路上，李子虚望着满天星光，想到了他的老乡，也是他老航校的同窗牟敦康说过的一句话：战争免不了要死人的，我要在不断的胜利中，看到最后的胜利。他在前一天的战情通报上看到了牟敦康在大和岛空战中失踪的消息。

大和岛距离中国边境七十公里，英美韩在岛上部署了先进的雷达、导航、监听、通信设备，他们可以实时掌握中方兵力和装备的调配以及飞机起飞动态。很多空战发生在大和岛附近海域，联合国军可以利用直升机营救跳伞掉到海里的飞行员。当然，更大意义在于中国高层渴望尝试陆空协同作战。大和岛空战是中国空军建军以来最惨烈的一场战斗。那天，杜-2、拉-11、米格-15三个编队的飞机，分别于不同时间从三个机场起飞。那天的致命错误是调度协同出了差错，以至于三个飞机编队没有在预定空域集结，造成重要的护航歼击机米格-15没有参战。可能因为前两次的轰炸过于顺利而有些轻敌，岂不知美国空军早已磨刀霍霍，要一雪前耻。

那天，A师B团的二十四架米格-15如果参战，喷气式对喷气式，那一定是可以载入史册的更加血腥的绞杀战。中国人是擅长空中拼刺刀的，只能说美国人幸运地逃过了一劫。

中国空军杜-2轰炸机编队突然遭遇佩刀F-86机群后，坚决执行指挥员"勇往直前，保持队形，继续完成轰炸任务"的命令，一边还击一边向大和岛飞行。十六架拉-11赶到参战，一分钟就被击落三架，而二十四架米格-15还在飞来的途中……螺旋桨拉-11和喷气式F-86完全不是等量级对手，在米格-15不在场的情况下，拉-11飞行员独自顽强与敌机缠斗，击落三架、击伤数架F-86，创造了螺旋桨飞机击落喷气式飞机的奇迹。最后，遭到重创的轰炸机编队虽然没能精准投向有效目标，但还是投完炸弹，完成了任务。

九架杜-2轰炸机被击落四架，返回的五架也被打得千疮百孔。十六架拉-11被击落三架，没有赶上参战的二十四架米格-15返场二十三架，失踪一架。三个飞机编队共牺牲十九名飞行员，最大的二十三岁，最小的十九岁。损失最惨重的是轰炸机编队。

这场史诗般悲壮的战斗在相当长的一段时间里不为人知。

美军上校博恩斯·马歇尔当年三十二岁，正是飞行员的黄金年龄。他在1958年出版的回忆录中描述过这场战役：我指挥F-86不断插入轰炸机群，意图将敌机编队冲散……但他们却越打越密，打掉一架，马上就有另一架补上位置，始终保持着编队队形……

这场空战最后坠亡的是驾驶米格-15的大队长牟敦康，他来自山东日照，年仅二十三岁。那天，当他飞到大和岛海面时，惨烈的空战已经在五分钟之前结束，他看到海面上有飞机的残骸和大片油迹，甚至看到了漂浮在海面上生死不明的战友，他盘旋在那片海域，久久不愿离去，直到坠海……

几十年来，牟敦康的家人一直企图寻找他，想知道更多细节，他们认为已经是大队长的牟敦康不会简单地失踪。

七十年后，英雄的晚辈们通过各种途径，看到了美国人关于这场以强欺弱的空中杀戮的描述。

美国作家兼历史学家大卫·希尔斯在《飞跃朝鲜致命天空的飞行员》一书中写道：

11月6日，中国空军第8师的九架二战老式杜-2双引擎轻型轰炸机从沈阳起飞，袭击大和岛。中国空军第3师的十六架拉-11螺旋桨战斗机和两打米格-15担任护航任务。尽管遭到猛烈炮击，轰炸机还是摧毁了岛上的指挥所和储存设施。没有美国战斗机挑战他们,所有飞机都安全返回。中国的策划者对这一新的成功感到兴奋,决定在后续袭击中重复这一策略。

就美国空军而言,它希望报仇。11月30日上午,当美国陆军情报部门预计大和岛即将遭到攻击时,第4联队的所有F-86飞行员要么已空降,要么处于待命状态。

高月明是一名拥有五年飞行经验的老兵,他领导着这次任务的九架杜-2。由于飞行中的调度错误,高的轰炸机比原计划提前五分钟到达预定的集合地点——这是一个致命的错误。他们设法与16架拉-11护航机会合,但第3师的二十四架米格-15才刚刚离开安东。

高和他的机组人员随后又犯了一个错误:发现远处有一个喷气机编队,他们高兴地认为这是返航的米格巡逻机编队。相反,它是来自第334、335和336战斗机拦截机中队的三十一架F-86,由第4联队指挥官本·普雷斯顿上校指挥。领导第335特遣队的是32岁的博恩斯·马歇尔(Bones Marshall)少校,他当时是一名在米格航线服役六个月的老兵,战绩为四次击落。第334班机长是乔治·戴维斯(George Davis)少校,他也是32岁,是太平洋战争P-47雷电王牌飞行员。

尽管对佩刀的攻击感到惊讶,高还是命令他的杜-2编队向两分钟外的大和岛推进。然而,高很快就损失了两架轰炸机和两架护航机。第336团的中尉道格拉斯.K·埃文斯(Douglas K. Evans)首先得分,将一架杜-2射入海中。接下来,一架拉-11护航机被普雷斯顿击落。几乎同时,马歇尔突然冲入，击中点燃了杜-2和拉-11各一架。

戴维斯和僚机梅林·赫罗克（Merlyn Hroch）从中国编队上方加入战斗。戴维斯逆转航向，从一万英尺高空俯冲，赫罗奇紧紧地贴在他的机翼上，击中了一架杜-2，迫使它打破队形。戴维斯随后转身击下另一架，油箱引爆了这架轰炸机。

尽管拉-11无法与F-86的速度和爬升能力相媲美，但它们很敏捷。当博恩斯·马歇尔越过老将王天宝驾驶的拉-11时，这位中国飞行员猛烈地突破，迫使他超到前面。王随后进行了偏远射。一枚二十三毫米炮弹击中了F-86的左翼，燃料电池损坏。第二枚炸弹在驾驶舱头枕上爆炸，完全摧毁了座舱盖，撕裂了马歇尔，并短暂地将他击昏。马歇尔及时从致命的旋转中恢复过来，险些落入黄海。他歪歪扭扭地把残废的飞机带回了水原。

尽管王展示了技术，但事实证明这些螺旋桨飞机无法与喷气式飞机匹敌。杜-2编队仍然顽强地驶向大和岛，但除了一架之外，其他都受到了打击。一架杜-2的两个引擎冒出火焰，它摇摇晃晃地行驶了几分钟，最后爆炸了。四架F-86集中攻击高的僚机，最终引爆了他的油箱。大火吞没了轰炸机，坠落时没有出现降落伞。

高终于到达目标，发射炸弹后，向东逃去。几秒钟后，其他幸存者投下了炸弹。大多数炮弹降落在海滩上，扬起沙子。

与此同时，米格-15来得太晚，无法提供帮助。一架米格机在雷蒙德·巴顿中尉的F-86机翼上打了一个大洞。乔治·戴维斯当时正在返场，他接到巴顿的求救后，转向北方，戴维斯很快发现了两架飞机。由于无法区分"佩刀"和"米格",他指示巴顿先左转,然后右转。当然中国米格机没有这样做,戴维斯在其后方开火。机身、机翼和驾驶舱遭到攻击,导致米格机坠入大海。

对于中国空军来说,11月30日的大和岛任务是一场堪比美军在西南遭受的灾难。尽管美国佩刀飞行员声称有八架杜-2被摧毁,但实际数量是四架杜-2、三架拉-11和一架米格-15。十五名中国轰炸机机组人员和四名护航飞行员死亡。意识到缺乏经验的危险后,中国空军减少了进攻性轰炸行动,将重点放在米格-15训练上。

书中没有提及F-86被击落数量,美国人似乎非常忌讳这一点,就像他们羞于谈及朝鲜战争一样。

黎明前的天空真宁静呀!星星仿佛被凝固在一个硕大壮观的冰块里。李子虚感慨道:

东启明西长庚南极北斗谁是摘星手?

春牡丹夏芍药秋菊冬梅我乃探花郎。

金子跃说:大队长诗兴大发,看来今天有好戏。

李子虚说:这哪是我诗兴大发,这是古人的名句。

方天楚说:大队长,你既然是探花郎了,我就当摘星手吧!

笑声在黎明前的夜色中回荡。

今天金子跃、方天楚、吴宇航、常天籁飞四机编队,金子跃是中队长。

一夜的沉睡,让小伙子们满血复活。大家向着起飞线,边走边谈。

这天,方天楚显得有些兴奋,他说:你们猜,我昨晚梦到什么了？

金子跃说：你躺下就打呼噜，还顾得上做梦？

方天楚自顾自说：梦到在我家村北小河里抓鱼。

金子跃忙问：抓鱼？抓到了吗？

方天楚说：抓到两条大鱼，滑溜溜的……不是我吹牛，只要有水，水里有鱼，没有我抓不到的。

大家来到飞机旁，地勤的同志早到了，已经列队等待飞行员到场。

特设师王斌对方天楚说：机长，今天是个大晴天，我感觉有戏，没准有仗打，干他一架下来，我们给你戴大红花。

看来你比我还着急啊！我也想打下敌机，在我们的飞机上画上第一颗红星。

王斌说：对，红色实心五角星（实心五角星为击落敌机，空心五角星是击伤敌机）。

机械师孙远走过来，一脸严肃地说：飞机都检查好了，一切由我负责，你上去检查一下无线电，然后快去好好睡个回笼觉，养足精神，没准今天真有仗要打。

回到休息室，方天楚却怎么也睡不着了，今天怪了，大家的第六感觉都一样，难道真的有仗要打吗？他把空战中可能出现的各种情况，又在脑子里过了一遍。看看天已经大亮，反正睡不着，便起身读阔日杜布的自传《为祖国服务》，这是一本激情澎湃的书，准确地说，它是写给飞行员看的书。为祖国服务，多么豪迈的口号。一个在乡下抓鱼放牛的孩子，有一天，能为祖国服务，多么荣光。

吃过早饭，起飞的命令还没下，中队的四个人溜达溜达，来到了起飞线……他们坐在飞机屁股后面的工具箱上，四个脑袋像向日葵一样，朝向塔台……

突然，绿色的信号弹划破长空，地面"开车，开车"的叫声像炸开了锅。

大家上了飞机，忙着系上伞带，然后开军械电门，检查仪表，关闭座舱盖，推上密封开关……待机械师下了飞机后，飞行员举起左手，向长机示意，准备完毕。

听到塔台指挥发出了起飞的命令，一对对飞机，向左扭过机头，对正跑道，加大油门起飞。

滑翔的飞机，把钢板跑道震得嘎嘎作响，发动机巨大的气流，把地上的尘土吹得漫天飞舞，好一派震撼景象。

按下装弹按钮，飞机发出"咚咚咚"三声闷响，预示着战斗随时可能打响。右转集合，通过出航点，八机已编好战斗队形。

联司指挥所命令：高度八千米，向一百度出航。

带队长机李子虚回答：明白！

从安东上空右转弯，航向一百度，向清川江口飞行。右边是蔚蓝大海，左边是绵延陆地。

迎着朝阳向前飞行，光线微微有些刺眼，人人警惕地搜索着自己负责的区域……

正静默地向前飞行，无线电里突然传来了联司刘司令员清晰沉稳的声音：敌机八架，高度九千米，在你们右前方一百公里，正向清川江方向飞来……不久，又传来了刘司令员的声音：敌F-80，在你们右前方五十公里，已下降高度，正向清川江大桥飞去。

机群跟随带队长机，下降到六千米，投掉副油箱，进入战斗状态……接近清川江了，尽管方天楚的眼睛瞪得滚圆，可就是看不到敌机，他有些着急，飞机也像躁动不安的战马。

无线电里又传来了刘司令员坚定洪亮的命令：敌机就这一批，发现后坚决打……下降高度三千米，在清川江口盘旋搜索。

飞机编队向下盘旋时，吴宇航首先发现了敌机：报告，敌机在我们右下方的海面上。

大家顺着方向看去，好像是几片随风摇摆的落叶，在波光粼粼的大海上漂动……方天楚不由在心里感叹：这景色还真他妈挺好看嘞！那天的蓝天、碧海、落叶的三维景象，从此经常出现在他的梦境里，发现敌机！敌机在我右下方！每次，他都大呼小叫地醒来。

攻击！带队长机李子虚发出了命令，并率先一个右转弯扑了下去。

F-80像个十字架，机翼上挑着两个投不掉的副油箱。方天楚前面的三架飞机正向敌机攻击，他作为僚机在后面掩护，目光本能地向上下左右扫视，这一看不要紧，发现下方四架敌机正抬头向前面三架飞机攻击。情况紧急，他边报告，边右转机头六十度，对着敌机，三炮齐发，顿时，他看到火光如雷鸣闪电，从敌机前面划过，而敌机看到烟花般的炮火，马上右转逃逸……方天楚回头再找长机，已经看不到了，他突然有些怅然若失，无线电里乱哄哄的，所有的声音都紧张、峻急、短促……听不出谁是谁，也听不清在讲什么，但嘈杂中，他还是辨别出一个声音：打得好！打得好！他顿时振奋起来。

这时，他发现前方又出现四架敌机，这说明敌机不是八架。刘司令员明确地指示：敌机就这一批，发现了坚决打。方天楚血往上冲，决定单机和敌机厮杀一番。

F-80操作性能好，米格-15盘旋不过它，但米格-15的总体性能好于F-80，这些在平时的针对性训练中已经烂熟于心，这给了方天楚信心。

阔日杜布在《为祖国服务》一书中，写了他的战斗历程以及空战经验，他说过：一个优秀飞行员在空战中不仅要勇敢地消灭敌人，而且要善于保护自己。

方天楚在找机会攻击敌机，但又要防备敌机的攻击，毕竟他此时是单机孤军作战。敌机似乎发现了他的意图，开始双机交叉转弯来摆脱攻击。方天楚灵活地利用米格-15优越的拉升性能，把飞机拉起来，站好位置争取主动出击，然后再寻找机会攻击。敌人分开，他就拉起来，敌机集中，他就下去攻击，如此三番，一会儿在陆地上空，一会儿又转到海面上空。他尽量不在海上打，海域的控制权在敌方，海上缠斗显然对他不利。

这时，敌机转到陆地上空，又集中到一起，编队右转，准备向大海方向飞去。方天楚抓住这个千载难逢的时机，迅速俯冲下去，瞄准最前面的一架刚要射击，敌机突然又反过来右转，他也跟着反过来，把瞄准具光环拉到最前面一架敌机机头前，缩光环距离约四百米，果断按下炮钮，三炮齐发……他亲眼看到，敌机左边的机翼和机身分离，解体的飞机冒着烟打着滚掉到了海滩上。出于好奇，他又向空中扫了一眼，没有看到飞行员跳伞，飞行员即使跳伞，恐怕也成了我们的俘虏……眼前的场景，他并不陌生，这是数次出现在他梦中的场景，他想，这就是梦想成真的滋味吧！

此时，方天楚真如一只飞鸟，自由，矫健，自信。他的目光轻松机警地向四周扫射了一圈，他想寻找新的猎物……距离他一千米左右的空中，一架银色的飞机正追着敌机瞄准，前方敌机正在做蛇形摆脱，而银色飞机后面也跟着一架正在瞄准的敌机。增援掩护战友，比打下敌机更光荣更重要，这一理念早已深入人心。方天楚拉起机头，迅速向右前方的敌机开了威慑性的几炮。险情缓解后，他本能地向左后方扫了一眼，好家伙，身后另一架距离很近的F-80正要攻击他。他使出吃奶的劲，迅速向左压了七八十度的大坡度，用力蹬右舵，向后拉杆，做了一个向右上升侧滑。在他做这个躲避动作的同时，敌人开炮了，密集的炮弹像洪水一样汹涌而来，从他的座舱盖上飞过，他感到飞机震动了一下，糟糕，他被击中了。他第一个反应是，乐极生悲，完毯了……就这样死在天上也不错，起码活着的人想起我的时候会说，他死在天上。这应该不算丢人……他看到攻击他的敌机，从他的左翼下方冲了过去，到了他的前面。此时，他的飞机依然在飞，他左右晃晃驾驶杆，又用力蹬了蹬舵，飞机开始摇动……他判断飞机的操纵系统是好的。他顿时愉悦起来：宝贝，我不能没有你，好好听话，我要把你带回去，来，看看我怎么给你报仇。于是，他像一只受伤的狮子一样，转动机头对向敌机，心想，混蛋，我非让你尝尝我火炮的味道！冲到前面的敌机，向海面来了个八十度的高难度俯冲，方天楚非常清楚，不能跟着敌机向下俯冲，他有自知之明，论技术他比不过美国飞行员，而且他的飞机速度比敌机快，控制不好会扎进海里喂鱼，于是他就以小的下滑角，小心地跟在后面，等着敌机拉起来，再靠上去攻击。方天楚想：敌机总是要返航的。果然，敌机向左压了约五十度的坡度，又上升转弯，给了他一个满意的射击角度。他在三百米左右的距离，以四分之一的进入角，按下了射击按钮，又来了个三炮齐射，他看到炮弹妥妥地打在了机身和左机翼结合部，敌机顿时爆炸成碎片，掉入了大海，永远起不来了……

当他把飞机拉起来的时候，简直不敢相信，这短短的十几分钟就干掉了两架敌机……

洞拐返航，洞拐返航，洞拐听到了吗？

这时，他才听到指挥员在无线电里呼叫他，显然他们已经呼叫多时了。

塔台的呼叫，提醒他战斗结束了，战友们应该已经返回机场了，只有他自己还在战区，他要盘算一下自己的归途了。他看了看仪表，距离大孤山机场还有二百多公里，油量只有三百公升了，回大孤山机场已经不可能了。此时，离他最近的是大东沟机场，他只能到那里降落。

飞到大东沟机场，他看到北停机坪停了很多飞机，是苏联老大哥的一个飞行团，便决定由北向南顺风着陆。好在炮弹不多了，航油也没了，飞机重量减轻，平安着陆。

8

不知什么时候，飞机四周围满了人，有苏联人也有中国人。他们可不是看热闹的，询问完情况，中国同志帮着退出飞机未发射的炮弹，苏联同志娴熟地把飞机上的胶卷取出，拿去冲洗了，又扛来梯子，上去检查飞机。检查完，苏联机械师告诉方天楚：飞机尾翼被打了个洞，如果炮弹往后一厘米，就把水平尾翼的连杆打断了，飞机失去操纵，你今天就回不来了，看来，上帝保佑了你。

方天楚一脸稚气并认真地说：我不认识上帝，要说保佑也是毛主席保佑了我。

苏联同志大笑，说：对，还有斯大林，他也保佑你。

方天楚简单地讲了空中击落两架敌机的经过，苏联人看他长着一张娃娃脸，还以为这个少年在吹牛，没怎么当真。

胶卷很快冲洗出来了，判读的结果和方天楚讲的一样，几个人一起把他抱起来，在光秃秃的跑道上转起了圈圈。

飞机被苏联地勤拉去修理厂了，一辆苏联生产的嘎斯车停在方天楚面前，跳下一个作战参谋，向方天楚敬了个军礼说：联司首长叫你去指挥所汇报情况。

路况很差，司机开得很小心，生怕磕碰到他，边开边嘟囔：联司首长交代了，你是宝贝疙瘩，不能有任何闪失。

总算到了指挥所，还没等说话，司令员就握住他的手，声音洪亮地说：祝贺你，方天楚同志，这一仗你击落了两架 F-80。

方天楚说：首长，您的声音可比无线电里大多了。

哈哈，都说我嗓门大，所以无线电里我尽量压低声音，怕震聋你们的耳朵。我也告诉你，我在无线电里听你的声音，就像个娃娃。

首长，我可不是娃娃，我快十九周岁了。

俗话说，初生牛犊不怕虎啊！对了，你的飞机怎么样？

尾翼被美国佬打了一个洞。

很惊险呦！

不碍事，李永泰的飞机负伤五十多处，不是也飞回来了吗？只能说美国的炮弹不给力。

我们的飞行员把飞机开成空中坦克了，你们都是好样的。给我们谈谈今天的空战情况吧！

平时都是听首长讲，今天当着这么多首长的面汇报，他显得有些紧张。出了一身汗，总算把空战情况磕磕巴巴汇报了一遍，这个过程，他感觉比亲历的空战艰难多了，而且长了几百倍。

司令员看出了他的窘态，拍拍他，笑着问：打得好却没讲好，是不是？

方天楚点点头。

司令员说：你能把空战的情况讲到这样，已经很不错了，打得好比讲得好重要，我要表扬你。

司令员又问：我们一直在喊你返航，你听见了吗？

前面确实没听到，打掉敌机以后才听到。

哦，看来你只顾打敌机了，耳朵跟着眼睛跑了。

首长们都畅怀大笑起来。

方天楚四周看了看，凑近司令员的耳边问：首长，打下几架飞机算王牌飞行员？

告别了联司首长，司机把方天楚送到了大东沟机场招待所。一场急遽的空战，一场漫长的汇报，此时他才感到从未有过的疲乏。躺到床上就沉沉地睡着了……不知睡了多久，突然被吵醒。睁开眼睛，看到机械师孙远站在床边，还有朝夕相处的机组同志，一个不少都来了。

大家来不及说话，抱在一起，又是哭，又是笑，又是跳，又是蹦，真是悲喜交加。

哭完笑完，大家这才七嘴八舌地说起来。

特设师王斌快人快语：我们还以为见不到你了呢。

方天楚说：我不会死的，没那么容易。

王斌说：看到人家机组的飞机，一架架都返场落地了，就是等不到我们的飞机回来。

孙远说：可不是嘛！我们都到机场西头等你，看着一架架被炮弹熏黑的机头，我们知道一定是和敌机交火了。我们为你捏着一把汗，下来一架，不是你，又下来一架，还不是你。我们一架架数着，落地七架飞机了，就是没有我们的飞机，我们几个眼巴巴地看着天空，那滋味真不好受！我们望呀等呀，天空还是空荡荡的，就是看不到有飞机回来，一个小时过去了，一个半小时过去了，飞机上的燃油该耗光了，我们意识到你回不来了，但还是希望有奇迹发生，希望我们的机长能突然在天空中出现……机场的西头就剩下我们机组的几个人，一边哭一边在那里等，等了两个小时，炊事班派人把饭都送来了，可谁能吃下去呢……后来，只见一辆自行车飞快地向我们骑来，是团里的作战参谋，他边骑边喊：方天楚有下落了！

孙远叫方天楚休息，带着机组同志去了修理厂。苏联同志有高超的战场修理经验，已经把飞机修好了，几乎看不出修补的痕迹。大家给飞机加好油，装上炮弹，挂上副油箱，又对飞机做了仔细的检查，然后把飞机拉到了机场北头的起飞线，忙到后半夜，一行人才回到招待所。

一觉醒来，日出东方，霞光万丈，这一觉睡得无比香甜。

联司首长指示：上午八点，起飞回大孤山机场。

进了座舱，检查完飞机，还不到起飞的时间……此时，和战友虽然只分别一天，但他感觉像孤雁一样，他太想念他们了。他很想听听大队长李子虚的战斗经过，想知道他是怎么打下两架敌机的；听听首长关于这次战斗的讲评，有哪些经验和教训。

好不容易熬到了时间，他向塔台报告：洞拐转场，准备完毕。

得到塔台指挥员许可后，他开车滑进了跑道，随之加满油门，请求起飞。塔台指挥员说：洞拐，可以起飞。

没想到，飞机刚刚抬起前轮，突然听到塔台急促的命令：收油门，停止起飞。

此时，装满航油，载满炮弹，飞机处于最大重量，两千米的跑道已经过半，收油门中断飞行的后果很难想象。

飞机处在即将离地的瞬间，他没有多想，只能正常起飞。他不想机械地执行塔台命令，造成飞机的损害，他的做法是不是抗令不遵，顾不上多想了。

升空后，他本想在跑道上空转几圈，消耗掉一些航油，减轻飞机重量，然后再落地。于是，他一边左转弯通过跑道，一边报告了自己的想法。联司指挥所叫他迅速落地，大孤山塔台叫他迅速回大孤山，他听谁的呢？方天楚在跑道上空，又转了一圈，归心似箭哪，他没有多想，决定听从心灵的召唤，飞回大孤山机场。

晴朗的天空，连绵的山脉，安抚了他有些忐忑的心，十五分钟后，方天楚在大孤山机场安全降落。

方天楚走下飞机，看到团政委、参谋长以及大队政委和地勤人员都来了，他们在机场迎接他，并举行了一个简短仪式，在他的飞机机头上挂了一朵大红花。师政治部宣传科的同志拿着相机给他拍了照，潇洒威武的他，穿着飞行服，站在座舱里，单手扶着座舱盖，抬头看着天空……

他非常喜欢这张照片，这是他第一次和自己的飞机合影。多年后，他把这张照片送给了他喜欢的姑娘，也是他爱了一辈子的女人。

方天楚后来才知道，他在大东沟机场起飞时，海面发现了敌情，所以联司指挥所才决定终止起飞。他违反了原则，因为当上级指挥员和下级指挥员的命令发生矛盾时，应当执行上级指挥员的命令。联司那边的指挥员非常生气，给师长来电，要给方天楚纪律处分。

师领导研究后，决定由他们承担责任，如果要处分方天楚，首先应该处分他们，道理很简单，因为叫方天楚返回大孤山机场的命令是他们下的。

师首长在和他谈话时说：我们是人而不是神，犯错误并不可怕，人们往往是在和错误的斗争中吸取教训而前进的。毛主席说，错误和挫折教育了我们，使我们比较地聪明起来了。

战后讲评在飞行员食堂举行。今天的战后讲评有些不同寻常，团领导、团机关的同志和全团飞行员都参加了，偌大的食堂，座无虚席，甚至门口都站满了人。

团长先讲话：昨天，对我们团来说，是一个难忘的日子，这一仗我们打得不错。李子虚干净利落地击落了两架F-80，昨晚的讲评会上，他已经做了介绍。方天楚同志也击落了两架F-80，虽然飞机被击伤，但无大碍，平安归队。他们首开了我团击落敌机的纪录，并且一仗击落四架，为我们团开了一个好头。

食堂里响起了掌声。

虽然我们打下了四架敌机，但我们还存在着不少要研究的问题，比如，不少同志也开了炮，但没有打下敌机，为什么呢？这是我们战后讲评要解决的中心问题。我们先请方天楚同志讲一下昨天的战斗经过，然后我们再提问、讨论，大家看怎么样？

方天楚此时的心情已经平静下来，何况已经在联司汇报过一次，于是思路清晰地做了汇报。

053

他说：第一，联司刘司令员对敌情判断正确，决心大，意图明确，指示我们"就这一批敌机，发现后坚决打"，刘司令员的话对我鼓舞特别大，使我打得放心，打得果断。第二，敌人怕我们，正如毛主席说的那样，"一切反动派都是纸老虎"，他们号称"世界一流空军"，拥有许多"王牌飞行员"，我承认他们的技术比我高，但为什么我能把它击落呢？说到底是他们怕死，怕死就会产生恐惧，这就使他们的技术得不到最佳发挥以至于动作变形。我打下的两架敌机都是敌人在慌乱中犯了错误，让我抓到了战机。比如我追击的那四架敌机，如果他们的战术运用得当，一直双机交叉一百八十度转弯，我也很难办，我攻击这一对，另一对就会过来攻击我，给我造成威胁。正是因为敌人犯下了四机绑在一起，向一边转的错误，才给我创造了击落他们的条件。第二架敌机也是如此，如果他不做那样的向左上升转弯，给了我一个较大的背弹面，我也是很难干掉他的。这一仗我能击落两架敌机，并不是我有多大本事，都是因为敌人犯了致命的错误，而我正常发挥了技术水平，抓住了时机，利用了敌人的错误。第三，扬长避短。米格-15比F-80速度快，这是我们的优势。但F-80的盘旋性能比米格-15好，美国飞行员的技术也高于我们，这是他们的优势。因此，几次敌人双机分开，诱我下去跟他盘旋，我便利用米格-15的速度优势，把飞机拉起来占据有利位置，观察敌机，待他们集中起来转弯，我便下去攻击。实践证明，这是十分有效的。敌人想叫我和他盘旋，我不去，他想跑，又没有我们的速度快，跑不了，因此只有被动挨打。第四，要灵活机动，敢于操纵飞机，最大限度地发挥米格-15的性能。在遭遇敌人进攻时，我做了一个大坡度的上升右侧滑，这个动作我平时没有做过，紧要关头，为了躲避敌人攻击，也只好违反技术规定，做了冒险的动作。我认为宁愿操纵不当，自己掉下来，也比被敌机打下来强。第五，要努力保持编队作战。我和大队长都打下了敌机，但他比我打得漂亮，编队保持得好，有进攻有掩护，自己的飞机没有受伤，毫发无损，教科书一样的典范。这样看，我独狼式的进攻，没有被打下来，应该是侥幸。

会后，李子虚表扬他，说：钢铁就是这样炼成的，天楚，你成熟了。

9

三个月的轮战，B师击落击伤敌机六架，被敌机击落击伤两架，战绩不俗。

春节前夕，B师转场回公主岭机场。

李子虚、方天楚的飞机上各有两个实心五角星。

机场上，有迎接他们凯旋的首长和即将轮战的战友。

几个即将去一线轮战的飞行员同行在交头接耳。

你看他们走路牛哄哄的样子，八字脚、昂头、挺胸……一看就是打下敌机的样子。

走在前面的是李子虚，智勇双全，未来的将才，一仗击落两架敌机，自己毫发无损。那个娃娃是方天楚，据说还奶声奶气的，一仗却打下两架喷气式，擅长独狼式单机作战，美中不足的是自己飞机挨了一炮……

方天楚匆匆走向飞行员休息室，此时，他听到身后有人问：你就是击落两架敌机的英雄吧？

方天楚没有停步，用拇指向后指了指，头都没回地说：英雄在后面呢！

下午，在大礼堂，举行了隆重的庆功大会，方天楚和李子虚被授予一等功，击落敌机的飞行员都登上了主席台。女文工团员们给他们戴上了大红花，然后一起留影纪念。接着，慰问演出开始，演出的节目是东北二人转《小二黑参军》。

方天楚正看到兴头上，被师宣传科的干事叫了出来，说有记者要采访他。他有些不情愿地说：戏还没看完呢！为什么要采访我呢？干事说，人家点名要找你。走到礼堂外面，他看到台阶下站着个女的，大眼睛，皮肤白皙，短发，正上下打量他。

我是杨晓辉，《青年报》记者。上午找过你，架子还挺大。

一团一大队方天楚。

他们对视了一下，杨晓辉上下打量着他。

方天楚被看得有些不耐烦，便说：不带这样看人的，我又没长角。

杨晓辉笑了：一战击落两架敌机，我想看看你和别人有啥不一样。

方天楚大大咧咧地说：这哪儿到哪儿？还不够数呢！

口气不小，够数是多少？

我哪儿知道呀！这取决于联司让不让我们上。这不，还没打过瘾呢，就让我们撤回来休整了。这鬼天气真他妈冷。

他跺着脚捂着耳朵。

这时，一旁的干事说：小方，接受采访也是任务。天冷，你们还是到我们宣传科聊吧！

路上他们边走边聊。

你看起来年龄不大。

下个月就十九周岁了。

果然了不起……

我的飞机毕竟还是被击伤了……我们大队长才了不起呢！

你对自己要求很高，或者说你是一个完美主义者。

完美谈不上，我只是心疼我的飞机。

对飞行员来说，飞机就像骑兵的战马一样，对吗？

更像放牛娃的牛。

哈哈，你难道放过牛？

穷人家的孩子，谁没放过牛？你去问问，我们飞行员里面放过牛的不在少数。这就叫能下地放牛，也能上天放飞机。

哦，旧社会的放牛娃，新中国的飞行员。

你说得不错！没有毛主席就没有我的今天。

你是怎么参加革命当上飞行员的？

这说起来话长了……

你知道，我们当记者的就不怕话长。

宣传科在大礼堂后面的一幢红砖平房里，屋里生着炉子。

杨晓辉说：上午我采访了你们大队长李子虚。

对呀，你采访他就对了，我们大队长学问大，能文能武。

他介绍了你，也谈了你打敌机的经过……我想知道，你是怎么参加革命的？

我有个本家大爷，从小习武，后来加入了武工队，他有时会和他的队员回村里，我们都叫他们土八路。他们着装不整，有的黑衣灰裤，有的白衣白裤，但腰里都统一扎根带子，有的是皮带，有的是草绳。他们有的拿长枪，有的拿短枪，没枪的腰里至少也别着两颗手榴弹。他们走路生风，神出鬼没，一个个都是飞毛腿，本事可大了，说杀鬼子就杀鬼子，说端炮楼就端炮楼。夜里，他们在日本鬼子眼皮底下扒铁路，扛着铁轨风驰电掣，一夜间就能运到山里，交给我们兵工厂造枪造炮。我很崇拜我大爷，一直想加入他们的队伍，可是他不要我，说我太小，跑不动，他叫我没事围着村子跑，把脚底板练硬，然后再说。我听了大爷的话，每天都围着村子跑两圈。

1945年，我大爷被日本人抓住了，他们知道他的名气，给他上大刑，他破口大骂。最后，日本人放狼狗活活咬死了他。我爹给他收尸，就捡回几块骨头。

大爷死后不久，日本人投降了。那年我十三岁，贪玩，放牛时抓鱼，把亲戚的小牛放丢了，我爹把我打了一顿，欠人家一头牛，用什么还呢？人家总是不给我好脸子看，我在村里的日子很不好过。巧了，这时，村里来了一支八路军，灰衣灰裤白胸章，绑着腿带，清一色的三八大盖，还有小钢炮和机枪，有几个人挎着手枪还骑着高头大马。带队的高连长住在我家西屋，我整天和他们套近乎，白天帮着喂马，晚上给连长烧洗脚水，暗地里打定主意要跟他们走。连长挺喜欢我，大冬天洗冷水澡，还叫我给他擦背。他问我识字吗？我说读过两年私塾。他问我将来想干什么。我马上说当八路呗！高连长说当八路是要死人的。我说我知道，我大爷就是八路，叫日本人给杀了。

高连长说我还不够参军的年龄，死活不要我。

他们凌晨要出发，我听到了动静，也悄悄起来了。他们出了村，我找了根绳子绑在腰上，还插了两根木棒，也跟着出了村。天还黑漆漆的，我不远不近地跟着他们的队伍，天大亮的时候，已经走出二三十里路了，他们这才发现我跟在后面。连长叫警卫员把我送回去，我死活不干，我说你要把我送回去，我就跳河。连长说，呵，年龄不大，还挺会作妖。

我就这样被留下了，其实连长挺喜欢我，我放过牛，于是他就叫我喂马。

我跟着队伍走了几百里路，来到临沂，这里是解放区，老百姓生活虽然贫困，但大家精神状态好，是当家做主人的样子。我把连长的马喂得又肥又壮，夜里他泡脚的时候，我就叫他讲打仗的故事。

就这样待了个把月，一天，高连长派我去山里给人民革命大学送信。到了学校我才知道，这是一封推荐我加入人民革命大学的介绍信。连长在给学校的介绍信里还夹着一封给我的信，信中写道：

天楚：

我看你是一个勇敢的孩子，也是一个聪明的孩子，希望你在这所人民革命大学里好好学习，做一个有出息的人。当你看到这封信的时候，部队已经出发了。

盼你学成毕业归队。

连长高飞

杨晓辉一直默默地听着，听得很认真，她在采访本上一个字也没写。

方天楚说：我讲了这么多，你怎么不记呀？

杨晓辉说：你讲得太精彩了，我都记在心里了，你继续讲。

我不想上学，我想回去找部队，但他们早就开拔了。后来我才知道，连长的队伍是奉命北上，去打大仗了。

杨晓辉说：高连长是你生命里的贵人呀！谈谈你的大学生活。

人民革命大学坐落在山坳里，只有几间茅草屋，没有像样的教室，也没有学生宿舍，更没有图书馆。晴天，大家就在避风的山坡上上课。下了课便劳动，盖房开荒种地。白天的教室，到了晚上就是宿舍，大家挤在稻草铺成的地铺上睡觉。

学校领导对学生很热情，也很关心，领导告诉大家，我们的学校不是一所普通大学，而是一所革命大学，是在山沟农舍里创办起来的。红军时代的红军大学、抗日战争期间延安窑洞里的抗日军政大学，条件比我们现在艰苦得多。我党的这些大学，培养出了成千上万的军事将领，相信我们也一定会培养出大批革命人才，你们就是其中的一员……

人民革命大学开学后的第一课就是艰苦建校，大家晴天一身土，雨天一身泥，挖土打坯搬砖，很快，一幢幢校舍在荒原上拔地而起。随着学校设施的逐步增加，规模也迅速扩展，学员从三百多人增加到七百多人，从开始的四个班扩展到七个班。

我年龄小，学历低，被分配到预科班，先补习文化，学数学、地理和政治，有时，也搬个小板凳，和其他学生坐在操场上听大课，主要讲中国革命的形势和面临的任务。这些课，叫我耳目一新。

杨晓辉问：后来呢？你又是怎么当上飞行员的？

你怎么这么多问题呀？看来戏是看不成了。

以后到北京，我请你看马连良、梅兰芳。

我这辈子不知道能不能去北京呢！

我看能。你当放牛娃的时候想到能开飞机吗？

没有。

方天楚继续说：好吧，反正我也说上瘾了，在人民革命大学学习了一年，传来上级指示，为落实中共中央巩固东北根据地的决定，加强东北民主联军的工作，决定从学员中选派人员奔赴东北。

我马上报名，准备去东北找高连长，找我的老部队。我的要求被批准了。

我们一行人迅速北上，当时铁路沿线被国民党控制，我们只能步行从莒县、诸城、高密、平度至龙口，一路披星戴月，风餐露宿，从龙口乘木船到达辽宁庄河县，然后改乘汽车至安东。

到达安东后，在东北民主联军总部，听取了东北地区的形势介绍，我们被分配到了东北联军的各个部门，我被留到联军总部。一天，我无意间在一份战斗通信上看到了高飞的名字，得知高飞现在是营长了，在四平攻城战中英勇顽强，身负重伤。高飞生死不明，我十分着急。我打听到重伤员大都在安东野战医院，我想，无论高飞是残是死，都要去见上一面。

我说明了情况，总部派人把我送到了野战医院，在那里，我见到了全身缠满绷带、刚苏醒不久的高飞。

我哭了，说不出话来。

高营长吃力地问我：你毕业了？

我说：嗯，毕业了。

高营长嘴角露出了笑容：放牛娃成了大学生了。你学了什么？

作战。

他说：那好呀！我身边正缺人。

我留在了高营长身边照顾他，他的身上到处是伤，我帮他翻身，清洗，喂饭，精心照料。他说我像个大姑娘。在我的悉心照料下,一个多星期他就能下地走路了。

见他一天好似一天,我说我该回去了,没想到他眼睛一瞪,说你要回哪儿?我不是跟你说了,我这儿正缺人呢。

原来,高营长的部队在攻打四平时伤亡严重,他想把我留在身边。我一听自然高兴,这也是我希望的,但部队有纪律呀。我说,那怎么办呢?我已经被分配到总部了。他说,你别管了,我去跟总部要人。

高营长伤好后,我便跟他回到了部队,我这才知道高营长现在是一纵司令员李天佑手下的得力干将。

这时杨晓辉又问:你还没说你是怎么当上飞行员的。

辽沈战役前夕,高团长对我说,又要打大仗了,我不带你走了,你有更重要的事情去做。

我说:我不想离开你。

我已经推荐你去东北航空学校学习了。

当飞行员?我怎么行呢?

我看你行,而且一定要飞起来。将来我在下面带兵打仗,你在天上打配合,那多带劲呀!

就这样,我被选送到东北老航校。

采访结束后,杨晓辉和方天楚道别的时候意味深长地说:离地三尺,都要靠自己了。

方天楚听后有点惊讶,这是一句内行人说的话呀。

我想看到你成为中国空军最优秀的飞行员。

说完,杨晓辉的眼睛竟然噙满了泪水。

你怎么了?

我的未婚夫肖列也是飞行员,在轰炸日本人占领的大同机场时牺牲了。他们那批笕桥航校毕业的飞行员，参战后，不到半年都牺牲了。我不希望你像他那样，用牺牲成就优秀……我希望下次还能采访你。

仗还有的打，我们还会重返一线作战，用拳头和美国人说话。

杨晓辉看着眼前这个年轻的飞行员，无限地喜爱和心疼，不由说：做我弟弟好吗？

好，以后我就叫你晓辉姐。

杨晓辉从脖子上拿下一条军绿色的围巾，递给方天楚说：这是我给肖列织的，他没拿到就牺牲了，你愿意收下吗？

方天楚犹豫了一下，便接过来围到了自己的脖子上。

围巾上的体温还在，方天楚笑呵呵地说：长这么大，从来没戴过这么暖和的围巾。

方天楚看到杨晓辉笑了，笑得有些灿烂。

不久，报告文学《年轻的鹰》在《青年报》发表了，一时，方天楚成了名人。

10

1951年秋至1952年5月，中国空军开始以师为单位，进入大规模实战阶段，A师率先进入，B师撤到二线休整。方天楚被任命为中队长。

1952年春节，方天楚是在公主岭度过的。

战前改装训练任务繁重，小毛小病飞行员们都不说，参战后就更顾不上了，造成不少飞行员有慢性病和外伤。过完春节，部队安排作战部队飞行员，去新组建的长春空军医院做全面体检。

体检完，方天楚和大队长李子虚被留下住院治疗。方天楚治疗了冻伤溃烂的耳朵，拔掉了一颗智齿；李子虚做了一个小手术，开掉了一个淋巴囊肿。

这所新建的空军医院，洁白、温柔、安静，空气里弥漫着淡淡的来苏水味。没有人大声说话，甚至连走路都又轻又慢，像是怕踩死蚂蚁。医院环境幽雅，医生和蔼可亲，护士年轻漂亮，但是，方天楚还是不习惯这里的气氛。

李子虚靠在床上读托尔斯泰的《战争与和平》，方天楚在学俄文，过了一会儿方天楚说：大队长，我一直想问你个问题。

问呀。

你总叫我小老乡，听你口音可不像我们山东人。

可是我一听你口音就知道你是我老乡，我看过你的履历表，你们村和我们村只隔一条河。

你还是不像我们那地方人。

我父亲早年出国留洋，回国后在上海物资部门工作，母亲是会计师，他们总是忙忙碌碌，我其实对他们知之甚少，因为我从幼稚园到学校都是寄宿。直到我被父亲的朋友带到延安后才知道，我的父母都是地下党。我在延安大学继续读书，后来被送往东北老航校学习飞行。起初父母还和我有联系，新中国成立后，我和父母彻底失去了联系。

哦，是这样，等仗打完了，我们戴着军功章结伴回老家。

李子虚犹豫了一下说：但愿会有那一天。

方天楚自信地说：你是带队长机，我是你的僚机，我一定好好保护你。

谢谢我的小老乡。

离开长春那天,从医院出来得早,方天楚建议去逛逛大街,他说:1948年4月,四平解放后,长春成了一座孤城,国民党集结了十万兵力固守,我们部队挥师北上,攻占了长春西郊大房身机场。长春攻城,上级指示围而不攻,政治瓦解,经济封锁。长春几乎是和平解放的,但封城期间,长春老百姓付出了惨痛的代价。我们部队那时没有进城,但我听说城里的建筑很漂亮。

斯大林大街的建筑大气摩登,人们的穿戴很洋气,服装店里有做工精良的毛料西服、中山装、列宁服以及毛领呢子大衣和棉猴,面包房里散发着好闻的奶油香味。

李子虚拉着方天楚进了一家百货店。服装柜台的营业员看到进来两个解放军,热情地询问是不是要买衣服,看他们威武的样子,又瞄了瞄他们的身形,给李子虚拿了一件蓝色中山服。李子虚说:好是好,可是我没机会穿。李子虚买了两方手帕。一块是咖色,四周是深咖色井字镶边,一块是天蓝色,四周是深蓝色井字镶边。

离开部队虽然只有一个星期,但却感觉已经离开很久了。

此时,前方战场上的情况已经发生了变化,美军加强了喷气式绞杀战的攻势,大量使用性能更优良的佩刀F-86型飞机,还从美国空投了一批参加过二战的中校、少校飞行员,他们凭借飞行技术好、经验多的优势,展开新型战术。

针对美国F-86,中国空军着重米格-15性能的发挥,训练双机、四机大动作的编队协同。

3月末的一天,飞行员们早早来到了机场。

清晨,仿佛有一股巨大的升力,把太阳抬起,磅礴的气势不容阻挡。

方天楚坐在休息室门前的台阶上，遥望这一景色，心潮澎湃……

政委笑盈盈地走过来问：小方，想什么呢？

方天楚站起来说：还用说嘛，想打敌机呗！

政委说：好，作为一个飞行员，就应该心无旁骛，想自己分内的事。

方天楚手里拎着飞行帽，陪着老政委在草坪上漫步。

政委说：我代表党委通知你，经李子虚和金子跃的介绍，你被批准为中国共产党的预备党员了，祝贺你！

方天楚曾经在参战前表露过心迹：非常遗憾，我还没有成为一名共产党员，不知我还有没有机会成为一名党员。马上就要参战了，我虽然还不是一名党员，但我会像一名党员那样去战斗……

晚上，方天楚和金子跃下棋，不像往日吵吵闹闹，低头看着棋盘，一步步棋子下得稳健。

李子虚说：天楚像变了一个人。

一旁看棋的吴宇航说：有质的飞跃。

金子跃说：人家现在是预备党员了嘛。

方天楚妥妥地将了金子跃的军，站起来说：是的，过去我一直还觉得自己是个孩子，任性、蛮干、好胜，今天我才觉得自己真正长大成人了。

紧张的训练没有一天懈怠，飞行员们谁都不想错过每一个飞行日。

战场上风云变幻，政治阵营的较量、科学技术的较量、先进武器的较量、参战官兵意志的较量，决定着战争的走向，也决定着战争的胜负。

方天楚非常怀念苏联教官带飞的那段日子，后悔当时没有深入交流和请教，飞行员中流行一句话：飞行飞行，不飞不行。可是，光飞也不行，还要动脑子。

方天楚认为用性能高的米格-15击落F-80不算本事，他现在的目标是F-86。他对米格-15的火炮非常着迷，37mm口径的火炮爆炸面积有一平方米，但只要打中，敌机没个跑，基本就空中开花了。美机F-86虽然载弹量大，但威力不大，李永泰中弹五十多发，不是也飞回来了吗？现在就看技术了，飞行技术是硬道理。他很清楚自己的差距，他亲眼看过苏联飞行员的训练，跃升、横滚、螺旋令人眼花缭乱，那才是雄鹰般的自由飞翔。

为了准备第二次参战，大家加紧训练，并暗地里加大科目难度。此时，空难发生了，三大队的林丹在做横滚时，撞山牺牲。

方天楚说：我宁愿训练时摔死，也不愿在战场上被敌人击落，让自己成为敌人的荣耀。

11

美军换防上来的新兵指着对面的阵地说：看，中国人又在挖地了，难道这个农耕民族要在这里开荒播种吗？

长官告诉他：No! 他们在挖坑道，为了抵御我们的炮火，他们几乎把整座山都挖空了。

此时，中朝地面部队从短兵相接的阵地战转入防御战，和联合国军胶着在三八线附近。

1952年6月10日，被视为美国战略轰炸重器的B-29遭遇至暗时刻，一天之中折损五架，被中国空军A师米格-15击落两架，被炮兵62师击落三架，在朝鲜战场终结了B-29遮天蔽日出场、大量喷气式护航的乌压压景象，也算为大和岛战役出了一口恶气。

1952年9月中旬，B师的两个团，奉命转场到凤凰山以北二十公里处的大堡机场，重返前线参战。

离开战区半年多，除了雨季，空战一直在进行。

朝鲜境内的机场，在战争初期就被美军全部炸毁。志愿军入朝后，冒着敌人的轰炸，不惜代价，昼夜抢建机场，但机场刚修好，敌机便来轰炸，再修再炸，可谓惨烈，中朝军民牺牲三千多人，损失大量战备物资。中朝最后决定，暂时放弃在朝鲜本土修建机场，所有飞机从中国境内飞赴战区。好处是，机场安全相对得到了保障；坏处是，飞机航程缩短，不能纵深支援陆军作战。

中苏参战飞机数量虽然远远不能和联合国军参战飞机数量相比，但有没有空军大不一样。中苏空军建立的米格走廊，赫赫有名，为保卫铁路公路向前线运输物资，做出了不可磨灭的贡献，将榴弹炮、无坐力炮、山炮、喀秋莎炮，装甲、坦克、棉衣、粮食、弹药，以及士兵，夜以继日源源不断地运往前线。

国内一度出现捐飞机热潮，据说仅山东一个省就募捐了几百架飞机。

这次B师参战目标明确：保卫米格走廊沿途运输线，扼制美国空军破坏运输线的企图。因此，米格走廊上空的绞杀，异常激烈。

和半年前相比，空战已经悄然升级，空中几乎看不到F-80、F-84的影子了，美军投入战场的几乎是清一色的佩刀F-86，还有一批王牌飞行员。

两军交战，在知己知彼的前提下，首先是战术的博弈。

美军不断在战术上变换花样，企图把组建初期的中国空军扼杀在摇篮里。

联司命令一团战斗起飞了两次，保持飞行高度一万两千米，任务是掩护友军作战。

起初，一些年轻气盛的飞行员不能理解，有情绪，下了飞机，扔下飞行帽，你一句我一句发起牢骚：

这打的是什么仗？

这哪是掩护，分明就是观摩。

操练了半年多，以为能痛痛快快打一仗，这可好，看人家军事表演。

为什么命令我们在一万二千米空域里飞呢？太小看人了。苏联飞行员能打，我们也能打。

两仗观摩下来，领导组织讨论，让大家各抒己见。

两次出航的情况基本大同小异，联合国军依仗飞机多，上下左右，在不同的空域布置几十架飞机，有些甚至隐蔽在远处云层里，看来敌机是沿着米格走廊"排兵布阵"，设计了一个大口袋让中国人钻。

既然发现了玄机，于是，飞行员们七嘴八舌开始讨论怎么破这个"口袋"阵。

我们要改变航线，从外围攻击口袋边缘的飞机，撕烂他们的口袋，打乱他们的部署。

即使进入了口袋，也没什么了不起，不要转弯给敌人机会，主动去攻击口袋外围的飞机。

方天楚一直没说话，这时他若有所思地说：两军交战，勇者胜，我们飞不过人家，就得发挥程咬金三板斧的精神，吓也要把他们吓死。

李子虚看着方天楚说：有破阵的主意啦？

方天楚说：他就是铁口袋，我也要把它撞出个窟窿。

李子虚心有灵犀地一笑，说：我们战前要把各种预案做好，但空中的情况是瞬息万变的，那就要靠每个人的机智和应变力了。

战斗的一天，终于到来。天刚亮，飞行员们就起床了。

上午八点，十六架飞机奉命起飞，从安东以北进入朝鲜，李子虚是空中指挥员，方天楚是李子虚的僚机。

蓝色的天空，有一朵朵淡淡的白云，驾机航行，真有在空中放牧的感觉，可是谁也没心思欣赏美景。

机群刚到价川，便发现敌机，李子虚命令3号、4号机攻击右侧敌机。左侧云端突然也发现了敌机，显然这是敌人的口袋阵，两侧都交上了火，瞬间，乱作了一团。李子虚和方天楚正要去左侧增援，发现前方口袋底的八架飞机迎面而来，逼他们转弯。但此时若转弯，正好送敌机一个尾后，给了他们射击的机会，于是，方天楚跟着李子虚毫不犹豫地加大油门，猛虎般向敌机冲了过去，直到逼敌机仓皇避让，乱了阵型。他们感到飞机受气流的影响在颠簸，好惊险的一幕。两人冲出了口袋底后，确认附近没有敌机了，才互相掩护，转弯往回飞。刚改平不久，突然发现四架F-86在下方转弯，准备返航，正转到他们机头下面，李子虚果断命令：洞拐，我拉起掩护，你狠狠打。

显然，方天楚的僚机位置更适合攻击。手疾眼快的方天楚，迅速瞄准了第四架敌机，在五百米的理想射程，稳准狠，三炮齐发。顿时，炮火把敌机炸燃，敌方飞行员跳伞的机会都没有……空战就是如此残酷。

李子虚、方天楚双机编队，气宇轩昂地返航。方天楚的银色战鹰，又多了一颗鲜艳的五角星，这颗五角星显然比前面两颗含金量高，他终于实现了打下 F-86 的愿望。这天，他们出去十六架飞机，回来十五架。这一仗他们击落 F-86 三架，自己也被击落一架，吴宇航牺牲了。

吴宇航的床铺空着，但他的音容笑貌还在。大家表面平静，心里像断了手足一样疼痛，就连那个失去主人的理发箱仿佛都在哭泣。大队政委来了，带来了几个红艳艳的苹果分给大家，然后在吴宇航枕头下的笔记本里找出一张照片拿去翻印了。

飞行员牺牲，能找到遗骸的不多，半只皮靴，一把扭曲的手枪，通常没有全尸，追悼会也就一张照片。

美国人很快就放弃了这种口袋战术，号称世界第一空军的美国人是不会善罢甘休的。

开会，群策群力。

毛主席说，不打无准备之仗，不打无把握之仗，美国人还会使出什么招数呢？大家可以谈谈。

我们没有飞过复杂气象，他们很可能利用我们的短板，把我们往云里引。

米格-15 的强势是航炮的威力和跃升的角度，而敌方 F-86 的优势是盘旋和航程，所以，我们要想办法有效发挥航炮的威力，尽量不和他们盘旋，用迅猛的拉升规避挨打，快出快回，不恋战，不上当，打出三板斧就撤。

李子虚看着方天楚说：你怎么不说话？

方天楚说：我们唯一的办法是见招拆招。

对，见招拆招，来个反掣肘。

这期间，一次出航回来，因为油量紧张，方天楚降落到了浪头机场。这天塔台指挥刚好是肖汉。在方天楚看来，肖汉就是一个天才般的存在。冥冥之中，他一直期待着和这个英雄有某种交集。

得到塔台的允许后，他通场降落，不敢有一丝的懈怠，怕落地有瑕疵，被那些横着走的王牌飞行员笑话。

他一丝不苟地完成了降落。

五分……

无线电里传来了赞扬声。

他的飞机被拉去加油了。他站在跑道旁一边撒尿，一边向跑道尽头瞭望，心里羡慕地说：浪头机场比大堡机场气派多了。

他感觉身后有口哨声，回头一看，不禁慌了，连忙拉上拉链，立正敬礼：肖汉……李副团长好。

肖汉，均匀的浅咖色皮肤，两只眼睛炯炯有神，三七开的分头油光锃亮，脖子上围着一块咖格丝巾，双手插在皮裤里，看上去英俊倜傥。

肖汉捏着鼻子，夸张地用手扇着风：这个见面礼可不怎么好闻。

方天楚满脸尴尬，不知说什么好。

肖汉善解人意地拍了拍他的肩膀说：年轻的鹰，门面活干得不错。

方天楚满脸通红，知道他看过杨晓辉的文章，更不好意思了，难道他是在嘲讽自己吗？于是支吾着说：班门弄斧，我在辽阳看过你落地……你认识我呀？

谁不知道你呀！李子虚的高徒。这么年轻就成了名人，也不知道是好事还是坏事……

我会像你一样，争取成为王牌飞行员。

哈哈，你理解错了，王牌不王牌，我看不重要。记住，不被击落就是完胜，就是 perfect，我们可以不要功名，但我们不能被羞辱。

我记住了，我会把羞辱送给他们。

你的毛病不是随地尿尿，是太争强好胜了，我要提醒你，最近美国人在米格走廊占不到便宜了，势必要出阴招，你们要小心提防。我们需要豪言壮语，更需要冷静思考。

记住了。方天楚从来没有这样谦卑过。

没过几天，方天楚他们奉命从大堡机场起飞，在中途和攻击地面目标的敌机相遇。此时，敌人已经不那么嚣张，通常采用不正面交锋的战术，发现中方飞机后，便会放弃攻击目标，调转机头往回飞。由于米格-15留空时间比 F-86 少，联司指挥员命令返航，可是，就在他们准备掉头返航的时候，敌机杀了个回马枪，利用 F-86 航程长和速度快的优势，在他们后面追上来。

原来敌机在米格走廊不能有效攻击交通线，于是改变战术，用佯攻迷惑你，然后杀个回马枪，专打巡逻返场的飞机。

不得不承认，这招挺阴险，看来不是随便拍拍脑袋就想出来的，美国的战术研究部门是下了一番功夫的。

看着那些掉头的飞机，你追吧，不知从哪儿会冒出成群的飞机与你缠斗，耗光你的油量，最终击落你。不追返航吧，他回马枪追你，在你屁股后面纠缠，搞得你难受憋屈，还要出身冷汗。以方天楚的个性，真不想受这个窝囊气，真想上去拼个你死我活，但不能蛮干，否则就会掉进美国人的陷阱。

一天，他们又是十六架飞机出航，为了迷惑敌人，他们出航的线路一直在变化。

天空碧蓝，异常安静，往南看，群山叠嶂，再往南，可以想象，三八线附近的山头阵地上，也许正在交火。方天楚去丹东医院看望负伤的战友时，曾遇到一些前线回来的伤员，他们听说方天楚是飞行员，好奇地问他：我们有飞机吗？为什么我们看不到自己的飞机？我们在天上看到的都是美国人的飞机，整天对我们狂轰滥炸，我们从来没看到过我们自己的飞机。方天楚心里不是滋味，甚至感觉羞愧，对不起那些在前线出生入死的陆军兄弟，可是有什么办法呢？他们有限飞令，不可飞过平壤，更别说三八线了。

此时，他多想一直向南飞，飞过那些被炸平的山头，飞到三八线，飞到陆军阵地上方，让他们看看自己的飞机，再拉个烟盘旋一阵，向英勇顽强的陆军兄弟致敬。

他正胡思乱想着，无线电里突然传来声音：左下方出现两架敌机。

他发现远处两架F-86和他们平行，像鱼一样在空中游弋，由于清晨光线的照射，看过去很刺眼。

无线电里很安静，空中带队长机李子虚一直没有下达攻击命令。

前方又出现了两架敌机，速度很快，挑衅般飞过。

这时，李子虚发出了返航的命令。

下了飞机，大家向机场休息室走去。

李子虚低头走在前面，方天楚赶上他说：今天感觉不对劲呀。

李子虚反问：哪不对劲啦？

方天楚说：说不清楚……哪哪都不对劲。

李子虚说：那就对了，他们在钓鱼。在我们左侧，一定还有大机群游弋，守株待兔，他们在轮岗值班，下一批机群不来，他们一定不会离开。因为阳光的直射，我们不容易发现。先后出现的四架飞机是诱饵，我们如果散开追打，他们就会把我们引到狼窝，撕烂我们，不能上当。开会，趁热打铁，结合今天空中情况，我们讨论一下，看看怎么破敌人的"钓鱼术"。

又一天，十二架机出航，这次是从辑安右转，进入朝鲜，沿鸭绿江东侧，向鸭绿江口和铁山半岛之间飞行。高度一万米，航向一百六十度。此时，太阳在飞机的左上方，向下看，江河蜿蜒，山川秀美，但向东南看，阳光透过远方的云层，有些刺眼。这天，鸭绿江西岸是晴天，东岸却被白云覆盖着，而且越向东，云层越厚。机群编队刚飞过拉古哨水库，就发现左下方有两架F-86，距离三千米，平行飞行。透过刺眼的阳光向云边看，发现数量不少的黑点，时隐时现。

大家此时心里明镜一样，加大油门呼啸向前。

就在这时，右侧也出现了鱼饵，两架F-86，距离三千米，在他们下方，做S状盘旋。

机群刚好插在当中，分开了两组诱饵，天赐良机。

编队右侧的金子跃请求攻击，李子虚说：不急。

编队浩浩荡荡继续向前，左侧几公里外，看到敌人的大机群刚好在平行的位置，李子虚发出命令，叫金子跃和方天楚攻击右侧两架敌机。他和机组直线监视敌机，筑一道挡板，掩护金子跃双机攻击。

金子跃和方天楚回答：明白。接着，他们双双三十度向下转弯，默契地分工，一个打敌长机，一个打敌僚机。

方天楚有些兴奋，心想：钓鱼的遇到抓鱼的啰！看看咱们谁厉害吧！

他们预料敌机是要左转，把他们引向大机群。果然对方拉机头，做了左上升转弯的动作，这不是找死吗？方天楚迅速跟上去，行云流水般转弯切半径，按下攻击炮钮，他一直跟打到二百米距离才罢手，干净利落地击落敌机，看着它掉进了鸭绿江口的海面。

金子跃那边也开了火，两个鱼饵瞬间灰飞烟灭，都掉到海里喂鱼了。

返航后，李子虚拿出吴宇航的理发箱，对金子跃说：报完仇，该理理发了。

金子跃不吭声，李子虚又说：你接班吧，今后大家的头都归你了。

金子跃说：你那么挑剔，我理不好你的三七开。

李子虚只好说：你随便理吧！

没人说话，一个接一个，理了清一色的板寸头。

12

1953年1月，朝鲜战场边打边谈，停战协议呼之欲出，毛泽东在听取空军刘司令员关于中国空军作战情况的汇报后，有了新的战略部署，他指示："加紧战斗锻炼，加紧抗登陆准备工作，多多培养有战斗经验的飞行员，注意保存有战斗经验部队的战斗实力。"

战后统计，中国空军有十个师二十一个团的歼击机航空兵，两个师三个大队的轰炸机航空兵，共七百八十四名飞行员参战。

此时，三八线基本划定，谈判进入战俘交换阶段。谈到战俘交换数量，双方各不相让，又令谈判举步维艰。

1953年1月，B师返回二线机场辽阳。

辽阳连下大雪。

飞行员们理发剃须，最享受的应该是在热气腾腾的大池子里泡澡。

辽阳是个古城，有地道的东北菜：酸菜炖粉条、小鸡炖蘑菇、五花肉蒸焖子、猪血灌肠、地三鲜、锅包肉。

战后体检中，方天楚惊喜地发现，自己又长高了五厘米，而且原来的娃娃脸也变得有了些棱角。

一天，飞行员们在会议室看报纸。大家关心的板门店谈判依然陷入僵局，前线陆军的防御战打得顽强卓绝。

《辽阳日报》一则报道吸引了大家的注意，为了保证机场飞机的正常起飞，辽阳组织了万人扫雪大军，只要下雪，扫雪队员就往机场集结，确保飞机跑道不积雪不上冻。同一张报纸上，还报道了支前模范金永祥牺牲的事迹。

李子虚看着报纸，眼睛模糊了，难怪他给他们写的信都没有回音，此时，不知甜妹在哪里，她现在可好？

春节过后，辽阳又下了场百年不遇的大雪，跑道上的雪刚扫完，鹅毛般的雪花又铺了厚厚一层。

为了不影响部队飞行，辽阳紧急动员市民不分昼夜扫雪。

这种恶劣的天气，飞行员们暂且在屋里看书学外语。午后，李子虚出神地望着窗外的雪花，突然说：我们也去扫雪吧？

方天楚放下书，第一个响应：好呀，权当锻炼身体了。

大家穿上皮衣皮裤和皮靴子，戴上棉帽和鹿皮手套，拿上扫帚和铁锹，便走出了营房。

漫天飞雪，像给大地铺上了一块巨大的白布。跑道上的人们来回拉着刮雪板，不停地穿梭……

皑皑白雪中，只有飞机跑道裸露着，顽强而又倔强地伸向远方。

扫雪的人们看到飞行员来了，上来阻拦：你们只管飞行，扫雪有我们呢！你们回去吧，别冻坏了手脚。

方天楚说：你们不怕冻，我们也不怕冻。

你们放心，我们不会让跑道积一寸雪。

我们这也是锻炼身体呀！

于是，大家说说笑笑一起扫雪。

这边说笑着，远处一个姑娘一直在朝这边打量。

这时，扫雪队的领导走过来说：飞行员同志们，扫雪的事交给我们，请你们回去吧！

见大家没有停下的意思，他问：你们哪位是领导？

李子虚上去和他握手，自报姓名：李子虚，您贵姓？

一家子，李保田。快带你的飞行员回去吧，否则我就要抗议啦！

好吧，为了不使你为难，我们马上撤。

李子虚招呼大家和扫雪队员告别，扛着扫帚和铁锹往回走，走着走着，听到后面有咯吱咯吱细碎的脚步声，有人怯声唤：李子虚。

大家回头看到一个穿着羊皮坎肩的高挑女子立在雪中，头被一条绿围巾包裹得严严实实，只露出两个大眼睛。

甜妹？

在众多眼睛的注视下，两人一时不知该说什么。

方天楚招呼大家，咱们先走，让人家说说话。

雪花无声地落在甜妹的头上、脸上、睫毛上，李子虚看着面前的心上人，真想把她揽进怀里，好好暖暖她。可是他只是拉着她的手说：怎么会在这儿见到你？

我猜你该回来了。

我给你的信都收到了吗？

父亲死后，我离开了三道沟。

我在报纸上看到了永祥大伯的消息……我很难过，正惦念着你呢！

父亲走后，我来县城参加了志愿军伤员救护队。

你住哪里？

一个远房亲戚家。

你不是救护队员吗？怎么会来扫雪呢？

平时我们在火车站接收伤员，然后把伤员转送到医院。没有伤员转来，我们就在医院帮助护理伤员。

我去医院能找到你吧？

我在哪里，医院的人会告诉你的。每逢下雪我就报名来机场扫雪，我想我总能遇到你。

傻老妹，你都来机场了，怎么不去问问呢？机场有我们B师的留守人员。

我怎么问呢？

就说你是我未婚妻呀。

怎么好意思……未婚妻……你都没说？

我没说不是不想说……若是不打仗，我现在就娶你。我怕我牺牲了……

你活着我是你的，你死了我也是你的，无论生死我都是你的。

他用力抓紧她的手，她呻吟着抽了回去。他拉下她的棉手套，看到两只小手生满了冻疮，他把她的双手捧到嘴边，哈着热气想温暖它。

两人都落泪了。

你在哪里打仗？

丹东机场。

我以为你在朝鲜，再找不到你，我都想参军入朝了。

你哪儿也别去，我会去医院找你。

我等你，我会一直一直等你……我就你一个亲人了。

换班扫雪的人来了，远处有人在喊：换班了，回城的汽车马上要开了。

他说：走吧，上车回去吧！你把住址告诉我，改天有空我去看你。

你就到辽阳医院护理科来找我吧。如果没有接收伤员的任务，我都在那儿，有时夜里也在那儿。

分手时，李子虚把自己手上的鹿皮手套脱下来戴在了甜妹手上，然后恋恋不舍地看着甜妹上车走了。

连天大雪，无法训练。

永祥大伯死了，李子虚惦记甜妹，他请了假，去辽阳医院找甜妹。

甜妹穿着雪白的护士服，体态轻盈，看到李子虚到来，她笑得像花一样美，那一刻，李子虚被深深地打动，活着多么美好。医院刚往南方转走了一批伤员，新的伤员还没到，医院不是很忙碌，甜妹请了假。医院在县城中心，甜妹住在西门远房亲戚家的一间厢房里。进了门，甜妹向表姑介绍了李子虚是东面飞机场的同志，表姑是个伶俐的人，马上接话说：就是你爸常提起的那个弄走了他两个大车轱辘的飞行员吧？李子虚不好意思地说：正是鄙人。表姑拉着他们往正房里让，甜妹说：不叨扰表姑了，就在厢房坐坐吧。屋子很小，但收拾得整洁干净，没有炕，只有一张用门板搭的小床。表姑拿了一壶热水和两个茶杯进来，客套了几句就走了。

李子虚摸了摸床上的被褥，心疼地说：这屋里像冰窖一样，你怎么住呀？

大部分时间都在医院住……过了冬天就好了。

李子虚问：冷吗？

甜妹点点头。李子虚解开军大衣，把甜妹拉到怀里。

隔着冰凉的制服，甜妹听到了李子虚强劲的心跳声，以及常年穿飞行制服的皮革味。

甜妹喃喃自语：这味道真好闻。

李子虚抱紧她，柔声问：还冷吗？

不冷了。甜妹眼角汨汨流着泪水。

他们的身体慢慢变得温热起来，李子虚低声说：我此生从来没有这么幸福过……都不想去打仗了。

甜妹抽身出来，看着他说：那怎么行？那不成逃兵了吗？

李子虚说：英国有个皇帝，为娶一个女人，放弃了皇位，后人说起他便说，不爱江山爱美人。别人大概也会这么说我，不爱英雄爱美人。

甜妹严肃地说：我可不想成为拖你后腿的那个人。

李子虚说：甜妹，你知道，我是有可能战死的。

甜妹一边帮他系大衣的扣子，一边说：要活着，你不知道我多为你骄傲。

李子虚看向窗外，一丝悲伤涌上心头，他知道这悲伤来自眼前的女人。不知为什么，自从和这个美得像花一样的女人重逢，悲伤就一直缠绕着他。

他们出门的时候，表姑出来说：大雪天你们这是要去哪儿？我都烧火做饭了。

李子虚说：我陪甜妹去逛逛街。

表姑看了看李子虚，说：我能看出你是个有仁有义的好人，甜妹她爸没看走眼。

李子虚在老街找了一家狗肉馆，请甜妹吃了顿饭。吃完饭，他去买了生铁炉子、烟囱、铁壶和二百斤无烟煤，店伙计把东西给拉回来，又帮着把烟囱安装好，点上火，小屋顿时就热了起来。

李子虚要走了，表姑出来送行，说：甜妹她爹把甜妹托付给你，看来是对的。

这天，他在漫天大雪中走了几公里，傍晚时分才回到机场。

13

1953年3月，志愿军在西线发起了对美国海军陆战B师的进攻。随着天气日益变暖，大量积雪融化，战场和供给线一片泥泞。虽然板门店遣返战俘的协议呼之欲出，但战场上的流血一天也没有停止。

4月初，空军B师一团即将第三次开赴前线。

这次，他们进驻的是距朝鲜边境四十二公里，凤凰山北面的大堡机场。

大堡机场是1950年抗美援朝初期以惊人的速度抢建的，跑道采用预制的六角形水泥块铺筑，机场坐落在一个南北走向的山谷中。东西两面是山，南面就是海拔一千多米的凤凰山。这种绝佳的地理环境使机场具有一种自然天成的隐蔽性。但是，凡事都有两面性，机场的勘察设计者万万不会想到，这种隐蔽地势也让敌人有了可乘之机。

战争进入后期，空中博弈势均力敌，谁都占不了便宜。屡屡见识了中国飞行员的横冲直撞，美国人不愿正面冲突，转而进入战术研究阶段。美国人的机场鲜有文字描述，但他们似乎研究了中国空军的所有机场。

B师磨刀霍霍，但入驻大堡机场很快就遭遇挫折。

一团领航主任张明起飞不久，起落架还没完全收起，敌机就从头上压下来，朝他凶猛开火，因高度太低，无法跳伞，大家眼睁睁地看着战友坠机牺牲。张明是四川人，学历高，飞行技术好，但遇到这种没高度没速度的情况，再好的技术也不能发挥。

原来，美国空军针对大堡机场的地势，成立了一个"猎航"小分队，成员基本是些老辣的王牌飞行员。他们巧妙地利用雷达盲区和山峦遮挡，超低空游弋藏匿在山谷中，利用中国空军出航和降落时飞机速度慢、高度低、机动差的特点，单刀赴会，偷袭机场。

B师的营房、飞行员休息室和停机坪在机场北面，飞机又通常向南朝凤凰山方向起飞。四面环山的地形，敌机从哪里出现很难判断。

4月，大地复苏，山坡上野草葱茏，花儿绽放。可是，战争还在继续，战士们依然生死未卜。

这天，机场进入一等战备，指挥员命令雷达、通信、标图、导航各就其位，飞行员进入飞机座舱，静听无线电里指挥员随时可能发出的起航命令。

怎么这么安静呀！话音未落，"嗷……嗷……嗷"，不知什么地方传来了一种令人毛骨悚然的声音。站在梯子边的机械师孙远警觉地立起身子，四处瞭望，突然大叫：F-86！

米格-15的发动机是离心式，F-86的发动机是轴向式，发动机声音很容易辨识。空战中隔着座舱盖听不到F-86的怪声，这回方天楚也是第一次听到。

"嗷……嗷……嗷"的叫声越来越大，还没等判断出声音的来处，就见一架F-86从西面山洼里蹿出，鹰隼一样对着停在起飞线上的一排飞机俯冲下来。一个团的飞机都在停机坪上待命，飞行员都坐在座舱里。塔台里的人齐刷刷站了起来，呆呆地看着这惊悚的一幕……

孙远本能地扑到了方天楚身上，方天楚哪里肯依，猛推他，让他到飞机下面隐蔽。飞行员就是机组的宝贝，这是孙远一直向机组成员灌输的，他干脆拉上座舱盖，然后趴在上面，里面的方天楚犹如困兽，无计可施。

F-86俯冲开炮，炮弹落在飞机前二十米的跑道上，水泥和弹片四处飞溅……也许是紧张的缘故，炮弹并不精准，前后也就十几秒钟……

那天，方天楚第一次对他的机械师发火。

你他妈的不想活了，你能挡住炮弹吗？差点咱俩一起报销。

孙远淡淡地说：如果看到你死在我眼前，还不如一起死。

干吗一起死，做这种不必要的牺牲？我们打仗不是为了死，是为了活着。

孙远没有生气，还是一如既往对他好，像兄长一样爱护他。方天楚喜欢在飞机肚子下睡觉，孙远怕他着凉，总是把飞机蒙布在地上铺好，还总是催他：怎么不睡呀！快睡吧！方天楚虽然内心感觉温暖，但嘴上却说：你怎么像个女人哄孩子似的？孙远还是不生气，他觉得飞行员就该被宠着。孙远有块表，他总是建议方天楚飞行时戴着，好掌握个时间。方天楚没有表，他确实也需要表，但他没有接受，他怕牺牲了就没法还给孙远了。

晚上，各团开会，指挥员、师团首长到团里参加讨论，研究反封锁策略。

成立两年多的中国空军，来不及建立完善的作战研究系统，遇到困难，通常开会解决，群策群力，集思广益。

中国空军参战之初，担任指挥员的几乎都是没有飞行经验的陆军将领，这在空军作战史上是个奇迹。比如刘亚楼、刘震、聂凤智，他们身经百战，智勇双全，虽然都不会飞行，但他们善于学习，有胆识，勇于承担风险，在空战指挥中战绩不俗。

两天的会没白开，经过讨论，一套完整的堪称专业的反封锁方案出台。

一、在联司统一指挥下，所有一线机场实行联防。易被偷袭的机场在战斗起飞之前，兄弟机场起飞四架飞机控制空域，护航保证安全。

二、作战飞机返航时，机场要先起飞双机或四机，在着陆航线上空掩护，如返航飞机编队整齐，可灵活选择双机、四机掩护着陆。

理论上有方案，心里便有了底，空中的灵机一动，来源于平时苦练和缜密思考。这就叫不打无准备之仗。但实际上封锁和反封锁一直在互相掣肘。

飞机的噪音不是自然界的声音，每当飞机在地面调试，声音震耳欲聋，几乎达到人承受的极限。附近的危房会倒塌，婴儿会啼哭，骡马会受惊狂奔。飞行员们习惯了这种噪声，听不到反而感觉寂寞。

4月里这个有月亮的夜晚，繁星璀璨，大堡机场四周的山峦，显出了高低起伏的黛色轮廓，如果没有战争，这无疑是个甜蜜温馨的夜晚。

李子虚正在草地上仰望夜空，来大堡机场后，他还是第一次有闲暇欣赏夜色……温柔的月光，让他想念远方的爱人。方天楚走过去问：团副，想啥呢？

这月光真让人心痛。

方天楚看了看月亮，似乎明白了什么。

沉默了一会儿，李子虚突然说：如果我光荣了，请你帮我照顾甜妹。

照顾甜妹没问题，但你说这话我不爱听。

甜妹今天来信了，她说，我们走后，辽阳又下雪了。她说她每次去机场扫雪就像去见我一样，她说，要是一年四季都下雪该有多好，她就可以经常去扫雪。她说我从哪条跑道上飞走，还会在哪条跑道上飞回去……你听，她说得多好。

恋爱是不是很幸福很浪漫？

谈不上幸福，更谈不上浪漫……真的，只有担忧和心痛。

李子虚从怀里掏出两块手帕说：这是上次在长春买的，你挑一块。

方天楚说：我用得着吗？

李子虚说：挑一块吧！

方天楚挑了一块浅蓝的。老年的时候，他爱流口水，老伴找出这块手帕放在他口袋里，一次被女儿乐乐发现，问：爸爸哪儿来的这么精致的手帕？方天楚回想起了大堡机场那个忧伤的夜晚，不禁老泪纵横。

1953年4月9日，下午四点，一团一大队十二架飞机奉命起飞，李子虚带队，高度一万米，从吉安进入朝鲜，然后右转沿鸭绿江东侧，飞向入海口。

那天，西北边有云，东南边晴朗无云，通常这种天气，敌机出现得比较多，大家做好了随时战斗的准备。起飞后，照例右转一百二十度集合。爬高五千米的时候，整个编队进入了云层。除了李子虚，他们都没飞过穿云，何况是十二架飞机编队穿云。大家瞪大眼睛，盯着时隐时现的长机，没有多余的精力看仪表。此时，长机就是僚机的天地线，不丢失长机便什么都有。飞到六千米，地面指挥所下令右转，航向五十度。空中指挥员李子虚说：坡度三十度右转，各自小心。云中，时间显得特别漫长，只能沉着地忍受这种煎熬。终于转到了预定航向，爬到一万米高度，还是没有出云，只能继续向上。到了一万一千米，眼前豁然开朗，终于冲出云层，大家像从洞穴里出来一样，被阳光晃得睁不开眼睛。往下看，白云一平如展，像一片宁静的湖水。

朝鲜的天气非常好，他们接近辑安时，已经可以清楚地看到地面了。李子虚带着方天楚四机刚到预定航线，无线电里就听到二中队和三中队已经和敌人接火了，原来，他们在云中转弯时冲到前面了。

只听李子虚请求右转迎敌，无线电里传来联司的命令，叫他们四机回来护航。到了机场上空，他们拉开距离，变成掩护队形，在落地的三四转弯位置，呈三角飞行。转了两圈后，二大队飞行员乔华报告，他在机场西北方向遭遇两架 F-86 跟踪，油料告急，请求支援。指挥员命令李子虚、常天籁双机前去支援。命令方天楚、金子跃原地掩护。方天楚看到李子虚加大油门，拉出了一个美丽的跃升飞走了。

直到今日，方天楚仿佛依然能看到那个轻盈漂亮的跃升，那是李子虚留给他的最后影像。

二中队三中队的飞机迎着这天血红的晚霞，陆续返航，常天籁打完了炮弹也驾着熏黑了机头的飞机返航，飞机中弹三发，但无大碍。李子虚和他的飞机却消失得无影无踪……

升任团长的任命书已经下达到了师部，但李子虚再也看不到了。

李子虚牺牲在万物复苏的春天，那以后，每当春天到来，方天楚总会想起他的团副李子虚，他要喝杯烈酒，敬天敬地敬李子虚。

一个神秘的人来参加了李子虚的追悼会，这个神秘的人物是从北京来的，他代表烈士的家属来参加追悼会。

机场旁边的小山上，多了一座新坟，那里已经安静地躺着李子虚等二十多个战友。方天楚在李子虚的遗物中找到了另一方手帕，凑成了一对，收藏了起来。

那天的战况没人知晓，据常天籁说，他们遭遇敌人机群。几十年后，一个美国飞行员在他的回忆录里，再现了那天的战况，可谓凄婉动人。这是后话。

4月下旬，方天楚在报纸上得知，双方的战俘在板门店开始交换。这预示着，停战指日可待，可眼下，并没有什么好消息传来。美国飞机多次在平壤以北侦察，意图明显，他们想在停战之前轰炸水库和电站，阻碍朝鲜的战后恢复。

B师战斗出航频繁，有时一天要起飞四五次，拦截敌机可能的进犯。

方天楚上午出航飞了两次编队，下午四点，又接到战斗出航命令，以往的经验告诉他，联司在这个时候命令出航，大概率是有敌情。他们飞到鸭绿江口，看到友军的飞机已经返航了，来晚了一步，扑了个空。果然，联司命令返航。

方天楚带领他的中队立即右转，改平，搜索，以每秒十米的高度下滑，向机场飞去。这时，无线电里传来师指挥员的声音：回机场掩护着陆。有敌情，方天楚顿时精神一震，马上回答：明白，机场上空掩护落地。

下降到两千米拉开距离，在三四转弯的位置上空，呈三角形，警戒飞行。这一套，他们已经非常娴熟。

塔台命令：没什么情况，返航吧！方天楚和金子跃双机放下减速板，间隔三四千米，向左下滑转弯进入航线。飞机很快和塔台平行，飞行条例规定这是放起落架的位置，但为了防止敌机偷袭，大家学精了，起落架尽量晚放，通常都在四转弯对正跑道后，确定没有敌情，才以最快的方式放起落架和襟翼，然后拉杆落地。

忽听地面塔台喊：拉起来，拉起来，敌机在向你开炮。

即将下降的双机猛听到塔台的呼叫，一阵紧张，于是左右摇摆机身观察四周，并没发现敌机，明白塔台呼叫的应该不是他们。改平后，方天楚在左下方的山沟里，看到了惊险的一幕，两架伪装色的米格-15，在一百米高度的山沟里编队高速飞行，只见他们以八十度惊险的大坡度左转弯，摆脱了后面追击的F-86，尽管美机开了炮，但并没击中目标。在山沟里高速飞行是苏联人的绝活。

还没缓过神，眼前的情况已经变得危急凶险。被苏联飞行员摆脱的F-86，改平后，迅速捕捉到了新的目标，对着金子跃的飞机开了炮。

方天楚看到金子跃的飞机发动机喷管里冒出了白烟，发动机停车了，而他前面是群山峻岭。

无线电里传来塔台的声音：准备跳伞，准备跳伞。

无线电里没有听到金子跃的声音，只见他的飞机向左上升转弯，后面的F-86摆出吃定的样子，紧紧咬着前机。这时，方天楚已经跟上了F-86，三架飞机形成了一个危险的半圆弧，彼此相距三百米，方天楚刚要按炮钮，几乎同时，F-86发现了他，在六百米的高度，不顾下面有三百米的山，做了个几乎是半滚的右下滑转弯。方天楚一看便知，这一定是个老手，不能跟他下滑，弄不好撞山玩完。他拉了把杆，让飞机升高，争取了些高度，以便观察F-86的动态，这招果然灵。眼看就要撞山的F-86挨着山崖做了一个向左上升转弯的惊险动作。果然是高手，否则也不敢单机来敌方机场转悠。方天楚再次开炮，F-86像屁股上长了眼睛，突然右转，方天楚当然紧跟其后，来了个大角度下滑，同时使用超近距，把瞄准具的光环对到了F-86机头前面，一缩光环，便三炮齐发。炮弹闪着光，打到了F-86的机身上，飞机顿时燃起大火，冒出了浓烟。

再看，驾驶员已经迅速娴熟地跳了伞，方天楚对着无线电大喊：敌人跳伞了，快去抓俘虏。

方天楚对准跑道直接落地，油量用到了极限。

下了飞机，方天楚坐车向北，在跑道北面，突然看到金子跃的飞机斜卧在跑道一侧，应该是飞机降落时，一个起落架没放下。

方天楚下车和金子跃抱在一起。

方天楚说：我以为见不到你了。

金子跃没说话，看着地勤人员用气垫把飞机垫起，然后不知动了什么机关，只听"哐当"一声，起落架就下来了。

金子跃给地勤同志竖了竖拇指说：空中我啥招都用了，就是死活下不来，只好单轮着陆。

地勤同志说：我们加把劲，明天飞机应该就能出场。

金子跃说：看来你们要干通宵了，辛苦了。

地勤同志一边干活一边说：你们在天上卖命，我们在地上辛苦，应该的。

撤掉气垫，看着牵引车把飞机拉走了，他们这才向食堂走去。

空战是在机场上空三四转弯处进行的，在场的几百名空勤、地勤人员几乎同时仰望天空，就像在看一部精彩的大片。

他们一路走来，沿途的人都向他们鼓掌，把他们当成凯旋的英雄。

方天楚这时才说：好险呦！为什么不跳伞？

金子跃低头走路，很久才说：舍不得老伙计。

方天楚说：今天真够悬的。

金子跃说：大不了陪老伙计一起完蛋。

方天楚说：我有时也这么想，但愿这种事别叫我摊上。

摊上了你也会舍不得飞机。跳伞容易，你没看到跳伞后没飞机的人多难受，三大队的王平算幸运的，跳伞安全落在我方阵地，受到陆军兄弟英雄般的欢迎。回来怎样？人在有啥用？飞机没了，整天看着人家飞，心里不是滋味，一天他对我发牢骚说：不如和飞机一起摔了，还能落个烈士称号。

我们的飞机比飞行员少，除非我们自己能造飞机。

谁知道那一天什么时候能到来？造飞机又不比生产自行车。

什么时候我们的飞机能有美国那么多就好了。

我想总会有那么一天，我们赶不上，还有我们的下一代、下下一代。

此时，方天楚还不知道这一天对他来说，有着怎样不同寻常的意义。

前线机场只有两种日子能叫人记住，凯旋日和追悼日。

击落敌机自然是机场的节日。他们走进食堂，飞行员们都站了起来，哗哗鼓掌。师团首长和他们握手祝贺，大队的同志也争相上前握手。

当晚的酒喝得酣畅淋漓。不知是谁起的头，大家开始唱：

> 我们的伙伴都是雄鹰，
> 蓝色的天空是我们的家。
> 第一是飞行，
> 第二是飞行，
> 那么姑娘呢？
> 那就以后再说吧！

方天楚特别喜欢这首苏联的《飞行员之歌》，它非常准确地表达了他那时的心声。后来，当他听到阎肃作词的《我爱祖国的蓝天》时，竟然热泪盈眶，那时，他已经是空军最年轻的团长了。再后来，孙子方铁骑唱《我的战鹰绕着宝岛飞》给他听，他虽然觉得不如老歌顺耳，但依然让他心潮澎湃……

晚上八点半熄灯。方天楚这时才感觉到，全身酸痛，疲乏至极。空战虽然只有几十秒，但这却是他打过的最累的一场空战。他用力过猛，所有的动作都使出了吃奶的劲。战争固然残酷，但它也真是锻炼人，在生死攸关的时刻，人的爆发力都能发挥到极致。他仔细回想，今天的很多动作平时训练是做不出来的。就好比战机，再好的设计、再好的图纸、再好的锻造、再好的工艺、再好的安装，只靠试飞员是飞不出它的最佳性能的，只有经过战争，飞机的超常性能或临界力才能飞出来。战争是武器最好的试验场。

此时方天楚并不知道，联司关于他击落敌机的通报还无法下达。因为联司同时接到了两份报告，苏联空军报告飞机是他们击落的，高炮部队报告敌机是他们击落的。有炮弹为证，因为他们都开炮了。但显然，方天楚击落敌机的证据更有说服力：一、有航拍胶卷为证；二、审讯时，被俘的 F-86 飞行员说，我打了前面的白飞机，后面的白飞机打掉了我；三、这场空战是在自己机场上空进行的，几乎全机场的人都看到了。

战争中，这样的官司不在少数，有些成了永久的谜。空军聂副司令曾经建议：击落敌机要以找到敌机残骸为准，但并没得到采纳，因为有些敌机掉到海里，有些掉到深山老林里。所以，敌我双方公布的击落击伤飞机的数量有很大出入，做不到精准。

迷迷糊糊地，听到有人叫他：方天楚，快起来，俘虏抓到了，快去看看。

方天楚从床上爬起来，穿上皮裤皮衣，蹬上皮靴，跟着参谋长出了门。

外面漆黑，几乎伸手不见五指，他们深一脚浅一脚爬上了一个小山坡，来到一排平房前。这是师首长警卫班的住处，门外站着几个荷枪实弹的警卫，师保卫科科长也在其中。参谋长带着方天楚就要进屋，警卫堵着门不让进，科长上前解释说：师首长有命令，为了安全，任何人不许接近被俘飞行员。

没想到会遇到这样的局面，参谋长有些不高兴了，大声说：方天楚是击落敌机的飞行员，他不能看谁能看？

科长只好放行。只见不算大的屋子里摆着一张长桌，两旁各站着一个卫兵，美国飞行员正在吃饭，见有人进来，礼貌又有些惊恐地站了起来。方天楚歪头打量着面前的美国人，身高约有一米八的样子，瘦削的长脸，体形匀称，虽然此时比较落魄狼狈，但依然是个美男子。如果他知道来人是击落他飞机的人，或许会引起他好奇，会有交流的愿望……毕竟他们是同行……同行和同行自有彼此的尊重。

方天楚是在多年后，才知道此人曾在朝鲜战场击落了十架飞机。

他们没有交流，一句话都没说。大概也有语言障碍的原因。

方天楚仔细打量了他。他拿筷子的手，微微有些抖，脸上、手上和脚上都有伤，看着他别扭地使用筷子，缓慢吃饭的样子，方天楚的气慢慢消了，心里升起一种同行之间的同情和惋惜之感……

在抗美援朝中，在敌我空战中，击落和被击落的双方，唯独他们是活着见过面的，这是极其罕见的。而且，几十年后，他们又有过不止一次的会面，从敌人变成了朋友。

方天楚后来知道，这位美国飞行员叫费希尔，十五岁开始学飞行，来朝鲜参战时已有十多年的飞行经历，飞行时间三千多小时，飞喷气式 F-86 时间超过五百小时。

当天夜里，联司在美国广播里得到证实，美国空军51联队48大队双料王牌飞行员、上尉小队长费希尔，在朝鲜北部战斗巡航中失踪。

在美国飞行员费希尔的记忆中，那一天是他一生当中最漫长的一天。

方天楚是第二天上午，才知道自己打下来的是条大鱼。

费希尔没有赶上板门店当年4月下旬的战俘交换，美国人大概并不知道他还活着。费希尔是1955年年底被释放回美国的。战争于他，是场噩梦，在朝鲜的遭遇让他一直无法释怀，以致1991年他的母亲和妻子来中国旅游，他都没有陪同前往。1995年，他接到他的同行和对手方天楚的邀请，于1997年10月来到中国，那是中国一年当中最好的季节，也是中国改革开放的时代，他们在上海天翔宾馆，实现了第二次见面。这次他们不但握了手，还拥抱了，他们在轻松的气氛中谈了很多。世事沧桑，他们从敌人变成了朋友，并谋划着要一起做点有益的事。

费希尔来中国和方天楚前后会面过五次，不知是什么原因，他没说过他在朝鲜击落几架飞机，更没讲他被俘后在中国被关押的情况。

1953年4月中旬，方天楚接到通知，他将作为B师的英雄代表，到北京参加五一观礼，据说，五一那天，在观礼台上能见到毛主席。

这个阶段他们每日出航次数很多，超低空，钻山沟，对头降落，多机同时降落，对他们来说已经不在话下。为了应对敌机来机场偷袭，他们练就了强行起飞和尽快着陆的本领。在山沟里飞小航线，高度只有五六十米，过去看苏联人飞，羡慕不已，现在他们自己也能飞了。四转弯对着跑道放起落架，襟翼翘在上面着陆，简直司空见惯，越飞越精，越飞越自信。频繁的空战让他们身处险境，但也让他们迅速成长。

进京前，方天楚很想利用余下的几天，扩大战果，多打敌机。按照国际惯例，通常打下五架飞机就是王牌飞行员，打下十架飞机是双料王牌。不满二十岁的方天楚打下美国双料王牌飞行员费希尔，已跃升王牌飞行员行列。

14

甜妹和护士长方凌到辽阳火车站接收伤员。

救护队员们把重伤员用担架抬下火车闷罐车厢，然后转运到汽车上。轻伤员被一个个扶下火车，又送上汽车。

甜妹和护士长站在卡车上，看着车上的伤员，甜妹流着泪说：还那么年轻……

护士长说：这些伤员从火线上被救下来不容易，难以想象他们都经历了什么。我们要给他们最好的救治……唉！快停战吧！

甜妹问护士长：板门店不是在谈判了吗，怎么伤员还这么多呢？护士长说：你看伤员大都是弹片伤，说明美国的飞机和大炮在疯狂轰炸，越是战争结束前夕，越是惨烈。

伤员到了医院，医生们忙着手术。甜妹忙着给伤员换药，吊水，打针，手脚麻利。

下午，伤员都安顿好了，窗外飘起了雪花。甜妹抬头看了看，心想：这大概是今年最后一场雪吧！

护士长忙完了走过来说：朝鲜前线还有不少伤员，山上的雪化了，还会有大批伤员转运回来。

甜妹说：听说我们成立了野战卫生列车大队，这样一来，朝鲜的伤员很快就会转运回来了。

护士长说：困难的是，伤员要从火线上用担架抬下来，运到师团医疗队，再运送到前线的各野战医院。美国飞机整天轰炸，伤员们需要一级一级运送，转移到列车上就快了，现在铁路上空，有我们空军的飞机巡航，没准还有李子虚呢！

甜妹说：真想报名去前线。

护士长看了看甜妹，只是叹息，不再说话。

有人在走廊喊：共青团突击队晚上六点在医院门口集合，去飞机场扫雪。

护士长说：甜妹，你今天献过血，一会儿你去休息吧，晚上扫雪就不要去了。

我不累。

他没消息吗？

没有。

唉，都快5月了，还下这么大的雪，多穿点，别冻着。

没事。

傍晚，甜妹跟着共青团突击队员，迎着大雪，去机场扫雪。

自从李子虚去了前线以后，甜妹觉得飞机场是离李子虚最近的地方。

鹅毛大雪中，年轻人唱着歌，拉着刮雪板，在长两千米、宽六十米的跑道上来回穿梭。

雪越下越大，队长把五十个人分成了两组，一组一个来回。

部队场站的同志在地勤休息室升起了一个大炉子。外面天寒地冻，休息室里，大家围炉烤火。火光把年轻人的脸映得通红，年轻人围着部队的同志，问东问西。刚换班进屋的甜妹，坐在木板床上侧耳聆听大家的议论，生怕漏听一句……

有人问：站长同志，听说联合国军队有一千多架飞机，我们有多少架飞机呀？

站长笑着说：我们的空军1949年11月刚成立，我们的飞机数量肯定比美国少得多，至于有多少，这可是军事秘密。

又有人问：我们的陆军英勇善战，我们的空军飞行员一定也英勇善战。

站长说：是的，我们的飞行员，大部分是从陆军中选拔出来的尖子，尽管他们都很年轻，飞行时间也短，但他们继承了陆军的优良传统，越打越好，已经涌现了一批空战英雄。

听说国民党的飞行员都是富家子弟，而共产党的飞行员都是穷苦出身。

是的，我们的飞行员大部分是贫苦出身，很多还是放牛娃呢！

听说培养一个飞行员要两年的时间，你刚刚说了，我们空军1949年底才成立，算下来才组建两三年的时间，能打过世界第一的美国空军吗？

毛主席高瞻远瞩，解放战争期间，我们的老航校在极其艰苦的条件下，就开始培养飞行员了。这批飞行员是我们的骨干，他们已经创造了空战史的奇迹，有的打下了美国王牌飞行员，还有的和敌人空中拼刺刀，一对一壮烈牺牲的。昨天，前线又传来捷报，我们B师一团在空战中击落两架F-86……不过，有战斗就有牺牲，我们的带队长机李子虚飞入战区，至今没有回来……

是不是跳伞了？还有生还的可能吗？

我们的飞机通常在我军控制的战区飞行，一些跳伞的飞行员会被我们自己的部队和朝鲜老百姓营救，有这样的先例。

……

谁也没发现，甜妹一个人走出了帐篷……

不知过了多久，换班回来的人，发现了跑道上的雪人，大声喊了起来。

大家把甜妹抬进屋里，她慢慢睁开了眼睛……

甜妹穿着军装，背着背包，回医院向护士长辞行。

护士长，我参加野战卫生列车大队了。

护士长看了看她，继续低头写病历，甜妹默默地站在她身后……过了很久，护士长站起来，转过身说：好吧，去就去吧！这些日子你在医院也学到了很多护理和抢救常识，多抢救些伤员回来。

嗯，我记住了你的话。

护士长拿下手表，交给甜妹说：列车一般都是正点开车的，下车转运伤员不要误了时间，手表你戴上。

甜妹马上推让道：这么贵重的东西，我不能要。

护士长说：不想要，回来就还我。

护士长把表戴在了甜妹的手腕上。

列车罩着绿色的防护网，从凤凰火车站开赴朝鲜。

野战卫生列车上有伤员车、炊事车、治疗车、隔离车和工作人员休息车，并装置了暖气设备。列车上的医务人员是从沈阳、丹东、辽阳各个医院抽调的，列车护士长王芳是从前线野战医院派来的，非常有救护经验。

上车后，护士长王芳先带领大家来到伤员列车。车厢里有一股浓重的来苏水味，护士们手脚麻利地铺上干净的床单，套上雪白的被套，放上松软的枕头，然后，拉上绿色的窗帘，车内的灯光被遮得严严实实。

列车驶过鸭绿江进入朝鲜。

夜晚，护士们都睡下了，甜妹走到两节车厢连接处，看着漆黑的窗外，喃喃地说：我来了……

身后有人问：列车上睡觉是不是不习惯？

甜妹忙擦掉眼泪，转过身说：护士长，第一次在火车上睡觉，是有点不习惯。

我听说你的父亲牺牲在这条铁路线上。

你是怎么知道的？

列车大队长专门向我介绍过你。既然睡不着，跟我谈谈你的父亲好吗？

父亲叫金永祥，他很小就在辽阳火车站做工了，他人机灵，就叫他扳道岔，没几年又做了机修工。父亲聪明好学，很得站长赏识。后来父亲娶了我妈，又生了我，父亲心满意足……后来日本人来了，车站被日本人接管了，住进了一些日本军人，父亲的厄运也来了……一天，父亲夜班回家后，发现母亲上吊死了，父亲知道这是一个日军大佐干的，因为他对母亲垂涎已久。父亲埋葬了母亲，找机会把那个大佐杀了，用铁钩吊在了火车头上，之后，连夜带我回到了农村老家……

你父亲真是条硬汉。

抗美援朝开始后，年轻人都去了前线，车站人手不够，我父亲就回了车站。一次押车入朝,遭遇敌机轰炸,列车眼看开进了山洞,后面一节弹药车厢被炸起火,危急时刻,要有人去卸掉那节起火的车厢,否则会引爆整个列车,甚至危及隧道,造成铁路线堵塞,后果不堪设想。父亲爬到最后一节车厢,就在车厢脱钩的那一刻,弹药爆炸了……

护士长说:你父亲是好样的,是英雄,我相信他的闺女也是好样的。

护士长,听你口音不像是东北人,你是怎么来前线的?

我是杭州人,我和丈夫刚结婚,他就入朝参战了。他是尖刀连连长,三次战役时牺牲在阵地上……所以,我就来了。

哦……是这样。

不早了,睡吧!

列车继续向前行驶,刚过青川江,遭遇了敌机轰炸。

敌机投下照明弹后,顿时天空像白昼一样,紧接着,一架架敌机编着队,轮番向列车俯冲投弹。炸弹在火车两旁爆炸,火光冲天,车窗的玻璃被震碎了。一个小护士吓得哭了起来,甜妹把她搂在怀里,安慰她,直到列车进了山洞,小护士还是没有止住哭声。一个负责警卫的战士走过来说:你再哭就把敌机引来了。

护士长走过来拍了拍小护士,并没有批评她。她把分散在各个车厢的人召集到治疗车里,说:列车一时走不了,要等白天我们的飞机出来拦截敌机……我给大家讲个故事吧!

我是1951年初入朝的,这条铁路线我来来回回不知走了多少回了,那时,还没有专门运送伤员的专列,伤员都是利用回空的列车,也就是利用往前线运兵运弹药的棚车,往回运送,条件非常艰苦。加上铁路线经常被破坏,往往回国一趟需要七八天,甚至半个月的时间，一些伤员得不到及时治疗，牺牲在车上的不在少数。那是第四次战役，前方打的是异常激烈的阵地战，弹药没了就拼刺刀，大量伤员需要运送到后方。一次在途中，我们的列车被拦下，运输部队要征用我们的列车往前方运送弹药。我们作为医护人员，看着那些九死一生从阵地上撤下的伤员，恨不得马上就把他们送到祖国后方医治，当然不同意他们征用。双方发生了争执，接下来的一幕，你们可能想不到，列车上的伤员，有的爬下列车，有的滚下列车。那些刚从阵地上下来的伤员知道，阵地上可以没有食物和水，但不能没有弹药，他们知道阵地上没有弹药意味着什么：意味着失去阵地，意味着失败，意味着要死更多的人。他们甚至做我们医务人员的工作，要列车先运送弹药……

护士长还告诉大家，这次他们是去接三八线附近撤下的伤员，超过了米格走廊范围。

为了躲避敌机，列车走走停停。有时在山洞里一停就是几个小时。

列车终于到了预定地点，护士长事先叫大家把火车上所有的门窗都打开了，伤员们被抬着背着扶着上车，用最短的时间各就各位。卫生列车通常前后各一个车头，接完伤员，不用掉头，直接回开。

气喘吁吁的护士们，这时是最忙的。检查伤口，消毒，包扎，喂药，打针。看到白衣天使在眼前晃动的身影，伤员们顿时安静下来……

敌机会随时出来轰炸，运送伤员的列车只能一个隧道一个隧道缓慢移动。遇到铁路被炸毁，要在山洞里隐蔽，等待工程兵连夜抢修。

1953年5月10日,美国空军发动了朝鲜战争以来火力最为集中的一次攻击。这一次,平壤以北二十公里的德山水库和土坝被炸毁,洪水淹没了铁路。

前方野战医院的伤员越积越多,急需运回国内救治。野战卫生列车再次奉命入朝接送伤员。

列车刚过价川,有人喊:敌机来了!大家伸头往车窗外看。甜妹这时看到,后面有两架飞机追着火车俯冲下来,她缩回头,心想,完了……可是,并没有听到敌机开炮,再看,敌机已经拉起来,飞到了火车的侧面,就在她疑虑的时候,看到了一个令人振奋的场面,敌机在空中爆炸了,分解的敌机冒着黑烟落到了山沟里……有人大喊:看,我们的飞机打下敌机了。大家一时顾不上天上还有敌机,都把头伸出窗外观看。火车侧面的上空有数架飞机在缠斗,中国空军的飞机,追着敌机,忽上忽下,炮弹在空中像焰火一样闪着刺眼的白光,又一架偷袭火车的敌机被击落……

大家第一次看到这样令人振奋的场面,大叫:

看,我们的飞机。

我们的飞行员打下敌机了!

甜妹想到李子虚,眼里流出了泪水。

这时,有人喊:不好,我们的飞机中弹了!

只见一架银色的飞机冒着烟,向下坠落……与此同时,一个白色的降落伞,晃晃悠悠地向着山坡飘去。

是我们的飞行员,我们的飞行员跳伞了。

列车开动后,护士长发现甜妹不见了,寻遍了列车,也没有她的身影。

山坡上怪石嶙峋，经过无数次的轰炸，虽然正值春季，几乎看不见绿色的植被，遍地是倒伏枯死的树桩、犬牙交错的岩石缝隙，偶尔有几束劫后余生的小黄花绽放。

甜妹两手并用，向山坡上攀爬，她首先看到了白色的降落伞，在焦黑的山坡上醒目地随风摆动；很快，她发现飞行员痛苦不堪地倚在一块岩石上，正企图把他的腿从一节被炸断的树根上移开，见一个女兵出现，眼里露出了惊喜之色。

只听他说：喂，你来得正好，我动不了，你能帮帮我吗？

气喘吁吁的甜妹，发现飞行员全身是血，手臂已经断了，她跪在树根旁，搬起飞行员的腿看了看，树桩扎穿了飞行员的脚，尖利的树桩从脚背戳了出来，她一时不知该怎么处理。

这时，飞行员说：你发现了吗？我的麻烦是我的脚，能把我的脚从树桩上搬下来吗？

甜妹盯着那只一直往外流血的脚，瑟瑟发抖，迟迟说不出话。

小同志，你别怕，我们俩配合一下，我喊一二三，咱俩一起使劲。

甜妹点了点头，从药箱里拿出止痛片要他服。

飞行员摇了摇头说：我们开始吧！你不要怕，一定要用力，干净利落，我们一次性解决，你准备好了吗？我要喊一二三了……

甜妹用了全身的劲，闭着眼睛大喊了一声……飞行员的脚脱离了树桩，飞行员脸色苍白，昏了过去……

待他苏醒过来，他的脚已经包扎好了，胳膊也已经固定，有人正在给他喂水……

他试着挪动了一下那只受伤的脚，嘴角勉强翘了翘，半开玩笑地说：丫头，你的活干得很漂亮……

甜妹这时才呜呜掩面哭了起来。

飞行员开始哄她：你不会是一个下凡的仙女吧？

甜妹边哭边说：你都这样了，还油嘴滑舌呀！

丫头，我没咋样，我不是活着吗？估计还死不了，比起我那些牺牲的战友，我是多么幸运……我只是心痛我的飞机。

说完，飞行员看着远处还在冒烟的飞机。

这时，来人了，是附近炮兵部队的，飞行员很快被来人救走了，临走，甜妹从药箱里拿出几片止痛药交给飞行员，嘱咐说：忍不住就吃一片。

飞行员接过药说：你救了我，我还不知你的名字呢？

甜妹，野战卫生列车上的护士。她背上药箱要走，飞行员问：你现在去哪儿呢？跟我们走吧！

下山去列车中转站，我还有其他伤员要救呢！

甜妹等来了返回的列车，也因为擅自离开野战卫生列车，受到了严厉批评，但她心里并不委屈，只是后悔没来得及问受伤的飞行员，他是不是认识李子虚。

15

1953年初开始，志愿军前线部队得到指示，要对敌人阵地上的单个目标和小群目标，组织轻重机枪和步枪予以歼灭，并组织特等射手展开狙击作战。其中有一句话非常重要：我们坚决反对认为在现代战争中，步枪已经是落伍武器的说法。这里的"步枪"指的就是莫辛-纳甘步枪。相对于军中其他武器装备而言，它射击准确性较好，关键是它特别耐寒，被志愿军战士亲切地叫作

"水连珠"。

此时，空军战斗英雄集聚安东，准备进京参加五一观礼。去之前，联司首长利用这个难得的机会，安排他们参与纪录片《抗美援朝》空军部分的拍摄。导演对空军比较了解，叫他们按实际做就行了，不需要表演。但他们清楚，电影要反映真实的空战是很难的，也是不可能的，往往飞行员自己都难以复述。空战峻急短促，很多动作，是机械的、下意识的，是个人习惯，是平时经验的灵光一闪。所以，仅仅是配合宣传而已，拍拍战前宣誓，跑一等、空中八机编队等。

方天楚几乎忘记了这个拍电影的插曲，直到许多年以后，这部纪录片解禁，方天楚才看到战时的那些影像。他已垂垂老矣，看到纪录片里自己意气风发、风华正茂的样子，不禁感慨万千……还有他熟悉的战友……后来，这些人大都成了中国空军赫赫有名的人物。

进京见毛主席是他热切的渴望，除此之外，对于北京他知之甚少。

这一天，他终于登上了安东开往北京的列车。

火车从安东开出来的第一站是凤凰城。自从进入前线，他几乎天天从此飞过，有时一天要飞几次。小城坐落在凤凰山南麓，面朝大海，他对于凤凰城的了解仅限空中。火车到了凤凰城火车站，方天楚下车来到站台，站在高高的站台上几乎能看到小城的全貌，没有高大建筑，都是平房，袅袅的炊烟让他感到温暖的人间气息。

火车很快到达本溪，这里是他们飞行的导航点。在安东，飞行高度八千米，就能看到两个冒着黑烟的城市，一个是本溪，另一个是沈阳。这两个城市周围,还有北陵、东塔、于洪屯、鞍山、辽阳机场,都是他们战时的备降机场。这时,他耳边传来了李子虚的声音:用不着导航,冲着黑烟的地方飞,肯定能找到备降机场。

他通常睡眠很沉,是个少梦的人,但是,他还是梦到过李子虚,并且梦境明朗清晰。他们一起出航,在鸭绿江口遭遇敌机,李子虚被击落后跳伞,他看到李子虚的伞晃晃悠悠降落到了大海里,看上去像一个巨大的海蜇,他还看到美国的军舰向他开去……但这个梦他没对任何人说过。

火车到沈阳时已经天黑了。站台上没有灯光,看出去黑黢黢的,空气中有浓重刺鼻的煤烟味。北方依然寒冷,方天楚活动了一下便上车了。

火车哐切哐切又开了,方天楚看到一个人坐在过道的椅子上,便说:还不睡呀?白天,方天楚就注意过这个人,他总是坐在那里,看向车外,眯着一只眼,另一只眼却炯炯有神。那人说:睡不着。方天楚说:那就一起去抽根烟吧!那人跟着方天楚来到了两节车厢的连接处。方天楚在给对方点烟的时候问:请问老大哥是哪个部队的?那人笑笑,谦虚地说:都是兄弟。那人吸了口烟,打量了一下方天楚,问:入朝多久了?方天楚说:算参战了,但还没在朝鲜落过地呢!那人瞬间两只眼睛都睁开了:噢!你是空军吧!方天楚说:我原来也是陆军,后来学的飞行。那人说:噢,飞行员,开飞机的,真叫人羡慕。你刚刚说什么?你们还没有入朝?方天楚说:朝鲜没有机场,都被美国人炸毁了,我们只好从国内起飞,到朝鲜作战。

哦,原来是这样,难怪看不到我们的飞机。当然,这也不能怪你们。

方天楚一时不知该说什么，只好说：但愿有一天你们能看到我们自己的飞机。

你肯定打下过不少敌机吧？否则也不会代表空军到北京见毛主席。

方天楚谦虚地说：过奖了，我打下的不多……没几架。

能打下来就好，能打下来就好……我很崇拜你们飞行员。

让我猜猜……你应该是孤胆英雄刘光子吧？手持一杆枪，俘获敌人六十三名，创下了在抗美援朝中一人单兵单次俘获敌人的最高纪录。

那人摇了摇头说：你还知道的不少呢！

最强单兵胡修道，坚守597.9高地，与战友打退敌人四十多次进攻，一次击毙敌人二百八十多名，创造了战争史上的奇迹。

那人笑了笑，又摆了摆手说：别猜了，我叫张兆方。

我还真没听说过你，讲讲你的故事呗！

我去年9月才跟着皮定均的24军入朝，今年1月才到上甘岭597.9高地参加阻击战。

597.9高地，也是黄继光牺牲的那个高地吧？

对，那时，血流成河的阵地战已经结束，我没赶上，上甘岭也不叫上甘岭了，有人叫它血岭，有人叫它伤心岭，我们上去打防御战，我也就是个打冷枪的。

哇，狙击手，你击毙了多少敌人？

谈到狙击，独眼显然兴奋起来，滔滔不绝地说起来：不多，前四十多天，我用二百四十发子弹，毙伤七十一个敌人，成为全连一号狙击手。皮军长在我们军的《火线报》上看到了报道，便问作战科的同志，他是打猎出身吗？他用的是什么枪？"皮老虎"不相信，派人下来核实，还从床底下摸出一双皮靴，对作战参谋说，把它带上，去八连看看那个张兆方是怎么击毙敌人的，要是真的，就把靴子送给他，要是假的，拿回来。作战参谋带上皮靴和摄影记者到了前沿阵地。摄影记者抓拍到我消灭了三个敌人。作战参谋离开八连前，搞了一个授靴仪式。我坐在坑道里，他把皮靴挂在了我的脖子上，搞得我面红耳赤。说起来这个奖赏不低，那时我们穿的都是用旧毛毯改的棉鞋，还从来没穿过皮靴。后来，领导认为我是一个可塑之才，便把我送到了团里深造，我在团里办的射击训练班学了些理论。半个月后，我又回到了连里，在三个多月时间里，我用四百三十六发子弹击毙二百一十四个敌人，创造了我军单人狙击毙敌的最高纪录……接到来京通知后，皮军长要见我，于是我就把他给的靴子挂在脖子上，靴子里放了二百十一个子弹壳，哗啦哗啦地来到了军部。皮军长上下打量了我半天，问，你击毙多少敌人了？我说二百十一人。皮军长又问，你是几团的？我答，214团。军长问，为什么是二百十一而不是二百十四呢？回去再打三个，一个不能多，一个不能少。我又回到了连里的狙击台，只用了一个小时就干掉了三个敌人。于是，皮军长就让我来北京了。我听说德国有个叫埃里希·哈特曼的飞行员，参战不到三年，击落三百五十二架飞机，我想请教一下，你们在天上击落敌机，是怎么计数呢？难道天上有观察哨吗？

我们瞄准开炮时胶卷都有记录，照相室的同志拿去判读，如果六张胶片连续显示击中，便算击落。

噢，是这样。记得我们入朝行军到元山时，遭遇敌机，我看到几架敌机轮番俯冲射击路旁一部报废的汽车，当时还想，美国鬼子的炮弹真多呀，现在明白了，他们是为了拍下照片，回去领赏。

美国飞行员击中地面目标有赏，击落击伤飞机有赏，甚至把副油箱带回去都可以领赏。目前国际上都是靠胶卷判断攻击效果，肯定有误差。我们空军聂副司令曾经提出，击落敌机要以找到飞机残骸为准，但也无法执行，因为被击落的飞机有的掉到了深山，有的掉到了大海，还有的空中解体。客观地讲，敌我双方的统计都有出入。你们陆军击毙敌人是怎么统计的？

我们有观察哨，被击中的敌人如果一刻钟不动，或被敌军拖回，算击毙。被击中的敌人，如果是背回去和抬回去的，算击伤。

两人谈着谈着似乎忘了时间，列车员过来说，要熄灯了，回铺上休息吧！

1956年，方天楚再见到独眼看世界的张兆方时，他已经是空军歼击机飞行员了。1954年，空军到24军招收飞行员，张兆方第一个报名，结果去了二百个人，就张兆方一人入选。张兆方拍着方天楚的肩膀说：我走上飞行这条路，与1953年和你在火车上相遇有关。

列车迎着朝阳驶进北京前门火车站，还没走下火车，就看到站台上高高挂着大红标语：热烈欢迎英雄志愿军归国观光团。站台上人山人海，彩旗招展，欢迎的群众穿着节日的盛装，载歌载舞。这种场面方天楚还是第一次看到。

英雄们在代表团秘书长带领下，排着队走出站台，高喊着：
感谢祖国人民的关怀！
中国共产党万岁！
毛主席万岁！
"方天楚，方天楚！"在巨大声浪中，一个女人的声音辨识度很高。他循声望去，人群中一个穿着蓝色列宁装的白皙女人在向他招手。

杨记者，晓辉姐……

他跑出队列和她握手，匆匆说了几句话就分手了。

出了火车站就是前门，正阳门城楼真大，要仰着头看，到底是皇城。在这之前，他只在辽阳看过残破的城楼。

他们步行来到长安街上的一个部队招待所。

抗美援朝归国观光团到北京后，日程被安排得满满的，除了观光，还有一项重要的内容，做报告，但报告的讲稿要自己写。英雄们打仗都是好手，但怎么做报告对他们来说有些犯难。

方天楚突然想到杨晓辉，她可是个笔杆子，于是便打电话请教。杨晓辉说，你不是很会说吗？就按上次我采访你的那样说呀！你是怎么参加革命的，怎么当兵的，怎么当上飞行员的，怎么打敌机的，你怎么做的就怎么讲。方天楚说，讲没问题，落到文字上，我就有问题了。杨晓辉说，你就按照这个思路写，写完让我学习学习。方天楚听出杨晓辉这是愿意帮他修改，高兴地问：这么说，你答应帮我啰！

方天楚一个晚上就把材料写出来了，杨晓辉来采访的时候，方天楚拿给她看，不好意思地说：你帮我改改吧！杨晓辉看了一遍，笑着说：你写得很好很生动很真实，就是家乡土话太多了，还有些错别字，不过这些不是大问题，我帮你改改。

大家的报告材料都通过了，但对于上台做报告，还是紧张，于是，带队领导安排他们先在部队内部讲了几次，越讲越顺溜，效果不错，也不紧张了。接着，他们开始到工厂、街道、学校、机关做报告。起初，拿着稿子，到了最后，几乎可以脱稿讲了。

志愿军报告团里人才济济，大家在一个观光团，经常一起活动。方天楚喜欢听陆军同志谈地面的战斗。郑定富话少，除了领导安排的台上发言，私底下似乎并不愿多讲战场上的事。张兆方则不然，话多，是个风趣的人。

张兆方有时也和他讲一些报告里没讲过的事。

上甘岭阵地战结束后，进入防御战，双方都换了新的部队上来。美国军官大概没告诉新上来的美国兵这里死了多少人，所以他们大大咧咧，把坦克一顶就当防御工事了，喝酒，唱歌，打牌，对着我方阵地撒尿。这场面惹得我军一个连长不高兴了，嘚瑟啥，这不是没把我们当回事嘛！于是，脱了上衣，抹了一身泥，拿着一杆水连珠就出去了，一下撸掉了七八个美军。后来呀，打冷枪成了一场群众运动，连炊事班的都想试试。大家越打越精，还编了一套顺口溜：洗澡的等脱掉一个裤腿再打，拉屎的等蹲下再打，转圈跑步的要往前打……

五一前北京成了鲜花的海洋，到哪儿都有亲切的问候，在公园里，小朋友齐声喊：志愿军叔叔好。

5月1日是到天安门广场见毛主席的日子。他们整理军容风纪，要叫毛主席看到他们最好的样貌。4月30日晚上，周总理宴请志愿军英雄代表团成员。这种高级的宴会，对他们来说都是人生第一次。总理来敬酒的时候，他们都站了起来。志愿军观光团秘书长指着方天楚向总理介绍说：这是我们志愿军空军最年轻的英雄方天楚，打下五架敌机，其中一架的驾驶员是美国双料王牌飞行员。总理说：那好嘛。祝贺你，希望你功上加功。方天楚哪儿见过这种场面，平时话不少，这时却一句话也说不出，甚至连酒都忘喝了。来之前有人说，总理大概知道志愿军在前线缺吃少喝,所以这次犒劳我们,肯定都是我们没见过的山珍海味,到时低头吃菜,闷头喝酒。可是那天回来,大家都想不起来吃过什么菜,只记得喝的是茅台酒。第一次用那么小的杯子喝酒,有些不习惯,生怕一口干光了不知到哪儿去续酒。有人说,好酒就该小口抿着喝,平时他们飞行员喝酒,一倒就是二三两,一口就闷了。

那天他们都没吃饱。

16

列车开动了,北京城渐行渐远,慢慢地消失在他眼前,浩荡的天空下出现了广袤的原野,鸟儿在自由飞翔。

刚刚,在车站上他看到了前来送行的杨晓辉,她看到他,眼圈红了。他想,当年她应该也在火车站送过肖列。杨晓辉说:肖列曾说,怕死毫无美感可言。

他说:肖列说得真好,怕死的人也没有胜利的机会。

杨晓辉又说:但我要说,活着才有美感可言,这是我没来得及对肖列说的,所以我要对你说。

列车发出哐切哐切有节奏的声音,他听到的好像是"快点开、快点开",算下来,在京逗留快一个月了,方天楚有些归心似箭。

列车开得太慢,他简直不知该如何打发这无聊且漫长的时间。好在列车到了沈阳,上来了两个苏联军人,起初大家比较拘谨,后来,他们拿出了香肠和伏特加,邀请他一起喝。虽然国籍不同,但都是军人,他没有拒绝。几杯酒下肚,大家好像是朋友了。方天楚会说些俄语,苏联人会几句汉语,大家连说带比画,原来这两个苏联人也是飞行员,驻扎在大堡机场南面。苏联人喝到后来,开始唱歌,他们用俄语唱,他用中文唱,混在一起倒也好听。

我们的伙伴都是雄鹰,
蓝色的天空是我们的家。
第一是飞行,
第二是飞行。
那么姑娘呢?
那就以后再说吧!

到了凤凰山火车站,大堡场站的吉普车已经在等他们了,他和两个苏联飞行员一起上了车。到了机场,方天楚没有回营房,叫司机直接把他送到飞行员外场休息室。此时,战友们应该都在那里战备值班呢!

果然,吉普车刚停到休息室门前,大家都跑出来了。你一拳我一拳,他成了沙袋。打是亲骂是爱,又看到朝夕相处的战友,方天楚的眼睛潮湿了。孙远带着机组的人很快也来了,又是一阵狂欢。

大家你一句我一句问开了:
我们整天念叨你,以为你不回来了。
是呀,大家都以为你留在北京了。
方天楚有些哽咽地说:我哪儿也不去,我就喜欢飞行,喜欢飞机场。

方天楚的归来,给外场飞行值班室带来了短暂的欢声笑语,很快,一等命令来了,飞行员们戴上飞行帽,迅速地跑向了各自的飞机。

热闹的休息室一下没人了，孤零零的方天楚突然感到一种无法忍受的失落。

这天敌机没出现，指挥所后来撤销了一等命令，趁此空当，团政委决定让方天楚汇报一下赴京情况。在离开北京时，他就已经接受了向部队传达的任务，所以早有准备，加上这么多天在北京做过多场大小报告，发言水平提高很快。他迫不及待地想把在京的所见所闻分享给战友。

全团的人集中在地勤休息室。方天楚把见到毛主席、周总理、朱德、贺龙的场面一一做了汇报，然后又讲了在京和社会各界的游园、联欢情况，还讲了一些花絮。战友们不停鼓掌，大家都很兴奋，像人人到了北京一样。

战备值班结束，飞行员们三五成群去空勤灶吃饭。金子跃跟他边走边聊，说在他进京后又打了几次空战，大队里新补充的飞行员詹天宇也打下敌机了，团里其他大队也都有战绩，只是团长和三大队副大队长牺牲了。

到了食堂，大师傅扒拉开人群，拉着方天楚上下打量：让我看看我们的小英雄是胖了还是瘦了？

方天楚说：吃不到你烧的饭，能不瘦吗？大会堂的饭也不如你烧的香。

大师傅乐了：小方就是会说话。听说你见到毛主席了。

见到了，他老人家大个子，可气派了。

这么小的年龄就见了这么大的世面，真叫人羡慕呀！

参战部队，除了喝酒，几乎没有什么娱乐活动。这天晚上，空勤灶里很热闹，大师傅特意拿出了几瓶伏特加摆在桌上，于是，大家找各种祝酒词，一杯一杯地干了起来。

第二天，方天楚一起床，就跑到了营房后面的小山上，师里牺牲的战友都葬在这里，看到一个个墓碑，战友们的音容笑貌顿时都出现在眼前。他来到李子虚的墓前，尽管他知道，里面没有遗骸，只有李子虚的一张照片和一件衬衫，但他还是毕恭毕敬地敬了一个军礼：

大队长，你的小老乡又回到你身边了，就像从前一样……我是来告诉你，我见到毛主席了……我知道你有心事，等打完仗了，我一定替你去看看甜妹……

离开前，他一一给战友敬了军礼。

下山回到营房的时候，方天楚看到大家都起来了，正准备进场。

大队长认真地说：你还是在家休息一下吧！收收心，好好看看飞行手册，间隔飞行一个月了，需要恢复技术，教练机带飞后才能恢复飞行。

方天楚一听急了：一线机场，哪有什么教练机呀！照你这么说，我要等到猴年马月才能参加战斗值班呀？

大队长说：飞行条例就是这样规定的，飞行不到三百小时的飞行员，间断飞行超过一个月，必须经过教练机带飞，合格后，才能单独飞行。白纸黑字，都是血的教训换来的，谁敢违抗？新来的大队长让方天楚想起了苏联副团长契科夫，这时，如果他的苏联教官伊万在就好了。

方天楚带着哭腔说：这不急死人嘛！那你说我什么时候可以飞行呢？

大队长说：你现在是名人，对你我可不敢马虎，如果有什么闪失我负不起责任。

方天楚说：这是什么话？出问题我保证自己负责。

大队长说：真出了问题谁都负不起责任。你先不要急，怎么恢复技术，我和团里研究一下，方案出来会告诉你。

方天楚只好可怜巴巴地说：那我带着飞行手册跟你们进场行吗？还可以熟悉一下座舱。

大队长没办法，只好同意方天楚和大家一起进场。

天气不错，三到五个云量，风速、风向和能见度对飞行都十分有利。

战友们跑步上了飞机，休息室瞬间变得空空荡荡，他像一个被罚下场的球员一样，有些落寞，而这种陌生的感觉，也是过去从来没有的。接着，他看到，飞机一架跟着一架出航了，他感觉自己像断了翅膀的鸟，很难受，也很失落。

他独自在草地上溜达，走到一架值班备用飞机旁，抬头一看，竟然是自己的飞机。唉，主人不在，飞机也靠边站了，居然成了备用机。正想着，孙远和机组同志来了，大概是看出了他的心思，便爬上去打开了座舱盖。

孙远看着他，朝他努努嘴，意思是上来坐坐吧！

坐进自己的飞机，嗅到了一股熟悉的味道，看着亲切的仪表，握着光滑的驾驶杆，一种荣誉感涌上心头，他想独自待一会儿，尽情享受与老友相聚的欢愉时刻，于是他说：你们去休息吧！让我一个人待一会儿。

5月的阳光，暖暖地照在小小的座舱里，他此时像一个蛹，惬意地缱绻在自己编织的蚕茧里。这是他最熟悉的地方，也是他的堡垒，他热爱的家。回到自己的飞机上，他有一种穿上盔甲，壮怀激烈，热血沸腾的感觉，他喜欢这种感觉，这是一种自豪、强大、如虎添翼的感觉。

出航的飞机都返场了，他还坐在飞机里。

有人走过来问：你在座舱实习吗？

他答：我在和我的飞机谈心呢！

中午吃饭的时候，大队长过来拍了拍他的肩膀，说：准备好了吗？下午座舱考试行吗？

方天楚腾地站起来说：大队长，我就等你这句话了。

下午，大队长带着金子跃向飞机走来，方天楚已经坐在座舱里等候了。

面对大队长的提问，方天楚不但对答如流，简直就是抢答，而且能迅速盲指几十个仪表位置，甚至能精确点出仪表的刻度。

他惊人的记忆力不能不让新来的大队长叹为观止。

金子跃一边看着飞行手册一边夸张地惊呼：天，你的回答像教科书一样完美。

大队长显然很满意：不错，看来你脑袋里除了飞行没装别的。

方天楚说：千真万确，我脑子除了飞行，啥也装不进。

大队长扬了扬手说：没有教练机，就不带飞了。你的飞行计划是先飞三个起落，然后飞一个简单特技、一个复杂特技，再和你的新僚机飞一次双机编队，你们长僚机之间熟悉一下彼此的动作特点，如果通过，我就安排你战斗值班。现在，去认真准备吧！是骡子是马，遛遛才知道。

根据飞行手册规定的飞行四个阶段：预先准备阶段，直接准备阶段，飞行实施阶段，飞行后总结讲评阶段。方天楚只用一个下午，就完成了前两个阶段的准备，但恢复飞行不能影响战斗值班和出航，只能在作战的间隙进行。可是接下来两天连续一等准备，飞行实施阶段无法进行。

飞行不恢复，只能坐冷板凳，方天楚很着急。老天终于给了一个好机会。这天机场周边晴朗，朝鲜以南阴雨，这种天气，像是专门为他设计的。

得到了塔台放飞的命令，他开始把飞机滑向跑道……起飞后，一切正常，飞机开始昂头向指定空域爬升。他喜欢这种凌空的状态。广阔无垠的天空让他身心舒展，他轻轻地舒了一口气，对自己说：瞧，我又飞起来了。

方天楚仅用了半天，就把简单特技、复杂特技和双机编队飞完了。这就意味着他可以进入战备值班序列了。

7月27日，停战的午夜，据说三八线两边，敌对的双方，都走出堑壕，枪炮齐鸣，像放焰火一样，照亮阵地，红透半边天。

而方天楚在停战的这一天，却险遭不测。

一团这天起飞了五次，在最后一次起飞时，飞机的右轮扒了皮，碎片打在机翼上，顿时飞机剧烈震动，连仪表都看不清了，他感觉自己像是在驯服一匹受惊的战马，必须牢牢控制着缰绳。要命的是右面的副油箱也被甩掉，那时，米格-15两面油箱还没有联动装置。离地后的飞机失去平衡，开始大坡度向左滚动，改平后，马上又产生坡度，反复几次，侥幸的是，左面副油箱被甩掉后，他这才把飞机控制住，但还是出了一身冷汗。

这惊险的一幕发生在场内，地勤的同志惊呆了，捂着耳朵等着听飞机坠落的爆炸声，指挥所里的人都站了起来……

他下来的时候，机组同志的脸还是白的，他们说：吓死我们了，你不紧张吗？

他笑笑说：哪有时间紧张呀？

幸亏你没紧张，保持头脑清醒，慌乱常常叫人误操作。

方天楚说：没想别的，就想控制住飞机，而不是叫它控制。

孙远说：我检查了飞机，应该是轮胎质量有问题。若不是你处理得当，今天真会出大事。

只能说老天保佑，如果今天摔了，那真是一个笑话。

孙远说：好样的，遇事沉稳，才会有正确明智的选择，天生干飞行的料。有你这样的机长真是我们机组的骄傲。

方天楚认真地说：不，我一直认为，有你和机组的同志在，才有我的平安。

起飞、降落时机毁人亡的事故时有发生，方天楚又逃过了一劫。方天楚心里有一个执念，他是不会死的，起码不会死于飞行，无论是训练还是空战。

白天，敌我双方的飞机都没有停止出航，批次和架次甚至多于往常，中国空军的机群在陆上飞，美军的机群在海上飞，隔着海岸线，双方都飞出了堪比完美的队形，各自炫技，蔚为壮观。交战的双方仿佛是在示威，但更多的大概是在告别……

17

普兰店是辽宁省东部一个小镇，以盐业为主，盛产小乌贼鱼，家家户户的屋顶，晒着白花花的小鱼干。除此之外，还盛产苹果。

抗美援朝期间，苏联空军驻旅大地区的部队，分别驻防复州、三十里铺、普兰店。

苏联部队回国之前，中国空军在各师抽调了一批飞行骨干，到苏联部队学习飞行复杂气象和夜航，补习参战前就应该完成的飞行科目。

复杂气象条件下的飞行，是指在云中云上，以及能见度差的云下飞行。在复杂气象条件下飞行，飞行员要依靠飞机上的仪表领航设备以及利用地面的导航设备驾驶飞行，因而是难度比较大的飞行科目之一，为确保安全，开训之前要做细致扎实的准备。根据空军制定的"稳步前进、完成计划、提高质量、保证安全"的十六字方针，要求按照教员、教练机、飞行员技术水平制订教程计划。

方天楚、金子跃等被分配到普兰店机场的苏联部队某团参加训练。

7月下旬，虽然已经进入盛夏，但这里海风习习，气候宜人。

苏联部队团机关领导的配置和中国空军不同，他们是一个团长、一个副团长、一个政委（也叫政治副团长）和一个参谋长。政委的军衔和团长、参谋长一样，都是中校。政委分管俱乐部，主要负责组织安排周六晚会，以及家属活动。偶尔也会上一次政治课。苏联部队开会少。政委手下就一个上尉干事、一个负责青年工作的上士和一个俱乐部主任。参谋长是团里最忙的人，手下仅有作战股长、机务、无线电射击三位副主任以及两位参谋。就这几个人，他们就能把飞行训练安排得井井有条。

刚经过战场硝烟的洗礼，飞行员们变得成熟而又淡定。战场上的短板，让他们渴望训练。战争结束了，他们终于有了这样的机会。

首先进入夜航训练，这是他们朝思暮想的科目。因为没飞过这个科目，在朝鲜的空战中，夜晚他们是不能起飞作战的。那时，夜空对他们充满诱惑，他们总是遥望夜空，盼望着有一天能飞上去摘星星。

白天睡觉，夜晚飞行。

天黑前他们就进场做好了飞行准备，天还没完全黑，飞机开始轰鸣，三十多人，开始轮流起飞，宁静的夜空顿时沸腾。

从北斗星乍现，直飞到满天星光，再飞到启明星升起，天边发白，旭日东升。夜空不再神秘，它原来是那样地温柔和美丽。浩瀚的银河，叫人浮想联翩，宇宙之大，人之渺小。

大连盛产螃蟹，秋季是捕捞的季节。当地有一种说法，男吃螃蟹女吃虾。一天，食堂把螃蟹煮好，一脸盆一脸盆端上桌，说是要给刚下战场、又投入紧张训练的飞行员们补补身体。很多飞行员生在内地，没有吃过活海鲜，起初并不以为是美味，但很快吃上了瘾。螃蟹鲜美，虎牌啤酒甘醇清凉，螃蟹加美酒，给紧张训练的飞行员平添了乐趣。

这天，大连另一个机场三十里铺，传来了飞机失事的消息。海训也是一个训练科目，有时海空分界线难以分辨，一个中队长在做筋斗时产生错觉，扎进了海里。

第二天，食堂依然上螃蟹，还有海螺，可是东西再鲜美，想到战友葬身大海，一盆盆螃蟹再也没人动了。

苏联教官说：死个人你们就连螃蟹都不敢吃了吗？打仗要死人，训练也会死人，我们为什么训练，就是要少死人。

很快，他们进入到打空靶。

对于已经参加过实战、打下过飞机的飞行员来说，本以为这个科目就是温习，根本没当回事。牵引机拖着白色三叶靶在前面晃晃悠悠飞，后面飞机瞄来瞄去下不了手，总算瞄上了，刚要打，就听前面飞机喊：改出改出。

这天是金子跃飞拖靶机，下来就骂：方天楚，美国佬没打下我,今天我差点被你打下来。

方天楚傻笑着说:瞧你那点出息,不过说实话,打空靶比打敌机难多了。

夜间打空靶训练更难,这是一个需要空中地面多方协同的比较复杂的科目,但对苏联部队来说,是驾轻就熟的科目,一切井然有序。

夜间,探照灯追着空中飘忽不定的白色空标,只能说隐约可见,后面的飞机紧咬着三叶标,追逐,瞄准,射击……

苏联教官尤利西斯,二十九岁,比方天楚大十岁。尤利西斯是个美男子,参加过二战,但他很谦虚,对中国飞行员很尊重,总是说我和德国人打过仗,你们和美国人打过仗,我们都是参加过战争打过仗的飞行员。苏联军官都以参战为荣。他夫人从莫斯科医科大学毕业,跟他一起来中国做随军大夫。

在方天楚眼里,他们真是郎才女貌天生的一对,理想的夫妻就应该像他们这个样子。

方天楚做梦都想成为阔日杜布那样技术精湛的全天候飞行员。他经历了战争的腥风血雨,知道战争的残酷,自然倍加珍惜这种训练。

北方连续的晴空,为他们提供了训练的好条件,使他们的训练从来没有中断过。

时间紧迫,好在苏联部队抓训练举重若轻,很有一套。训练目标制订后,就是板上钉了钉,一是一,二是二,不容置疑,执行力非常强。训练之外,又很放松,周日休息制度雷打不动。苏联人搞训练的这一套,也被方天楚运用到了日后的带兵训练中。

方天楚很快适应并喜欢上了苏联部队的节奏。

周末的活动很精彩，有时看电影，有时举办舞会。一般放电影之前，政委会读一段布尔什维克党史，大约一个小时，有时也请参战人员讲讲话，算是政治学习。方天楚也上去讲过话，他在北京做过多场报告，所以不怯场，上去就讲。一次，部队在附近高家村请来一个村民，叫高翔，民兵队长。讲了抗美援朝期间，他抢救迫降飞行员的经过。飞机掉到海滩上，眼看海水涨潮，飞机被淹了一半，飞行员还在飞机里，不知是死是活。他带领民兵费了九牛二虎之力，在海水淹没飞机之前，打开座舱盖，把飞行员拖了出来。后来那个飞行员又重返蓝天。为此，他获得拥军模范荣誉称号。高翔机警善谈，给方天楚留下了深刻印象。做完报告，方天楚和高鹏握手，高鹏兴冲冲地说，总算见到战斗英雄了。接着，他问了一个奇怪的问题，你们炮弹打完了是不是用螺旋桨拼刺刀？方天楚大笑，说，空中拼刺刀是一种不怕死的精神。高翔说，我可是亲眼看到螺旋桨上都是血。方天楚说，你救的那个飞行员飞的是伊尔-10螺旋桨飞机，底盘安装加厚钢板，机身重，但操作灵活，我们叫它空中坦克。螺旋桨有血是飞机遭遇了海鸟群。高翔说，陆军没子弹上刺刀，我以为空军炮弹打完用螺旋桨杀敌呢！还说，将来有儿子一定叫他当空军。方天楚说，你救了空军飞行员，名字里又有个翔，看来和空军有缘分。这句话叫方天楚说中了，多年以后，方天楚真的和高翔的儿子有了交集。

苏联部队的政治学习方式叫大家感觉轻松愉快。

周日，他们跟着苏联大队长和教官去大连市区喝啤酒，下酒菜没别的，就是当地盛产的小乌贼鱼干。啤酒、乌贼鱼干真是绝配。

在徐徐的夏季海风中，他们一边喝着啤酒，一边一口一个小乌贼鱼，那真是一段美好的记忆。

教官和飞行员的关系通常都很亲密，也许基于每一个教官都想用他们的方式毫无保留地把技术传授给他的学员，无论苏联部队还是中国部队，这一点都是一样的，大概是惺惺相惜的缘故吧！

周末，教官尤利西斯还会把中国飞行员邀请到家里，喝酒，聊天，唱歌。

那时，苏联是社会主义阵营的老大，莫斯科是中国人向往的地方，飞行员们都在自学俄语。

聊开心了就唱歌，很多苏联歌曲大家耳熟能详，《红莓花儿开》《喀秋莎》《三套车》《伏尔加船夫曲》，有人开头，大家就跟着唱，俄语和中文的大合唱，尤利西斯的妻子弹吉他给大家伴奏。

周一，大家总会心无旁骛地又投入到紧张的训练之中。

飞完了昼简、昼复、夜简、夜复四种气象之后，大纲规定的一百六十八个练习顺利完成。除此之外，尤利西斯还带飞了昼间高空飞行、高级特技、进入螺旋、改出螺旋、夜间空靶实弹射击。尤利西斯把要点一一告诉了他们。如果这些科目靠自己摸索，那是一个漫长而又有风险的过程。

一天飞夜间复杂气象，方天楚看到了此生从没见过的景色。他们拂晓就进场飞了，一直飞到黑暗降临。天空被密集的云雾笼罩，飞机穿云时，仿佛进入了无尽头的通道，时间缓慢得像是静止了，但方天楚已经不像在朝鲜第一次穿云那么紧张，飞机到了一万米高空，昂首冲出云层，他惊喜地"哇"了一声，他的眼前是一轮巨大的明月，回头再看，太阳还没有落，他看到了日月同辉的壮丽景象。

飞完四种气象，团长进行讲评，显然，他对全团的训练很满意。

苏联团长说，恭喜各位圆满完成任务，成为全天候飞行员。训练是充满风险并可能摔飞机的，但直到今天，我们的训练都很顺利。接下来我们还要做一些特殊科目的飞行，但愿这种成绩能保持到我们分别的那一天。

苏联团长讲完，并没有让大家发言的意思。

这时，三大队的一个飞行员站起来说：是不是再增加一些复杂特技科目，比如双机特技……苏联团长打断了他的发言，非常生气地说：我们的飞行训练是严格按照飞行大纲制订的，你这是什么意思？是我们漏掉了什么吗？

那个飞行员满脸通红地小声嘀咕：我们只是想在教官回国之前，多学一些东西而已……

团长的表情变得有些狡黠，口气也缓和了些：这算什么问题？有必要提出来吗？找你们的教官解决呀！机会很多呀，昼间打空靶回来，你自己怎么不飞？找个空域飞呀，又不是没时间。记住我的话，好技术都是自己飞出来的。

中国飞行员不能对苏联部队的训练安排提出质疑，也不能像在自己部队那样随便提意见，你是来人家这里训练的，你就要听人家的，这是他们的规矩。

其实方天楚已经吃透苏联团长的意思，你只要有把握、有准备，跟自己的教官请示一下就行了，没必要向他提这个问题。方天楚早就这么做了，只是没说而已，他和金子跃在飞单机攻击时，互相照了相，完成了科目，两人就编上队，开始飞双机特技。他和金子跃在教官的默许下，飞了很多花样，每次回来都无比兴奋。当然，没出事，什么都好说。

慢慢胆子大了，他们居然利用战斗值班的机会，飞了双机和四机的超低空编队。

战争教育了他们，驾驶杆不过硬，就要流血牺牲。人家能穿云破雾，能飞夜航，他们那时只能看着人家飞。他们知道没有金刚钻揽不到瓷器活的道理。

苏联飞行员喜欢炫技，特别是在中国飞行员面前。那种违反飞行条例的冒险动作，中国飞行员是不被允许的，但令他们向往，因为那毕竟需要有过硬的本领。

一天，他们的训练刚告一段落，教官指着天空说：看，我们的"斯大林雄鹰"来检验你们的飞行了。话音未落，只见一架飞机高度只有几米，好像贴着跑道，呼啸着超低空通过机场，然后拉起来，仅用了两三分钟，做了个很小的航线落地，如行云流水，漂亮极了，飞到这个份儿上只能说是飞行天才了。就连教官都竖起了大拇指，说：他是自由的"斯大林雄鹰"，几乎没人可以限制他的飞行，真正实现了飞行自由。

方天楚还是第一次听到"飞行自由"这个词，多令人向往，真想有一天也成为自由的雄鹰。为了克服飞行的限制，只有训练加训练，让自己和飞机成为一体，实现空中无限制的自由飞行。

多年后，当他和孙子方铁骑说到这一幕时，孙子只是不屑地哼了一声，意思是那算什么。于是，孙子和他谈起以色列飞行员的训练和战斗，这回把老头子方天楚惊得不轻，连声说：时代不同啰！我落伍了。

半年的国内洋留学转眼过去。

分别前在军官食堂举行了晚会。中国飞行员和苏联军官以及军官家属都参加了晚会。

喝酒、唱歌、跳舞是晚会的标配。苏联飞行员能歌善舞，但中国飞行员不一样，航校出来就参战，几乎没有娱乐生活。

大队长的夫人邀请方天楚跳舞，他只能跟着瞎跳。教官和夫人带头喝彩：方天楚阿拉哨。接着，大家都跟着喊：方天楚阿拉哨……方天楚阿拉哨……

方天楚穿着棉衣棉裤，弄得汗流浃背，逗得大家哈哈大笑。他虽然有些狼狈，但心里还是很开心。

教官的夫人伊拉已经怀孕，但他们还是相拥着缓缓舞动。

尤利西斯拍着妻子的肚子，带着醉意自豪地说：小子，两个。

大家哈哈大笑，苏联人不但喜欢夸大其词，而且也重男轻女。

大家多希望这是一场不散的宴席呀！

分别在即，在一次飞行中，教官表演了四千米螺旋和一套眼花缭乱的特技，作为分别的礼物。

分别的场面很煽情，中苏飞行员拥抱在一起，难舍难离，都流了眼泪。

18

1954年春天，方天楚完成全部训练科目。先打后练，至此，他终于成为渴望已久的全天候飞行员。

方天楚被邀请去北京参加五一大联欢，这已是他第三次进京。战争的生死考验，训练场的磨砺，上级领导的培育，让他从一个只会打仗的战士，成了一个干练的军官。

会议期间，他遇到了志愿军归国战友，大家异常欣喜，第一句话通常是：

你还活着？

又见面了。

还没去见马克思呀？

他们拥抱，击拳，用军人的方式，庆祝这来之不易的重逢。

大联欢结束，方天楚接着又参加了共青团代表大会，他被邀请在大会上发言，讲打敌机的经过，他不知讲了多少遍，可是人们百听不厌。

发完言，他刚走下台，就被一个人拉住，只听那人说：我的小老弟，你还活着呀！

他听出是杨晓辉的声音，便说：姐，我一直铭记你的话，活着才可能有美感。

杨晓辉笑了，松开他，又仔细端详了一阵，欣喜地说：见到你真高兴呀！怎么也不给我来信呢？

停战后我就去苏联部队留学了。

你怎么去苏联了？

没有，是在旅大的苏联空军基地学习。姐，现在我是全天候飞行员了。

祝贺你，咦，怎么没看到肖汉他们呀？

哦，他们有的去执行新任务，有的去苏联学习了。

你呢，怎么样？有女朋友了吗？

方天楚不好意思地说：你们女的就关心这点事，我哪里顾得上找女朋友。

停战了，该考虑了。喜欢什么样的女孩子？

还没遇到……大概遇到了就知道了吧？

你想想，想好了告诉我。相信我的眼力，我帮你物色。

129

好呀！那就一言为定。

你看北京的女孩子怎么样？

当然好，阳光，见识广，就怕我高攀不上。

方天楚此次来京遇到了不少熟人，共青团大会分组讨论时，方天楚遇到了辽阳野战医院护士长方凌，从她那里，方天楚才知道甜妹也参加抗美援朝了。让方天楚想不到的是，甜妹入朝归来后，并没回辽阳野战医院，而是调到了辽阳机场卫生队。

方天楚开完会回到机场，直接就去了卫生队。在卫生队休养所看到了身穿白大褂、军帽外面露出两个短辫的甜妹，此时甜妹也认出了他。两人默默对视了很久，还是方天楚先开了口。他问：你是什么时候入朝的？

甜妹说：去年，扫雪时听到李子虚的消息，说他出航没回来……

方天楚大概是为了给甜妹一些希望，说：没有人看到他坠落……

甜妹说：我不相信他会死。

方天楚问：你是什么时候回国的？

甜妹说：停战后，我继续跟随列车入朝运送伤员，直到去年年底才完成运送任务。

方天楚说：我托人到辽阳野战医院找过你。

甜妹说：回国后，部队要把我留在辽阳野战医院，但我要求来这里……这是李子虚的部队，我在这里等他回来。

方天楚一时无语。

甜妹说：清明，我去大堡机场看过李子虚的墓。他们告诉我，那是一个空墓。

方天楚说：很多飞行员的墓都是衣冠冢……和他们相比，我们活着的人是幸运的。

甜妹说：领导安排我去长春卫校学习，可是……

甜妹低下头像有心事一样不再说话。

可是什么？我们都还年轻，千万不要错过学习的机会。如果李子虚在，我相信他也会这么说。

方天楚拿出一封信交给甜妹，说：这是李子虚给你的信，没来得及发出。

甜妹接过信，想了想说：我也有东西给你看，但现在不能……

这天，方天楚和甜妹约好了时间，走了几里路，步行来到了辽阳县城甜妹的表姑家。

进门甜妹就朝着正房说：表姑，来客了，我先领到厢房坐坐。

表姑在屋里说：你小声点，别吵醒了他，我这就烧水去。

进了厢房，柜子上摆着李子虚的相片，就是他出发前在玻璃房照相馆拍的那张。方天楚盯着照片看，感觉李子虚微笑着似乎要走下来……

甜妹说：子虚去一线的前一天还来过这里。

两个人一时都没话了。

哇哇哇，表姑的屋子里传来了婴儿的哭声。

甜妹说：叫你来是有事商量。

方天楚说：是大队长的事吗？你说吧！

甜妹没说话，转身出去了。过了一会儿，她抱着一个婴儿进来，婴儿不胖，但干干净净，戴着一顶虎头小帽。方天楚好奇，凑过去看了看，满脸疑惑地问：是个小子吧，几个月了？

甜妹说：四个月了。

方天楚怔怔地看着孩子，老半天才问：孩……这孩子是谁的？

甜妹看着孩子说：还能是谁的？

方天楚瞪着甜妹问：你说什么？

没错，李子虚的儿子！

方天楚又凑上前仔细端详，说：像，太像了，太像了。真不敢相信，是李子虚的儿子，小李子虚回来了。他一时有些语无伦次。

甜妹说：严格地说，是李子虚的私生子。

方天楚接过孩子捧在手里，孩子一点不认生，欢乐地挥舞着两只小手，蹬着两只小脚在方天楚怀里撒欢。

甜妹说：你看他知道你是他爸爸的兄弟。

方天楚看着孩子说：什么私生子！重要的是，他是李子虚的后代。

甜妹坦然地说：这个孩子……是我给他要的。

方天楚说：你是怎么熬过来的？

甜妹说：我是护士啊。

方天楚怔怔地看着甜妹，对她一下子刮目相看。

甜妹说：我要去学习了，不能带着个孩子去学校；姑妈年纪大了，我不能拖累她……我周围的人都在学习、进步，我不能做个平庸之辈，要做个对国家对部队有用的人，我想求你把这孩子交给李子虚的家人……我想孩子跟着他们，会有一个好前程。

方天楚说：部队一直没有联系上李子虚的父母，发往他老家的信也没有回复。我会敦促部队去他老家外调。

那恐怕我就要错过这次上学的机会了。

这怎么行呢？我回去把情况向部队领导汇报一下？

不行。

怎么不行？

谁相信这孩子是李子虚的儿子……

我可以证明。

甜妹苦笑了一下，说：你能证明什么？再说，这是我自己的事儿，不想给部队添麻烦。

方天楚想了想说：这样吧，我家离李子虚老家不远，如果你同意，先把孩子送到我父母那里。我父亲是村支书，姐姐在乡里做事，叫他们帮助寻找李子虚的家人，相信总能找到。

甜妹表情豁然开朗：我看这样好，就是给你和你的家人添麻烦了。

我这就给家里去个电报。

你咋说呢？

照实说，请他们帮助寻找战友遗孤的家人。我再写封信你带着。

那太好了。

你哪天走？我去送你。

不用，你刚回来，训练又那么忙。

那也好。

方天楚和杨晓辉一直保持联络，每次来京，都要挤出时间去看看她。这不仅仅是因为她为他写过文章，这不是最重要的，她不写也会有别人写，重要的是她和飞行员有一种特殊的联系，而这种联系具有一种浓烈的悲剧色彩，使他对杨晓辉既同情又感觉亲切。陌生的飞行员之间，哪怕是异国飞行员之间，都会有一种亲近感，那是从事共同职业的亲和力。他和杨晓辉也有这种特殊的亲近感。

方天楚来北京开会，就去看杨晓辉，到她的单身宿舍坐一会儿。平整的床铺，水仙花窗帘，书桌上的一瓶野花，书架上的几本书，看哪儿都舒服。杨晓辉呢？方天楚对她来说有一种再现往日时光的感觉。

杨晓辉请他参加《青年报》的一个联谊活动，方天楚欣然应允。

北京的年轻人活泼大方，能歌善舞。大家要求战斗英雄给他们表演个节目，方天楚没有推辞，整理下军装就上去了，他唱的是《飞行员之歌》。

我们的伙伴都是雄鹰，
蓝色的天空是我们的家。
……

年轻人边唱边跳，非常热闹。方天楚不会跳舞，为避免尴尬，他双手插在裤袋里，站在过道里远远看着。

这时，一个姑娘的歌声吸引了他：

太阳已落下西山，
月亮已升在东方，
是谁穿着白色的衣衫，
站立在窗前，
……

这温婉的歌声，有一种强烈的代入感。他突然觉得，这首歌仿佛是专门唱给他听的。再看那姑娘，清纯恬静，目光温柔。他看着看着，嘴角露出了微笑。

不知什么时候，杨晓辉已经站到了他的身旁，介绍说：这位是北京协和医院儿童病房的护士黄婉秋。

方天楚说：她唱得真好。

杨晓辉说：你说过你不喜欢领导介绍女朋友，大概也不喜欢我介绍，那就自己恋爱呀！

部队的师长、团长都关心过他的个人问题，他本能地都拒绝了，他是个单纯又简单的人，他认为，恋爱应当也是单纯又美好的，他不喜欢复杂的裙带关系，更不愿意婚姻和这种关系搅在一起。他向往一个普通又美好的姑娘，有一张好看的面孔和一颗善良的心。

他真的不知道怎么和女孩搭讪，正茫然不知所措时，舞曲结束了，杨晓辉过来说：怎么不邀请人家跳舞？

方天楚说：你知道，我不会跳舞。

杨晓辉笑着说：跳舞比飞行简单多了，去叫她教你跳舞啊！

他拉了拉军装，挺直了腰板，音乐再次响起的时候，大步走了过去。

他像一部战车，向着目标轰隆隆开去，在翩翩起舞的人群中，他显得有些特别，黄婉秋已经看到他向自己走来了，不好意思地低下了头。

他走到黄婉秋面前，敬了个军礼：同志，愿意教我跳舞吗？

19

抗美援朝结束，二十岁出头的战斗英雄方天楚成为一名全天候飞行员。

自从陆海空协同作战解放一江山岛后，方天楚认为解放台湾的号角即将吹响，他做好了随时升空杀敌的准备。

1956年，B师一团并没有开赴前线，而是从辽阳转场到江苏光硕，担任国土防空和要地防空任务——保卫经济中心上海。

光硕机场处在太湖之滨的鱼米之乡，距离无锡不到二十公里，距离苏州二十多公里，距离上海和杭州也不过一百多公里。

B师成立以来，一直在北方训练和作战，部队转场到江南正值五六月份的梅雨季节。南方水系发达，水塘多，野草多，是蚊子、蜈蚣、蝉虫、鼻涕虫的乐园。家属们初来乍到，不知道怎么预防虫咬蚊叮，特别是孩子，喜欢到河边玩水，顷刻就会被咬得满身是包。晚上，家属区总是传出孩子的哭闹声。天总是没有笑脸，被子总是湿漉漉的，床垫像被尿了一样，洗过的衣服好像永远晾不干，房间里总有一种发霉的味道。这种潮湿的天气让北方人百般不适。

阴雨绵绵，几乎一个月见不到太阳。飞行训练受到严重影响，就连户外锻炼也不能正常进行。飞行团整天处于准备飞行状态，但就是飞不起来。老飞行员看看天，知道飞不了，便看书下棋，该干啥干啥；新飞行员不敢松懈，飞行靴都不敢脱，支棱着耳朵等进场的命令，一直等到上面下达撤销飞行命令才敢放松。老飞行员调侃说：我们和农民一样，都是靠天吃饭的。

凡事一分为二。江南的气象复杂，河道纵横，是飞行部队学习掌握低气象条件下作战技能的好地方。尤其是一二季度，复杂气象多，是飞行员完成低气象训练以及云上四机对四机空战的好时机。三四季度通常是一般气象训练的季节，但三季度天气炎热，跑道上的温度很高，中午都在五六十度以上，往座舱里一坐，汗从头顶流到脚。一个起落下来，工作服能拧出半盆水。四季度秋高气爽，倒是训练的黄金季节，一般气象和复杂气象同时并存，是训练和检验年度训练成果的好时机。

1957年，南京航空学院成立，邀请战斗英雄参加学院成立大会。师长去军部开会了，为了不耽误训练，副师长批准他驾机去开会，当天返回，准备第二天飞行。他驾驶的是当时国产最先进的歼-7战斗机。上午8时，从光硕机场起飞，半个小时后，准时到达南京机场上空，一百米通场，小航线降落，这时，他想起了在大连普兰店，苏联飞行员"斯大林雄鹰"的那次炫技表演，心中充满了自豪。

9点，他准时走进航空学院会场，做了报告。在那里，他遇到了一起开英模大会的战友，彼此谈了各自的情况，也询问了其他战友的情况。

听说你是驾机来的？

是师里批准的。怎么没看到肖汉？

你没听说他的事吗？

什么事？

他驾机到公主岭去看戏。

这老兄厉害。

还厉害呢？受了个处分。

不至于吧！他可是战斗英雄，总得放一马吧！

听说是去追文工团的一个女孩子，色迷心窍。

开飞机追女人，也只有他做得出。不过没有领导批准放飞，他是怎么做到的呢？

他总有办法。

真是个机灵鬼。

在我们共产党的飞行员队伍中可谓史无前例。

当年，国民党大队长高志航，家在南京，部队在杭州笕桥，经常开飞机上下班。

我们是共产党领导下的空军，没有不受限制的飞行。

方天楚心想，老战友是在提醒还是警告他？

起飞返回时，南京天气不错，临近光硕机场，天空下起大雪，地面指挥员报告：能见度八百米，跑道上有雪，建议改降嘉兴机场。这时他听到无线电里传来一个怒气冲冲的声音：叫他本场下来！

方天楚爽快地回答：洞拐明白。

飞机在大雪中稳稳地停了下来，他拎着头盔刚走进休息室，师长怒气冲冲地问：谁批准你驾机去的？

师里。

我没批准就是擅自驾机外出。你以为你是大英雄阔日杜布吗？简直无法无天！

我明天有飞行计划，怕耽误了。

你给我记住，骄傲是失败之母。你在学肖汉吗？

他是去看戏，我是去开会，不一样。

还狡辩，你给我住嘴。

师长是他在抗美援朝时的老团长。战后不准他休假探亲，现在给他扣了一顶擅自驾机外出的大帽子，他能说什么呢？他们彼此太了解，师长就是个大家长，护犊子，他怎么骂都行，但别人骂不行，把师团荣誉看得比命还重。

1957年夏天，算下来，他和黄婉秋已经谈了近三年恋爱，说是谈恋爱，也就是到北京开会见过两次面，主要是在纸上谈。无论怎么忙，他一直坚持用毛笔写信。他始终认为，一个飞行员飞得好不好，首先要看他起落怎样；一个人有没有文化，首先要看他字写得怎样。三年下来，他的草书毛笔字已经练得龙飞凤舞。

黄婉秋带着一床母亲给她的织锦缎被子，算是她的嫁妆，来到了光硕机场。当时方天楚还在飞行，飞了四个起落，下来时一身臭汗，政委走过来说：今晚喝你喜酒。

方天楚说：那哪成？还没登记，起码要去买点烟酒吧！

政委说：我给你要了吉普车，现在就去镇上登记。烟和酒已经准备好了，婚礼今晚就在空勤灶举行。

当时方天楚二十五岁，黄婉秋二十一岁。

结婚后，黄婉秋在部队只住了一个星期，就回京上班了。

走之前，黄婉秋问他：你会想我吗？

他说：会。

黄婉秋又问：那怎么办呢？

他说：唱歌呀！唱你教我的那首歌。

1959年6月，他参加建国十周年检阅训练。对方天楚来说，检阅编队是非常简单的，只要飞过密集编队的飞行员，都能胜任。飞行虽然并不复杂，但这是一项政治任务，代表着军队和国家的形象，马虎不得，所以，各级领导都非常重视。虽然受阅经过天安门广场只有几秒钟，但受阅飞行员提前半年就开始训练了。十年大庆意义非凡，驾着先进的超音速战斗机，通过天安门，对飞行员来说，一生能有几次呢？大家都写了保证书，如果飞机通过天安门广场时发生故障，即使牺牲自己，也要把飞机飞出市区。

阅兵指挥部首长经常来航校检查。在此期间，短跑、长跑、游泳、篮球、排球、单杠、双杠、滚轮、旋梯这些飞行员常规训练都取消了，甚至连乒乓球也不让打了，因为担心飞行员受伤缺员。天安门广场受阅是五机编队，万一哪个编队里少一个，那算怎么回事呢？唯一允许的是散步，大家只能绕着操场兜圈，空勤灶伙食好，又没有高强度的体育锻炼，大家的体重飞涨，彼此看着直摇头，看谁都像国宝大熊猫。

检阅的日子一天天临近，检阅一周前停飞，对飞机进行大检查，然后飞行员试飞，确认飞机完好后，任何人不能再单独接触飞机，静等10月1日国庆的到来。

万事俱备，但上上下下还是有些忐忑，气象条件能允许飞机正常起飞吗？

10月1日这天，果真出现了神奇一幕。

机场漫天大雾，受阅飞机前后距离二十米排在跑道上，座舱里的飞行员，居然看不清前后的飞机。

时间一分一秒地过去，距离预定起飞的时间还有十分钟……五分钟……应当开车了，可浓雾依然不散，无线电里什么声音也没有，世界安静极了……此时，跑道上的飞行员着急，塔台里的指挥员也着急，阅兵指挥部更着急，不断来电询问：怎么还不起飞？能不能起飞？

这是新中国的华彩时刻，大家都希望老天开眼，毛主席和天安门广场成千上万的人都在等着呢！

说来神奇，这时，一阵微风从东向西吹过，风速似乎很小，转眼再看，天光乍现，浓雾散去，像神迹出现一样，天空瞬间变得水洗般清澈……

无线电里传来了指挥员果断的命令：开车！

与此同时，两颗绿色信号弹腾空而起，参加检阅的几十架飞机同时发出隆隆的响声，震得水泥跑道颤抖起来。

方天楚驾驶的米格-19编队是受阅部队最后一个五机梯队，他们紧紧跟着前面的梯队，距离八百米，沿规定航线，从高度一千米开始小角度下降，到达通县前改平，飞向天安门广场。飞机通过天安门时，大家全部精力都集中在编队上，只想着要保持好队形，接受毛主席和人民的检阅。飞行编队以每小时一千公里的速度，从东单到西单只用了几秒钟。

无线电里传来了指挥员的声音：拉起来，右转！

飞行员们的精神顿时轻松了，这意味着，他们圆满完成了检阅任务。

回到部队，二十七岁的方天楚接到了副团长的任命。

20

二十世纪六十年代前后，海峡这边要解放台湾，海峡那边要反攻大陆，一时甚嚣尘上。

不久，美国为遏制中国，陆续在台湾地区组建了两个飞行中队，装备了两款飞机。一款飞机叫P2V，飞机装有当时世界最先进的雷达导航和电子干扰系统，低空性能好，续航时间长，拥有活塞式螺旋桨发动机和涡喷发动机的双动力，可控速度范围很大，能突然增速和减速，可以在低空暗夜复杂天气中飞行。另一款飞机叫 U-2，飞行高度可达两万五千米，配有高清摄像头，是专门针对解放军飞机无法达到的升限设计的。一时间这两款飞机轮番到大陆侦察，甚至到达西藏、新疆、青海等中国西部腹地，留空时间达十多小时，对解放军无线电通信和雷达信号进行截获，侦察拍摄大陆兵力部署和防空设施，然后把情报交由美国分析和评估。

面对美国和国民党的挑衅和骚扰，中国空军和海军航空兵部队从各个部队抽调尖子飞行员，成立夜航独立大队，专门对付利用复杂天气、低空夜间进犯的 P2V 侦察机，他们给 P2V 起了名字"黑寡妇"。方天楚奉命去苏北担任独立大队大队长。

1961 年过完春节，方天楚带着他的三大件——柳条包、帆布袋和飞行装备，坐着一辆吉普车，风尘仆仆赶往独立大队上任。

但他没想到，这一去就是八年，在繁重的训练和巨大的压力下，他的青春在荒凉的苏北平原消耗殆尽。

方天楚对于自己的飞行技术向来自信，他目前的问题是怎么才能用落后的装备，打下敌人先进的飞机。他深知，这不是仅靠空中拼刺刀就能解决的事情。

不能不说，上级给独立大队创造了最好条件。在国家极其困难的情况下，训练用油几乎不受限制。生活上的关怀更是无微不至。为了让飞行员安心训练，组织出面，尽可能安排家属随军，让他们摆脱生活的拖累。

方天楚没有看错，黄婉秋是个有担当的女人，她放弃了北京协和医院的工作和北京户口，来苏北和方天楚团聚。

到任不久，方天楚去北京参加空军独立大队作战会议。到北京一看，清一色老战友，真可谓风云际会。

罗总参谋长在会议上对大队长们说：发扬"总不死心，海底捞针"的精神，时时刻刻百倍警惕，敌机来了就一定要想方设法把它打下来。

罗总长的讲话让大家感到压力山大。打 P2V 谈何容易？它什么时候来？从哪儿来？一年三百六十五天，每一天每一刻都不能放松，敌人知道我们有设防，所以非常慎重，有时几个月来一次，有时半年来一次。

独立大队作战会议结束，刘司令员特派他的专机，把独立大队大队长们送回南京空军机场。

办完工作调动手续的黄婉秋，以及他们的儿子骄骄，也坐上了这架专机，黄婉秋和儿子第一次坐飞机就坐上了司令员的专机。

专机从北京西郊机场由北向南起飞，右转弯上升高度，机长特意让大家在空中俯瞰北京城。方天楚受阅时，虽然驾机通过天安门，但那时并没机会观看。他抱起儿子拥着妻子到飞机窗口向下观望，不时有人喊：看，天安门，那是前门，那是北海……骄骄还不太会讲话，但也跟着"这里那里"地喊着。

飞机向着南京的航向，继续爬升。几个大队长坐在专机宽松舒适的座位上交谈着，骄骄在过道里蹦蹦跳跳。

有人问：骄骄，你几岁了？

骄骄伸出了一个小手指。

黄婉秋补充说：一岁半了。

爸爸叫什么？

骄骄说：老飞。

大家都笑了。

飞行的人，似乎并不习惯这种无所事事的闲适，于是拉出一个箱子摆在当中，四个大队长打起了扑克。

打着打着，话题又绕到了飞行，金子跃嘀咕：海底捞针，做起来不容易呀！

战机难寻，谁知道敌机什么时候来？从哪儿来？

首长要求，领导带头，精兵上阵，其实就是暗示关键时候我们大队长要自己上。

此时，飞机进入云中，开始颠簸，有人感觉不舒服，扑克就不打了，方天楚只好又拖一个人下棋。但飞机颠簸得越来越厉害，棋盘被掀翻，棋子滚了一地。这可忙坏了骄骄，一会儿钻到座椅下面找棋子，一会儿又在过道里追着棋子跑，高兴得不亦乐乎。他左右摇晃着，像个不倒翁，但还是又蹦又跳，一点眩晕的反应都没有。

金大队长说：这小子平衡机能好，看来天生就是飞行的料。

谭大队长说：随他老子。

方天楚说：不像我，我是后天练的，第一次上飞机吐了教练一身，为了不被淘汰，整天旋梯滚轮打地转。

张大队长说：长大了，送他去飞行。

此时，黄婉秋已经晕得脸色苍白。

飞机在南京降落，晚上聂司令员拿出好酒，宴请从北京开会归来的大队长们。

空军再大的官，在飞行员面前没架子，下来检查工作和飞行员一个球场打球，一张桌子吃饭，一起探讨战术。这是空军的光荣传统。

喝过酒，聂司令员说：现在，空军的几个军区包括海军航空兵部队都在打 P2V 和 U-2，你们要力争在我们辖区内打下入侵敌机。抗美援朝聂司令在联司指挥空战，总是叫方天楚娃娃飞行员。那时他们都是新手，他第一次参战，聂司令员第一次指挥空战，但是他们有非常漂亮的配合。

回到机场，方天楚马上召集空地勤人员开会，传达了空军独立大队作战会议精神，他说：P2V 有恃无恐，耀武扬威地在我们的领空上穿行十多个小时，然后到韩国基地降落，这真是对我们的羞辱和蔑视。这口窝囊气，我咽不下。都看过《地道战》吧？高庄赵庄马家河，各村的地道都有自己的绝招，对付 P2V，我们也要有自己的杀手锏，否则我们就是木船打军舰。接下来我们首先要训练夜间低空飞行，把夜间飞行高度下降到一百米，做六十度坡度盘旋。过去，白天都没有这样飞过，但我们要一米一米往下飞。

夜航独立大队的飞行员是方天楚一个个挑的，他们在短时间内练就了钻山沟、飞低空、大坡度盘旋等高水平飞行技术，而且八仙过海，各显神通。方天楚相信，如果把手下的小伙子们放到部队飞行团，起码都可以当大队长使用。

飞行技术问题解决了，剩下的问题就是怎么攻克夜间捕捉敌机的难关。根据以往的经验，敌机通常在伸手不见五指的暗夜进入，低空飞行，隐蔽在雷达地标的反射波中，若想截获目标相当困难。

他从师里要了一架教练机，安装上了红外线跟踪仪，还要了一架运-5 飞机当目标靶子。教练机前舱视野开阔观察角大，新飞行员戴自强在后舱飞仪表，两人练习配合协同。

各个夜航大队都在开发自己的独门秘籍。飞行员和地勤人员也想了很多办法。一是抬高雷达的上波辨,用雷达的下边缘信号跟踪。二是采用红外线跟踪,但红外线不能穿透云层。三是在飞机前面安装一个"神灯",能照亮前方五六百米,用肉眼目视跟踪敌机。但再好的办法在没打下敌机之前都是纸上谈兵。

"神灯"安好后,方天楚在月夜先试飞了一次,下来后兴冲冲地说:像小探照灯一样,贼亮。第二次,他选择了一个有云雾的暗夜试飞,打开神灯,没想到光线马上反射回来,眼前混沌一片,险些产生错觉。他下来骂骂咧咧地说:他妈的,自己差点被神灯照下来。

就在这时,P2V 来了。

这天的云底高度只有一百米,真可谓"夜暗阴雨贼作案"。敌机从长江口苏北平原进入,向西左转,进入山区,然后根据山区地形,忽高忽低,始终和地面制高点保持大约一百米高度。后在广德地区左转,再从钱塘江出海。

方天楚奉命在大校场机场起飞截击敌机。夜航尖子大队经常在此训练,因为这个区域是预计敌机进入的航线,同时也是打下敌机最理想的地方。

方天楚起飞后,收完起落架,装好炮弹,刚打开雷达,飞机就进入了云层。他感到座舱里很亮,于是关闭了航行灯。此时,飞机在上升,他调整了雷达,飞机上升六百米后改平。夜间云中飞行,除了座舱仪表是亮的,外面一片漆黑。他做好了一切准备,静等领航员的命令。

高度四百五十米。无线电里传来了领航员的命令:右转。

他把坡度压到四十五度。

领航员又命令：快一点。

按照事先协同，方天楚把坡度压到六十度。

航向二百度，改平。

这个口令让方天楚有些兴奋，他已靠近敌机。

压航迹。

虽然看不到敌机，飞机颠簸了几下，方天楚感觉进入了敌机的气流，再看雷达荧光屏，目标倏地移走了。第一次进入没有成功。暗夜中耳机里又传来了命令：

航向二百六十度，再次进入。

左转……右转……航向二百二十度，改平。

虽然什么也看不到，但方天楚知道，敌机在左右盘旋摆脱他的跟踪。方天楚迅速打开雷达，发现目标距离一千二百米后，便按下了截获开关，可是有干扰，逮不住目标……雷达出现白屏，前方是山区，敌机凭借导航的优势显然企图把他引往那里，在此之前，发生过飞行员撞山的悲剧。

他研究过这里的山区地形，请求第三次进入。

"神灯"不能用，只剩下最后一招目测了。地面指挥员命令他改变进入方位。在领航员的引导下，方天楚终于在云海的缝隙中发现了敌机。这次方天楚吸取了前两次的教训，一发现敌机，就减速靠近。敌机又以惯用的左右机动飞行来摆脱攻击。方天楚修正好方位，使用在朝鲜战场上练就的独门绝技，大坡度下滑进入有效射程后，立即向敌机开炮。只见烈火在敌机上滚作一团，几乎照亮了整个夜空。

打中啦！

再打，不要让它跑掉！

指挥员又命令道。方天楚对准摇摇欲坠的敌机又发射了一排炮弹，直到把炮弹打光，然后大声报告：它跑不掉啦！

接着，方天楚在空中盘旋一周，看到敌机坠地爆炸燃起大火，才驾着矫健的战鹰，带着胜利的喜悦返航归来。

天亮后，人们发现那架 P2V 敌机的残骸坠落在山坡上。

他和领航员进京再次见到了毛主席和周总理，他还把 P2V 飞机上的一块残片送给了周总理留作纪念。他和领航员同时被授予空军一等功臣嘉奖。

同年，海航夜航独立大队采用轰炸机、歼击机和地面导航协同的战术，堪称完美地击落一架 P2V：

1964 年 6 月 11 日，一架 P2V-7 电子侦察飞机，从台湾新竹机场起飞，21 时 55 分由连云港东南进入大陆，高度五百米，时速三百一十公里，经白塔埠、沂水、潍坊、平度等地进行电子侦察。23 时 08 分，中国海军航空兵一架米格-15 歼击机、两架轰-5 从平度起飞。起飞后飞机一直保持无线电静默，完全由地面雷达精准引导。23 时 36 分，当轰炸机位于目标前两千一百米，高于目标一千九百米，米格-15 位于目标右后方二十度，距离一千六百米，高于目标二百二十米时，轰炸机投下照明弹十二枚，顿时照亮半边天，米格-15 即刻发现目标，迅速占据攻击位置，相距七百米时连续三次开炮，三次妥妥命中，利剑般的炮火瞬间将 P2V-7 撕裂。23 时 38 分，P2V-7 飞机坠毁于莱阳以北二十五公里处。

与此同时，空军地对空导弹部队也干得漂亮，他们利用苏联制造的萨姆-2 导弹，击落多架高空 U-2。

自此，终结了 P2V 和 U-2 进犯大陆的历史。

离开独立大队这年，方天楚将近不惑之年，已经是两个孩子的爸爸。他的第二个孩子乐乐是个女孩。现在，儿子骄骄已经九岁，特别顽皮，喜欢带着他的小伙伴冲冲杀杀，俨然一个小司令员。黄婉秋不无担忧地告诉方天楚这些，他听后倒是欢喜，认为这才是男孩子的样子，但父子偶尔见面，他多半是训诫，所以儿子见到他，溜得比耗子还快，总是有意躲着他。女儿乐乐已经七岁，和哥哥性格完全不同，文文静静，喜欢读书和画画。这些年，他几乎没有照顾过他们，无论上幼儿园还是上学，都没有接送过他们，在他眼里，孩子们好像一夜之间就长大了。

21

方天楚在部队接受了革命思想和共产主义教育，但他的启蒙教育是孔孟之道，所以他的底色还是传统的。功成名就不还乡，犹如锦衣夜行。抗美援朝战争后，作为战斗英雄，他很想带着军功章荣归故里，但团长没有给他机会，共产党就是要打破千年以来的陈腐观念，培养他成为一个真正的革命者。领导没有批准他探亲休假，马不停蹄地安排他去苏联部队学习，为此，他闹了几天情绪。

这么多年过去，犹如白驹过隙。他带着妻儿踏上了回故乡的路，他自然想到了和李子虚的约定，这叫他感到悲伤。

父亲赶着马车在火车站等候多时了。父亲老了，岁月在他脸上刻满深深的皱纹，他的皮肤几乎和家乡的泥土一样粗糙，一看便知整天在地里劳作。

这些年，即使不飞行，他想的大多也是天上飞行的事。回到故乡，看到父亲，他才感到真正从天上落到地上了。

县城变化不大，老城楼倒塌多年，城墙破烂不堪。到处插满的红旗和张贴的鲜艳标语，让街道显得有些时代气息。整个县城看不到一条柏油路，破旧的老房子，坑坑洼洼的土路。大街上跑的大部分是马车、驴车和独轮车，也会有一两辆汽车经过，尘土飞扬。偶尔能看到几棵在大自然优胜劣汰的进化中保留下的老树，枝叶茂盛。除此之外，整个县城几乎看不到绿化。

方天楚看到路上扭着屁股推着独轮车的人，这是中原地区特有的运输工具，感觉很亲切，他在北方和南方都没有看到过这样的独轮车。

方天楚问父亲：村支书不当了？

父亲说：当不当也没啥区别，都是在地里干活。过去让我当村支书也是因为我农活干得好。退下来后，叫我分管学校。

方天楚笑了，说：你不识字，怎么管理学校呀？

父亲说：我虽然不识字，但我觉悟高，口才好。

你给学生讲什么呢？

多了，比如讲抗美援朝的故事，讲你打敌机的故事，学生们都爱听。我还被请到别的学校去讲……

离开县城，马车沿着深深的车辙得得得地跑着，马铃声悠扬。赶车的是一个少年，背对着他们，头上戴着一顶棉军帽，两扇护耳耷拉着，嘴里不停地"喔喔……吁吁"，这声音出自一个少年的口，好听极了。

方天楚看着少年的背影好奇地问：喂，什么天了，还戴着棉帽子？

少年没回头，父亲接话说：这不是你给我寄回来的帽子嘛！

我没舍得戴，这小子喜欢，一年四季不摘。

方天楚一激灵，突然喊：虎子。

哎。少年回头，一脸灿烂的笑容。

父亲说：咋不喊爸嘞？

少年仰头喊了一声，脸红到了脖子。

方天楚说：还有你妈呢！少年低着头，久久没出声。

父亲说：这孩子没喊过妈，怕是一时绕口。

黄婉秋说：别难为虎子了，慢慢来。骄骄乐乐，这就是你们的虎子哥。

骄骄和乐乐齐声喊：虎子哥，虎子哥……

美得虎子龇牙笑着。

骄骄说：虎子哥，你好像电影里的小兵张嘎。

虎子自豪地说：人家都这么说。

骄骄说：你会上树掏鸟窝吗？

虎子：那算啥？

骄骄羡慕地看着赶车的虎子说：你太厉害了。

虎子把鞭子甩得清脆好听。

一家人坐在大车上有说有笑。

方天楚说：爹，这次我要把虎子带回我那儿。

父亲有点不悦地说：你问他自己，他若想跟你走，我不拦着。

方天楚没有问，他怕虎子不答应。

这么多年，方天楚一直在寻找李子虚的家人，他曾打报告让组织部门寻找，但不知道为什么，总是不了了之。

骄骄看着扬鞭赶车的虎子，很是羡慕，心想，有这样一个哥哥，打架就有靠山了，谁还敢欺负他呢？爸爸跟他讲过这个哥哥，但他们还是第一次见面。两个孩子很快和虎子熟了，缠着他问这个问那个。

方天楚问父亲：你去青岛打听了？李家一点消息都没有吗？

父亲看了看前面赶车的虎子，说：回家再唠吧！

回家，母亲包了白菜猪肉饺子，全家美美地吃了一顿。

吃完饭，虎子带弟弟、妹妹在院子里玩。父亲和方天楚坐在炕上说话。

父亲说：李子虚的祖上是读书人，太爷是秀才，都叫他李秀才，是咱这十里八村的名人。早年，李子虚的爷爷在乡下办学，当过私塾先生，据说李子虚的父亲李文翰留过洋，但没人见过他。

方天楚说：战后，部队做过外调，解放前李子虚的父母在上海做地下工作，解放后查无音信。各方面给的答复都语焉不详。

父亲说：这些年，我一直留心打听。前几年赶集遇到一个人，他说是大店子的，我问他你们大店子有个李秀才吧？他说他奶奶是李秀才的闺女。我问李秀才后人不是都走了吗？他说他是远亲。我问李秀才直系后人都去哪儿了？他说解放前就搬去青岛了。后来听说李文翰在上海，解放前夕逃到台湾了。他悄悄告诉我，1953年，李文翰的父亲在青岛被镇压。我一听，吓坏了，不敢再往深处打听。从此我只说虎子是烈士的后代，我儿子方天楚的养子，我的孙子，把虎子祖辈的身份捂得严严实实。

方天楚沉着脸嘱咐父亲：李子虚家里的事有些蹊跷，但总会搞清楚的，以后我们不要再打听了。虎子是烈士的后代，我的养子，你的大孙子，大名方飞虎。

骄骄和乐乐回到老家如鱼得水，又突然多了一个哥哥，玩疯了，乐不思蜀。虎子带弟弟和妹妹去北河抓鱼，去大沽河洗澡，还带他们去赶集。集上闹闹哄哄，卖什么的都有，虎子在包子铺给骄骄和乐乐一人买了两个炉包。炉包形如一个硕大的饺子，馅是肉和大葱，一面煎得金黄，骄骄和乐乐好像从来没吃过这样好吃的包子。

骄骄问：虎子哥，你咋不吃呢？

虎子牛哄哄地说：我爷每个集都给我买，我吃够了！

在乐乐的记忆中，最好吃的包子是虎子哥给她买的。她最害怕大鹅，它伸着脖子追她。店口集离匡家庄三里路，乐乐说怕大鹅，死活不走，虎子只好把妹妹驮在身上背着走。

骄骄说：虎子哥，你跟我们一起回南方吧！

虎子说：我不走。

方天楚只在家待了一个星期，就返回部队了。黄婉秋是和他一起走的，因为要回光硕老部队。

骄骄和乐乐漫长的暑期结束才回光硕。

两个孩子自从回老家，见到了虎子，回来说话总是咱哥咱哥的。

乐乐饿的时候，总是说要吃炉包。在她的印象里，南方的生煎和北方的炉包是不能比的。

22

方天楚走后不久，部队到山东招收飞行学员。

麻湾高中有上百名男生报名，体检后只剩下五个同学被送到县城参加第二轮体检。

最后，麻湾中学只剩下方飞虎和朱敏二人。

历来，航校喜欢到山东招生，山东是孔孟之乡，重视教育，家里再穷，也会叫孩子读书认字。再者，山东人较南方人体格健壮，历来有山东大汉一说，且山东流行病少，所以，山东飞行员在航空兵部队的比例较高。

方飞虎从小锻炼，体能堪称一流，但招飞办遗憾地发现，他还不到十五岁，不符合招飞要求，于是，只能把他退回学校。

方飞虎得知自己没被录取，一路哭到家，见了爷爷奶奶，更是哭得不行不行的，说：朱敏被录取了，他打地转，还是我教的呢！爷爷看着孙子如此这般，自然很心疼，虎子几乎是伴着飞行的梦想长大的，从小有志向，他早就知道，这孩子是留不住的。

爷爷蹲在地上吧嗒吧嗒抽了一会儿烟，然后对虎子说：孩子，睡吧！明天爷爷带你进城找他们去。

虎子说：人家明天就走了。

爷爷站起来，用脚踹灭烟头，说：那咱现在就去。

奶奶说：黑灯瞎火的，就不能明天一早去吗？

爷孙俩连夜就上路了，路上虎子一遍遍问：爷爷，他们能要我吗？

爷爷拍拍虎子，胸有成竹地说：我看能要。

爷俩走了二十多里路，到了县城天还没亮，两人就在火车站的椅子上眯了一会儿。天亮后，他们来到了县城招待所。招飞办的同志一下就认出了虎子，他们对这个长相酷似小兵张嘎的男孩印象深刻，于是热情地招呼他们爷俩，毕竟他们对这个孩子的落选，还是挺惋惜的，便鼓励他到了十六岁再来。

虎子说：谁知道你们啥时再来？反正我就想这次跟你们走。

招飞办的同志虽然很喜欢这个机警的小家伙，但也只好说：学员都送到省城了，这次你赶不上了。

虎子眼泪流了下来，哭得稀里哗啦。

任由孙子哭，一旁的老汉蹲在地上抽烟，半天没开腔。

这时，老汉咳了两声，说：同志，能听我老汉说两句不？这孩子身体好，品学兼优，他一年四季绕着庄子跑，跑呀跑呀，有时跑一圈，有时跑两圈。从五岁开始，我就教他打地转……虎子，过来，你给同志们表演一下。

虎子抹了一把鼻涕和眼泪，二话没说，飕飕地就在地上转开了，尽管一夜没睡，但这毕竟是他的童子功，越转越快，像陀螺一样，转得地上的尘土都飞了起来，把旁边的人差不多都转晕了。

有人看着表给他数着……结果一片惊叹。

这时，一位女军人问爷爷：这孩子的父亲是谁？

爷爷这时底气十足地说：你们如果不把这个孩子带走就太可惜了，我给你们讲讲这个孩子的故事。他是烈士的遗孤，他的亲生父亲是一位飞行员，牺牲在了朝鲜战场。他的养父是一级战斗英雄，在抗美援朝击落五架敌机。

他养父叫什么？

爷爷自豪地说：方天楚，也是我儿子。

方天楚？就是我们空军那位战斗英雄方天楚吗？

这时，爷爷感觉，事情离成功已经八九不离十了，又卷了支烟，吧嗒吧嗒吸着，慢悠悠地说：没有第二个。

最终，招飞办的同志决定带走这个孩子。其实，航校更偏爱招收年龄小的学员，年龄越小，学飞行上手越快。方飞虎被破格录取。

当天，招飞办的同志带方飞虎坐运-5飞机赶往省城和其他学员会合。

虎子居然都没来得及和同学告别，直接在县城换上军装，就上了飞机。

坐上飞机后，女军医开始发晕机药片，发到虎子这里，女军医笑着说：你要什么药？你是要当飞行员的。

第一年，方天虎和朱敏在保定陆军接受训练。训练极其艰苦，训练大半年，同来的五人就被淘汰两人，但方飞虎却如鱼得水，无论是跑步还是拉练，他都遥遥领先。这期间爷爷来保定看过孙子，见他又黑又瘦，非常心疼，要带他回家，虎子笑着说：爷爷，你放心，我没什么，感觉好极了，钢铁就是这样炼成的。

一年后，方飞虎和朱敏顺利进入航校，正式成为飞行学员。

在航校，他们飞歼-6。歼-6是中国制造的第一代超音速喷气式战斗机，曾是中国空军和海军航空兵装备数量最多、服役时间最长、战果最辉煌的一款战斗机。2010年6月12日歼-6战斗机正式退出中国空军装备序列。歼-6战斗机虽然战果丰硕，但同时也是机械事故频发的机型。

教官于海棠对学员说：你们是中国最幸运的飞行员，也是最有希望的。因为你们飞上了我们自己制造的战机，这就意味着在战争状态下，我们自己可以补给了，不再受制于人。于海棠是林弥一郎的学生，因家庭出身问题，没有参加抗美援朝，留校任教了。于海棠并不抱怨，为航空事业培养人才依然让他感到无上荣光。他教学认真、严谨，想方设法把自己的经验传授给学生，是个不可多得的好教官。毕业离校前，教官于海棠对他们说：你们是祖国的希望，也是我的骄傲。我等你们的捷报。

他们被分配到大同附近的机场，负责保卫北京的西北门户。

方飞虎到了部队，就开始改装更先进的歼-7战机。

歼-7是中国自己生产的全天候超音速战斗机，此时，已经被大批生产并装备部队。这款战机模仿苏联米格-21，于20世纪60年代初开始研制，比原版机增强了火控系统的攻击力。

方飞虎所在的机场，自然环境非常恶劣，多风少雨干燥。天上没有飞鸟，地下不长寸草，经常是飞沙走石的沙尘暴天气，冬天气温达到零下三四十度，人迹罕至。

在这种地方，能飞的天气几乎都要飞行。

师长是参加过抗美援朝的战斗英雄，他说：这是当年杨二郎镇守边关的地方，他能守，我们也能守，何况我们现在的条件比那时好多了。

就这样紧张训练了将近一年，该飞的科目都飞了，不但出色地完成了训练计划，并且未发生重大安全事故。飞行员们一个个累得又黑又瘦。

这时，上级给飞行员们安排了一次疗养，并且争取到了有山有水有海鲜的疗养胜地——大连。

年轻人喜欢爬山、跑步、洗海澡，老飞行员借此机会，治疗一下慢性病和与腰椎、颈椎相关的职业病。

疗养院的理疗室总是预约不上。大家私下里相传，理疗室有个韩美人，肤如凝脂，笑若昙花。据说空军后勤部部长宋大伟公开承认，追了她十年。相传给她介绍什么样的优秀人物，她都不为所动，一直单身。

韩医生人美，医术也好。但凡去做过理疗的，都说有效，不知是精神作用还是真的有作用。

一天，方飞虎去沙滩跑步，下坡的时候，滑了一下，脚踝崴了。他被战友搀扶到骨科，医生给他检查了一下，说骨头没事，让他去理疗科治疗一下。

理疗科都是需要预约的，他只能坐在走廊的长椅上等，竟然睡着了。

当他被拍醒的时候，看到面前站着一个修长的白衣天使，他想：这就是传说中的韩美人吧？

小同志，怎么到哪儿睡哪儿呀？该吃饭了。

噢。

他站起来，忘了脚崴了，"哎呀"叫了一声，重新坐到了椅子上。

小同志，怎么了？

脚崴了。

韩医生蹲下看了看，扶他起来，打开门，进了治疗室。这时，人们都去吃饭了，治疗室里已经空无一人。

他靠在诊疗床上，韩医生坐在床边的椅子上，在他的脚趾部位按压了一会儿，又按压了一会儿他的小腿，抬眼看着他，问：还痛吗？

好些了。

然后，韩医生找来了冰袋，给他敷上了。

这时，韩医生问：你住哪个科？

他说：5科。

是大同机场的吧？

对。

你叫什么？

方飞虎。

你爸爸叫方天楚，是吗？

对呀！您认识我爸爸？

你爸爸是战斗英雄，在空军名气很大。

您怎么知道我是他的儿子？

韩医生没有回答他，只说：你还没吃饭吧？我叫卫生员去空勤灶打一份病号饭来。

韩医生，您自己也没吃饭吧？

韩医生好像没听见，径直出去了。

23

无锡盛产枇杷。

5月，枇杷熟了，黄澄澄的果子挂满枝头。

招待所旁边有一片枇杷园，靠着招待所门口有两棵特别高大茂盛的枇杷树，机场的孩子们都知道，这两棵树结的是白沙瓤枇杷，到了这个季节，路过的孩子都要往这两棵树上多瞅几眼。

这天中午，大人们都午睡了，骄骄路过此地，见树下站着一个人，白衬衫，蓝军裤，一副神气的邻家大哥哥的样貌。

骄骄走到近处，看了看那人，又看了看枇杷树。那人也看了看树，又看了看他，嘴角微翘，说：是不是想摘枇杷呀？

骄骄说：想摘怎么了？枇杷树又不是你家的。

那人说：还挺横，对呀，不是我家的，你想摘就摘呗！

我才不上你当呢！回头你告诉我爸，我爸非打我不可。

那人伸手在树上摘了一串枇杷，递给骄骄，说：我摘你吃，总可以吧？

骄骄说：吃可以，你别赖是我摘的就行。

两人蹲在地上吃枇杷，那人问：你还没告诉我，你叫什么？

骄骄，天骄的骄。

你爸叫什么？

方天楚。

方天楚？

你都不知道方天楚是谁呀？抗美援朝击落五架敌机的战斗英雄。

噢，我知道你爸，只是不认识而已。你可以介绍我认识啊！

你自己去认识吧！我和他的关系就像猫和老鼠。

那人只是笑了笑：你怕你爸，是吧？

老鼠哪有不怕猫的？他打我，我又不能还手。

老子打儿子，天经地义，自然不能还手。那别人打你，你都还手吗？

那当然，人不犯我，我不犯人。人若犯我，我必犯人。

说得好，将来世界一定是我们的。

你还没告诉我，你爸是谁？

我爸？他指挥别人打仗，自己不打。

那更厉害，抗美援朝时指挥我爸打仗的刘司令、聂副司令都是大官，你爸应该也是大官。

那人笑了笑，没说话。

我想问你一个事。

你问呀。

你爸也打你吗？

那人想了想，说：他老了，打不动我啰……他要靠我了。

招待所大门上方的灰砖墙上，用红漆刷着一排大字。

那人看了看那排大字，问骄骄：你知道这是谁的话吗？

三岁小孩都知道是谁写的。

那人说：告诉你爸，谁反对林副主席，谁就是反对毛主席。

骄骄朝天翻了翻眼睛，说：谁反对我妈，谁就是反对我爸，是吗？

那人也翻了翻眼睛，笑了，说：你是个聪明的孩子。

你还没告诉我，你叫什么？

我叫老虎。

隔墙有耳，骄骄和老虎"拼爹"的对话，被招待所所长听得一字不漏。

1971年9月13日，所有的空军机场都接到了禁飞命令。

方天楚第一个反应是空军有飞机叛逃，以往有这样的先例，但他绝对想不到叛逃者是谁。

9月18日，一早，方天楚来到师部，师长、政委都在，大家面色凝重，有种山雨欲来风满楼的味道。师长见到方天楚后，叫他马上去招待所，说陆军来了一个副政委和一个副师长，要和我们研究机场联合保卫事项。方天楚没多想，这种事，过去有过，没啥奇怪，各国空军都发生过外逃事件。但他没有深思，空军跑了一架飞机，为什么惊动陆军来保卫机场？

方天楚和陆军张副师长都是分管作战的，关系比较好，见面后，方天楚笑呵呵地握手：

哎呦，这点事还要劳您二位大驾吗？好呀，既然来了，我请你们喝酒。

那两人脸上的表情不同以往，依然肃穆，似乎有意和他保持距离。他感觉今天大家的面部表情都像一个模子刻出来的，紧张、疑虑、惊慌……

高副政委冷不防地说：看来你还不知道，二号人物跑了。

方天楚"啊"了一声，中国就一个二号人物呀！瞬间，他的脸变得铁青。

这个消息如晴天霹雳，顿时让方天楚手脚冰凉，仿佛掉进了冰窝里。看着部队营房里到处刷着二号人物的手书标语，他感觉像被作弄了一样，无论如何不相信这是真的，但他又没有理由不相信。

军人，只能服从命令听指挥。这天，他带着陆军同志看了地形，安排了兵力部署。中午吃饭的时候，他照例还是请陆军同志喝酒，他举起酒杯，想了想，说：打仗靠陆军，关键时候还得靠陆军老大哥。

高副政委说：你不也是陆军出身吗？陆军空军不分家，都是共产党领导的部队。

方天楚说：是，空军早期的飞行员都是陆军输送的。

张副师长说：空军的第一架飞机就是我们钱副司令员从国民党手里缴获的。

方天楚说：你说的是那架弗拉基米尔号吗？

张副师长说：对，也叫列宁号。1930年3月，他在鄂豫皖边区警卫部队担任手枪队队长。一天，一架国民党飞机迫降在边区的陈家坪。他和国民党部队展开激战，不但缴获了飞机，而且还俘获了国民党飞行员龙文光。有了飞机，鄂豫皖边区红军成立了航空局，徐向前劝降了被俘的飞行员，并委任他当局长，钱副司令员当书记，那是我党历史上第一个航空部门。当时，列宁号在鄂豫皖可是个宝贝，运送过我党高级干部，到国民党统治区侦察敌情，到武汉撒传单，参加过鄂豫皖第三次反"围剿"，轰炸过敌人阵地，还配合部队占领了久攻不下的黄安城，活捉国民党师长赵冠英，这是我军战争史上，第一次有空军参战的战斗。

正说着，有人通知方天楚回师里开会。

当天，师长、政委被召集到军里开会，他们这一去，就算离开了自己热爱的部队，再没回来。他们都是老军人，久经考验，是抗美援朝时期方天楚的老领导。

9月19号，正式传达了中共中央57号文件。

二号人物出了问题，谁能脱得了干系呢？

接下来部队开展揭、批、查林彪反革命罪行，清算其流毒。

人心惶惶，人人自危，不知道下一个被带走的是谁。

方天楚很痛苦也很茫然。

每一个飞行员的成长经历，决定和证明了他们政治可靠，信任上级，服从命令。他们大多思想单纯，远离世俗，怀着职业的崇高荣誉感，一心扑在飞行技术上。上级对飞行员也是爱护的，为了不影响飞行，往往安排他们只参与学习，不参与运动。但是，他们作为动荡年代的一分子，在那些年，很难脱离斗争的旋涡。方天楚敬仰的那些战功赫赫的老战友，在没有外敌入侵的和平十年中，也经历着沉浮和荣辱。

"九一三"以后，大部分师以上领导，都去参加学习班了。方天楚思来想去，他和上面除了工作关系，没有建立过什么私人关系，更没有为个人利益趋炎附势。他做人有底线，有损自尊的事坚决不干。按理，他可以顺利过关，但此时却有人举报，骄骄和老虎曾经有过亲密关系。

方天楚和这个公子有过几次泛泛的见面，仅限于礼节性的握手。公子看起来不像高干子弟，少言寡语，稳重低调。方天楚几乎没当回事，但他回家还是问了儿子：我很好奇，你是怎么和那个公子攀上关系的？

骄骄说：我干吗要和他攀关系？是他和我攀关系的。

方天楚一听笑了，在儿子头上拍了拍。

骄骄一梗脖子说：最烦别人拍我头。

方天楚说：你给你爸惹麻烦啰。

骄骄说：他脸上又没写字，我怎么知道他们要害毛主席。

方天楚开始准备行李，黄婉秋问：你要干啥？

方天楚说：我要求去参加学习班，子之过父之罪。

乐乐发现哥哥在床头刻了几个字：好汉做事好汉当。

骄骄失踪了。

骄骄会去哪儿呢？方天楚处在风口浪尖上，儿子又失踪了。这时，机场家属中传说，骄骄是专门给公子传信的，公子和方天楚是通过骄骄单线联系的。骄骄失踪是畏罪潜逃，或者是被方天楚夫妇窝藏起来了。黄婉秋听到外面的风言风语，脸一阵白一阵青，感觉大祸就要降临。

骄骄已经好几天没有消息了，她去飞行大楼让方天楚找儿子，方天楚却一脸淡定地说：男孩子，出去野几天就回来了。丈夫的话多少对她是种安慰，但她还是为儿子担心。好在方天楚并没去成学习班，群众的眼睛是雪亮的，方天楚的坦荡正直，大家心里是有数的。

一天，骄骄被一个体貌威武健硕的军人送回了家。黄婉秋上下打量了一下儿子，这才长舒了一口气，然后又看了看那个军人，惊呼：飞虎，是你吗？妈妈快认不出你了。

飞虎说：妈，我把骄骄给你带回来了。

方飞虎在航校看到弟弟骄骄时着实吃惊不小。他问他怎么来的，骄骄说：爬火车来的。方飞虎感到蹊跷，又问：你来干什么？骄骄说：将来要当飞行员，来体验一下航校生活。方飞虎当然不信，再三逼问，骄骄才说自己惹祸了，家里待不下去了。骄骄交代了实情，方飞虎觉得事情还真不小，这可怎么办呢？情急之下，方飞虎想到了一个人，他带着骄骄找到了航校副校长肖汉。

方飞虎说了弟弟的情况，没想到肖汉听后哈哈大笑，连说：没事没事，你带骄骄在航校玩玩，过两天风头过了，我帮你请假，你把骄骄送回去。老子英雄儿好汉，骄骄这孩子有出息。

骄骄跟着方飞虎吃飞行学员灶，乐不思蜀，又把航校的器械玩了个遍。方飞虎要送他回家，他老大不愿意。

骄骄搞这样一出，让方天楚很生气，但看到方飞虎回来，又一脸高兴地说：

看来坏事也能变成好事呀！飞虎，怎么样？航校生活习惯吧？

爸，都习惯，就盼着上机飞行了。

你肖叔叔都好吗？

好，不过看起来挺闲的。

什么叫挺闲的？

啥事不管，背着个鱼篓子，整天钓鱼。

方天楚听后叹了口气，说：唉！恐怕是人家不让他管事吧？不打仗了，英雄无用武之地了。你们理论学习还正常吧？

方飞虎说：搞速成，精简了不少航空理论的学习，不过我自己看了不少书。

其实，飞虎回家，最开心的是乐乐。乐乐现在大了，乖巧可人，但已经不好意思像小时候那样黏哥哥。那时，机场女孩子都兴手工钩花，她向妈妈要了一毛一分钱，到军人服务社买了一团白丝线，钩了大半夜，给哥哥钩了一个白衣领，缝在军装立领上，露出一圈白边，很时髦。

1973年，方飞虎航校毕业，成绩优异，被分配到西部一支英雄的航空兵部队。几年来，这是最令方天楚开心的事情。少年可期，后生可畏。

儿子方之骄，却不令人省心。从小就有老子英雄儿好汉的思想，不服输，爱逞能，给他惹了不少麻烦，是派出所挂了号的人物。

那几年社会治安乱，镇上的小混混，经常欺负机场上学的女生。机场的男孩和女孩虽然不讲话，但看到女孩们被地方上的野小子欺负，咽不下这口气。方之骄组织机场的男孩子成立了一个护卫队，经常和镇上的混混大打出手。为此，他经常被派出所带走。

一次，他们遭到了伏击，方之骄掩护大家撤退，自己被围攻，腿被螺纹钢打断。

方之骄被抬到医院，开刀接骨植入了钢钉。

手术完，黄婉秋来了，方之骄见到妈妈，第一句就问：妈妈，我当不上飞行员了吧？

黄婉秋没说话，看着儿子捂着脸呜呜哭着……其实，在大人们一次次复述他小时候坐飞机的经历时，当飞行员的念头就已经深深地植入了他的心里，他始终认为，自己天生是干飞行的料。

方天楚这时才知道儿子的愿望，为此也很遗憾。他特意去医院看儿子，在病房门口看到几个女生，手里拿着新采摘的野花，你推我，我推你，见到方天楚来了，一起喊：方叔叔好。

他一看，都是机场的女孩子，便问：爱兵，你们来干啥？

一个扎着两只小辫子的女孩说：我们来看骄骄，他是为了保护我们女生才受伤的。

噢，那骄骄还是英雄啰！

女孩说：他在我们眼里就是英雄，请叔叔把这些花交给方之骄。

女孩把手里的花交给方天楚就跑了！

方天楚走进病房，方之骄看到爸爸进来，起初一脸紧张，但看到父亲手里捧着的花，不禁扑哧笑了。

方天楚说：笑啥？门口那些女孩子送你的。

父子俩一直是训斥和被训斥的关系，他用这种语气和儿子说话，两人都不习惯。为了缓解尴尬，方天楚看着窗外女生的背影说：看不出啊，你还挺有本事。

方之骄把头别过去，不看父亲，但却把头高高地仰着。

这回，他没有指责儿子。

他说：儿子，能干的事还有很多。

没想到骄骄掩面呜呜哭了起来。方天楚有些心疼，过去他用棍子打他，他都不落泪。

各种政治运动频出，飞行训练受到影响。经常是好天飞不成，坏天不能飞。飞行员一年只飞几十个小时，飞行时间少，新飞行员飞行进度上不去，老飞行员技术水平下降，科目越飞越少，难度越飞越小，一些应该飞的战斗科目也不飞了。飞行事故频发。

方天楚经常听到飞行员们在休息室跷着二郎腿，谈谁家园子的黄瓜结得多，南瓜长得大。一些没成家的年轻飞行员，在大楼里闲得无聊，绣花、织毛衣，把用过的航拍胶卷做成台灯。他还听说新飞行员里面奇人不少，有一个把《新华字典》倒背如流，还有一个能把圆周率背到五十位以后。

改装国产歼-6战机后,师里连年出现重大飞行事故。家属们人心惶惶。外场的飞行一停止,飞行团的电话就响个不停,家属们一定要听到丈夫的声音才放心。空勤灶门前,总有孩子莫名其妙来看爸爸在不在。

1976年,毛主席去世。方天楚心中的明灯灭了。他有些心灰意冷。

这年他四十四岁,已经过了不惑之年。儿子方之骄和他越来越疏远,女儿乐乐倒是乖巧,但和他也不亲近。方之骄马上高中毕业,越来越少言寡语,一天,他对方天楚和黄婉秋说他要上山下乡。黄婉秋说:你腿不好,我想叫爸爸帮你找个工作。方之骄硬气地说:我不想让爸爸干预我的事,我的命运自己做主。方飞虎不是也没让他管吗?黄婉秋说:可是你干不了繁重的农活。方之骄说:腿不好,我可以骑马呀!我想好了,我要到内蒙古去放牧,做一匹自由的飞马。黄婉秋知道她改变不了儿子的想法,于是和方天楚商量,没想到方天楚一口答应,还赞扬说这小子的想法总是和别人不一样。

高中毕业后,方之骄去了内蒙古阿拉善盟。

1977年,是B师最困难的时期,方天楚被任命为B师师长。

在大礼堂宣布任命的那一刻,他心里熄灭的火又被点燃了,他流泪了,这支铁血部队的荣誉是李子虚、吴宇航等英雄用生命铸就的,他下决心要让这支英雄的部队重振雄风。

那天,他即兴发言:我们这支部队,在抗日战争和解放战争中打过很多胜仗和硬仗,为中国人民的解放事业立下过不朽的功勋,在军事史上有着极其光辉的一页。改编成空军后,参加了抗美援朝战争,击落击伤敌机六十多架,李子虚等二十多名飞行员血洒疆场，打出了军威，是一支名震四海的英雄部队。飞行飞行，不飞不行。这句话我们讲了几十年了，今天依然要讲。飞行对我们是头等大事，大到什么程度，就是死了亲娘老子都是小事。作为一个飞行员，飞行永远是我们的头等大事。

事情千头万绪，为了纲举目张，他提出：保证安全，完成任务，打翻身仗。

为了恢复英雄部队的作战能力，他提出了五项奋斗目标：一，要有高度的机动能力，无论在夜间还是昼间，无论在简单还是复杂气象条件下，只要一声令下，就能出动；二，要有高超的射击轰炸技术，打得准，炸得准，熟练掌握手中武器……

令他欣慰的是，现在可以大张旗鼓地抓训练了。

对他而言，如果故乡是母亲，那么部队就是父亲。这些年，看着这支部队人心涣散，事故不断，看着家属院的孤儿寡母，他既心痛又难过，就像有人在羞辱父亲一样。

平心而论，他的提拔并不快。此时，他的战友们有的已经是军区司令，但既然现在他是B师师长，他就要重振雄风。

24

B师用两年时间的艰苦训练，连续两年无重大事故，圆满完成飞行任务，被评为全空军先进师，恢复了英雄部队的样貌。这也源于B师补充了新鲜血液。这批新飞行员是从学校直接招收的高中生，经过预校和航校的正规系统训练，正式编入战斗部队，他们犹如一股清流，让部队焕发了朝气。方天楚和这些年轻人朝夕相处，和他们一起飙歌，一起下棋，一起扳手腕，一起练体育器械。真正让他感到力不从心的是在篮球场上,他已经做不出标准的三步上篮,场上也跑不过年轻人,他们打球动作标准规范,不像老飞行员,拿着篮球像耍魔术,喜欢做犯规的小动作。

王天宇是山东人,方天楚的小老乡,他带飞过他,也考核过他,小伙子话不多,飞得好,理论尤其好,各种数据倒背如流,给他留下了深刻印象。

他有时也叫王天宇小老乡,像从前李子虚叫他那样。

王天宇篮球场上机警,跑起来如风如电,跳起来脚下像装了弹簧,篮板球十有八九能抢到手,然后就传给他。他现在只能投投球,命中率倒不低。这种配合经常能获得场下的掌声。但他也常常因为犯规被吹下场,他起初不服,挺生气,但想想还是要知趣些。方天楚在场上,年轻人拘谨,不敢撞他,玩得不尽兴,所以经常故意吹犯规把他罚下场,说起来也是爱护他。

在小伙子们眼里,他不但是他们的师长,他也是他们崇拜的战斗英雄。

1979年,南部边境战争爆发。部队接到了中央军委下达的参战命令。此时这批年轻的飞行员正是部队挑大梁的主力。

此时方天楚的一头青丝已变花白,但看着身边生龙活虎的年轻人,脸上又焕发出久违的激情。

他带队驾机直飞云贵高原,一千多公里航程,飞行梯队保持完整队形,飞跃祖国大江大河、崇山峻岭,在大西南高原边境机场顺利降落。

在高原的碧蓝天空下,看到整齐排列在停机坪上的战机,他一脸严肃地想,只要前线指挥部一声令下,他的部队会像抗美援朝时一样,迅速起飞作战。

战前动员，壮怀激烈。写家书，拍照片，喝壮行酒，就等一声令下，沿着洪河，穿越敌方火力网……

一个月，两个月，迟迟没有参战的命令，他们不免有些失落和惆怅。

三个月的轮战结束，空军没有参战，部队转场回来遭遇恶劣天气，光硕机场阴天大雾。

他们和气象台研究后，考虑接下来几乎都是阴雨天，方天楚提出按计划继续转场，上级同意放飞。

一路奔袭，飞抵降落机场时，雨加大雾，能见度不到百米，隐约能看到机场两侧的探照灯。

方天楚的带队双机，样板一样平安落地。

晚上，方天楚回到家，神采飞扬，黄婉秋不无抱怨地说：你们就不能等个好天回来？你们转场，我紧张得心都快跳出来了。

方天楚慨然地说：这才是练兵打仗的样子，转场是对部队实力的考验，好在小伙子没有一个掉链子的。

黄婉秋说：你们平安回来我就放心了，我也有好消息告诉你。

方天楚说：那就快说呀！

乐乐大学录取通知书来了。

农牧场杀了两头猪，欢迎前方轮战回来的同志。方天楚要了个猪头，请单身的飞行员们来家里喝酒。大家早早来了，在院子里挖了个土灶，用大铁盆煮猪头，黄婉秋和乐乐在屋里包饺子，猪肉白菜馅。方天楚里里外外指挥着，对黄婉秋说：山东水饺的灵魂是多放大葱和生姜。然后对小伙子们说：你们眼睛好，把毛给我拔干净。

小伙子们哄笑，乐乐小声说：爸，你说话不严谨，应该是把猪毛拔干净。

方天楚不以为意地继续下命令,煮猪头不需要这么多人,会包饺子的进屋包饺子。

黄婉秋擀皮,乐乐揉面剂子,王天宇和王海平包。

黄婉秋问:你们多大了?

王海平说:二十一岁了。

黄婉秋说:这么年轻,真好。

王海平说:咱们师长在我们这个年龄早就打下敌机了。

黄婉秋笑着说:这次上面没让咱们飞机上,上了你们也会立战功。

乐乐见王天宇不说话,便问:王天宇,你多大了?

王天宇红着脸说:我和海平是一届同学,我们同龄,我也二十一岁了。

王海平说:按辈分你该叫我们叔叔。

乐乐说:比我大三岁,就让我叫叔叔?

王天宇说:不必了,就叫名字吧!

乐乐看了看王天宇,小声说:你这人还蛮通情达理。

很快,饺子下好了,猪头已经煮脱骨了,满院飘香。

圆满完成轮战任务,转场风驰电掣,毫无瑕疵,此时,飞行员们无比欢畅。

饺子、猪头肉就酒,大家喝得尽兴。其实,这样的日子对他们来说,真的不多。

酒过三巡,大家说话就更没什么顾忌了。

王海平说:D师转场像羊拉屎,走走停停,还迷航摔了架飞机。

林建军说:仗没打成,先折兵,像什么样子!

一直不讲话的王天宇开口说：长途转场，途经千山万水，几十架飞机，只能说我们运气好。

方天楚说：迷航造成飞机撞山，有气象、仪表和地面指挥多方面的原因，这都是血的教训，过去有，将来也会有。

大家叫方天楚讲讲老一代飞行员的故事。

方天楚想了想，说：今天不能扫大家的兴，我就讲讲早年飞老破旧螺旋桨飞机出过的那些洋相。

那时我还在东北，我们有个飞行副师长，资格老，新中国成立前，在胶东一带打游击，熟悉那里的每条河流每座山头。所以就派他带了几架飞机去他的老地盘执行任务，结果大晴天居然飞迷航了，在山里转啊转啊，就是找不到目的地，没办法，只好找个平坦的地方降落了。下来后气得直跺脚，说：这地方哪儿我没尿过尿，怎么到天上就迷航了呢……

那晚，方天楚高兴，又讲了老航校的那些事。他说：过去在老航校学飞行，就是个体力活。几架破飞机，大家排着队飞。一个螺旋桨，给几架飞机用，所以我们落地后，就帮着地勤人员抬来抬去。飞机轮胎瘪了，我们人工打气，累得呼哧呼哧。飞机都是拼凑的老旧破，经常出状况紧急迫降，我们担心迫降到土匪窝里，就会抱杆大枪放到飞机里。飞机没有仪表，我们就把闹钟像现在的飞行图版一样绑在大腿上。飞机上没有无线电，和地面联络全靠呼扇机翼。实在没可飞的飞机了，领导就带着我们外出捡破烂。我的大队长李子虚，为了一对飞机轮胎，还捡了一个漂亮媳妇……

这一年，对方天楚来说可谓喜事连连。

刚接到空军授予 B 师的特别嘉奖令，又收到方飞虎被授予空军优秀飞行员称号的消息,当然,还有乐乐高考中榜。

8月,方天楚和一团的飞行员去大连疗养。

方天楚在疗养院做完大体检,便带着团里的几个大队长去了大堡机场,去看长眠在那里的B师战友。他们被埋葬在大堡机场西北面的一座小山上,面朝着飞机跑道,看得到飞机起飞降落。

一晃,二十六年过去了,重返故地,既欣喜又难过。

大家采摘了黄色的野菊花,一人一捧。

前些年,飞机场修洞库,烈士墓已经不在原来的小山上了,移到了机场营房的北边,一块不大的平地上,建了一个十几米高的烈士纪念塔,烈士的名字都写在上面。塔身已经龟裂,当看到李子虚的名字被写成李子虑时,方天楚失声痛哭,鼻涕眼泪一把……

师长在年轻的大队长们面前一直是个铮铮硬汉,他们看到师长这失态的样子不禁愕然。

他们听到师长流着泪说:战友们,我来了,还带来了咱们师新来的年轻人,他们和你们牺牲时的年龄差不多,我带他们来给前辈敬礼……

王天宇喊:全体立正,敬礼!

方天楚继续说:你们知道吗?我们活下来的人,一个个都当了官,坐上了小汽车,住上了楼房,过去的光棍汉,现在都是一家子人了,该有的我们都有了。可是你们呢?除了我们对你们的怀念,什么也没有。

场站陪同的同志一脸尴尬,连声说:我们回去就汇报,争取马上修缮。

下午,大堡飞行部队邀请方天楚给飞行员做报告,飞行员都听说过大堡机场发生过激烈空战,但没见过当年空战的英雄,都想亲耳聆听他当年击落费希尔的经历。但他上来就说:我打下费希尔的经历,我相信你们都知道,应该也不止一次听说过,今天我讲点没讲过的,讲什么呢?就讲讲咱们机场北边烈士纪念塔里的那些人,那些牺牲的烈士,他们是我亲密的战友,他们的音容笑貌就在我的眼前,我就讲讲他们生前的故事,我想他们也能听到,就算是我们对他们的缅怀。

大富,抚顺人,晚上睡不着觉,起来去摸飞机。问机械师:一架飞机要一百大洋吧?机械师告诉他:五千大洋。他吃惊得眼睛都要竖起来了。一天出战,我看到他飞机中弹燃烧,喊他跳伞,他不舍得扔掉飞机,一直飞到飞机爆炸。

吴宇航,山西人,他爸是理发的,他出来时他爸给了他一把推子,说可以换饭吃。他把推子带到部队,我们大队十来个飞行员的头都他理,他理发的水平不亚于现在的高级理发师。后来他牺牲了,金子跃同志接过了那把推子,但再也理不出他那样漂亮的三七开……

刘翔,小个子,我们都叫他小翔子,安徽人,他爸是做豆腐的,说是刘表的后人。因为个子小,打篮球谁都不愿意要他,他一气之下当了裁判,那可是天下第一霸道裁判,看谁不顺眼就吹犯规,不服,干脆罚你下场,你再跟他理论,他抱着篮球满场转,宣布暂停……他牺牲后,裁判的位子一直空着,大家说要给他留着,万一哪天他回来呢?

李子虚,我的长机,我们都是山东人,他经常叫我小老乡……他哽咽了,泪如雨下。

回到疗养院,方天楚突然感到腰痛,师里跟来的航医说,去做做理疗吧！方天楚不以为然地说：这是飞行员的职业病，我从不相信什么理疗。

航医说：大连疗养院的理疗非常有名，据说理疗室韩主任是这方面的专家级人物。很多人慕名而来，既然来了，干吗不去试试？

在航医的劝说下，方天楚答应了。去之前航医说：韩主任是个老姑娘，没结过婚，出了名的冷美人。方天楚不解地问：你跟我说这个干吗？

航医说：师长，我怕你闲聊的时候问人家爱人和孩子，那不是有些尴尬吗？

方天楚说：我有那么无聊吗？不过你倒是一个细心的人。

下午，航医带着方天楚来到了理疗室，仪器上都有人，方天楚对航医说：人多，我们回去吧！刚转身要走，身后有人说：是做理疗吧？请跟我来。

航医回过头，马上笑着说：韩主任，我们师长腰痛，飞行员的职业病，想做做理疗，您能给安排一下吗？

韩主任戴着口罩，看了看方天楚，对航医说：请把你们师长交给我吧！

她打开了对面的一扇门，领方天楚进去，房间里有两台空着的仪器。

方天楚趴在雪白的床上，韩主任打开了理疗仪，不一会儿，他就感到腰部有些灼热。

房间里很宁静，他想说点什么，但想起航医的话，就忍住了。

他感觉韩主任站在理疗床的边上，只听她问：感觉怎样？

他答：噢，挺好……

这声音怎么这样熟悉？

她说:昨天去大堡机场看子虚了?

他猛地抬起头,看到一双熟悉的眼睛:是你,甜妹!

韩主任拿下口罩,平静地说:都当师长了,当着那么多人的面,怎么能那样失态呢?

他没有接她的话,而是有些抱怨地说:这么多年,难怪打听不到你一点音信,名字都改了。

韩主任说:毕业后就改了名。

一时都不知说什么好,过了许久,方天楚说:你不想虎子吗?

韩主任这时终于绷不住了,转过身,肩膀抽搐着,但很快,她就控制住了。

她说:我一直能打听到你的消息,因为你是名人。我也知道虎子的情况,他来大连疗养,我见过他两次。

方天楚说:这小子,他没跟我说过。

韩主任说:我没认他。

总不能一直不认吧,虎子要知道他的妈妈是你,该多高兴呀!我们一直告诉虎子,他是烈士遗孤,我想等他大了找机会告诉他一切,但他飞上天后,怕他分心,我就决定在没你消息之前不告诉他。

叫他做你的儿子,永远不要告诉他。

方天楚正想问为什么,航医进来了。

于是方天楚说:韩主任是辽阳机场的老熟人了,你看看多巧啊!

韩主任对航医说:要坚持做几天才有效,明天不要忘了叫你们师长来。

第二天,方天楚就被紧急召回部队,作为师长,这几年他从来就没有完整地疗养过一个月。

方天楚回来后，和黄婉秋谈起在大连和甜妹的不期而遇，愈加感到疑窦丛生。甜妹为什么要改名？为什么没有再婚？为什么不认虎子？他曾给甜妹打过电话，但甜妹却说，以后见面谈吧，电话里说不方便。

年底，方天楚就被任命为S军军长，连跳两级。为了欢送师长升迁，大家想搞个欢送仪式，热闹热闹。征求方天楚意见，他说，什么仪式不仪式的，搞个篮球赛比什么都热闹。于是飞行团派了一个队，场站派了一个队。比赛这天，方天楚脖子上挂个哨子当裁判。飞行团篮球队队长是王天宇，场站篮球队队长是高鹏。高鹏是谁？警卫连炊事班班长。原来场站仅派了个警卫连篮球队。公平起见，王天宇说，那我们就派个大队上吧！上场之前，高鹏看飞行员队员一色运动服，背心上都有号，于是找了个粉笔，在警卫连队员颜色不一的背心上写号，逗得大家直笑。虽然球衣不整齐，但警卫连队员一上场，技术不俗，战法骁勇。

这场球赛在方天楚的裁判下，警卫连以2分优势获胜。尽管飞行员队不服，但警卫连队确实打得有气势。赛后，方天楚问高鹏，你一个炊事班班长，是怎么带出一个场站的冠军球队？高鹏出语不凡地说，警卫连的兵人人会打篮球。方天楚有些好奇，高鹏说，我们警卫连营房在机场外面，除了保证飞行和站岗，没啥屁事。我们连长爱打篮球，经常组织球赛，获胜队每人奖励一个鸡蛋。蛋哪儿来？方天楚问。高鹏说，我是农村兵，会养鸡养猪，又是炊事班长，连长说只要我能叫获胜队员吃上蛋，球队队长就让我当。两人说着说着，方天楚感觉他像一个人，就问，你家是哪里的？高鹏说，大连普兰店高家村。方天楚说，你父亲是拥军模范高翔吧？

没多久，高鹏提了干，被派往海盐靶场。

方天楚要离开战斗了二十八年的老部队，心情复杂，好在是升迁不是调离，他的老部队依然是他的下属部队。

25

方天楚举家迁往上海，全部的家当只占了卡车的一半。

军部是一个封闭的大院，绿植茂盛，几乎所有的营房都被高大的樟树遮蔽。

方天楚一家分配到一套二层洋房。上海就是上海，他还从来没住过这么大、配备这么齐全的房子。沙发、床、桌子、椅子、板凳都是公家的，客厅和厨房的天花板都装有吊扇。他们只有一个华生电扇，一台黑白电视机，两个人的四季军装和铺盖，简单的锅碗瓢盆，以及方天楚的飞行装备，一共两个大木箱子。

方天楚上下看了看，调侃说：土八路进城了。

黄婉秋说：总算享到你的福了。

方天楚开玩笑说：北京人成了上海人，你也不吃亏。

黄婉秋说：嫁鸡随鸡嫁狗随狗，话先别说得太早，铁打的营盘流水的兵，还不知道是哪里人呢。

刚上任半个月，就给方天楚来了一个下马威，下面摔飞机了，他最怕这事。接着就下部队蹲点了。

转眼到年底了，他始终认为飞行大队长是航空兵部队的中坚力量，他们飞得最多，最辛苦，飞行训练要从他们抓起，于是准备年底把各师大队长招来开个训练会。

乐乐的大学离家很近，但她吃住在学校，不常回家。

一天，她看到一个穿飞行皮夹克的人骑着一辆自行车在校园转悠。她好奇地站住，觉得那个身影有些熟悉，她突然大叫：虎子哥，怎么是你呀？

怎么就不能是我？

虎子骑车围着乐乐转了一圈，然后下车，一把将瘦弱的妹妹举过头顶，欣喜地说：怎么不高兴呀？

乐乐咯咯笑着：你出现得太突然了，还没来得及高兴呢！

方飞虎看着乐乐胸前的校徽说：嗬，大学生了，不简单呀！

虎子哥，你怎么回来了？

我们师从大同转场到杭州了，来军里开会。

哇，守边关的杨二郎回来了，从西北到江南，多好呀！

是呀，离得近了，可以经常见面了。

乐乐说：见到妈了吗？

妈让我来接你。

乐乐跳上自行车后座，搂着虎子哥的腰，一起向家里骑去。

黄婉秋正和公务员小刘在家包饺子。见乐乐他们回来了，便说：洗洗手，赶快帮我包饺子。

乐乐包了两个，都张开了嘴。

小刘说：乐乐你别包了，糟蹋馅儿。

黄婉秋说：你让她做，将来啥也不会做，怎么办？

饺子刚出锅，方天楚到家了，没进门就喊：虎子回来了？

方飞虎说：爸，我回来了，您看起来气色不错呀！

往五十奔了，头发都白了。你们部队换防转场过来，我应该下去看看，可一直没抽出时间。都适应了吧？

昼简和昼复都飞过了，接下来要飞夜间复杂气象了。

黄婉秋说：你们边吃边说不行吗？饺子都凉了。

去年在北京开会，碰到你们B空司令，我老战友，他和我说起了你。

方飞虎看了下乐乐，没说话。

方天楚说：他女儿护校毕业，分到你们师了，北京姑娘，见多识广，我看不错。

乐乐说：爸，你喜欢北京姑娘，虎子哥未必喜欢。

方天楚笑着说：我们年轻的时候想到北京见毛主席，所以向往北京，感觉北京姑娘又有文化又大方。

说完，方天楚又看着方飞虎问：那个北京姑娘，你不喜欢吗？

方飞虎说：人家是北京姑娘，哪能看上我这样的土包子。

乐乐说：我哥嫌人家脸盘大。

方天楚说：虎子，你都二十六了，当大队长两年了吧？再不结婚，影响下一步使用。

黄婉秋也说：是呀，该结婚就结婚，否则有防线问题。

乐乐说：我在我同学里给虎子哥物色一个怎样？

黄婉秋说：你同学年龄太小，等毕业了，你哥都三十了。

方飞虎显然不想继续这个话题，便问：骄骄好吗？还在内蒙古？

乐乐说：今年夏天高考结束我去看他了，在草原上放牧，看起来无忧无虑的。有骏马和姑娘陪伴，人家乐着呢！

刚吃完，门外来了一伙人，是B师开会的飞行员来看老师长，客厅一下站满了人。

方天楚给大家介绍：我的大儿子方飞虎，从大同转场过来不久，和你们一样，都是大队长。

方飞虎和各位一一握手，谦虚地说：新来乍到，请多关照。

大家都说：将门出虎子，幸会，幸会。

他们都知道老师长有两个孩子，突然又冒出一个，都不知是啥故事。

黄婉秋要倒茶，大家都说不要，黄婉秋就拿出中华烟，这个大家抢着要，一人一根，七嘴八舌，谈天说地。

王天宇见屋里人多，插不上话，就叼着一根烟，站到了院子里。

乐乐走出来，站到他身边。

屋里的灯光照出来，院子半明半暗，王天宇的脸也是半明半暗，但眼睛却闪着亮光。

王天宇问：大学生活快乐吧？

乐乐说：当然快乐……但离开飞机场，也挺孤独的。

王天宇看了看乐乐，说：怎么会呢……

乐乐的话似乎叫王天宇有些忧伤。

一棵蜡梅树，球形小花蕾，像金色的珍珠，有几朵已经开放了，在暗处吐着幽香，两人不约而同都闻到了。

王天宇说：好香啊！什么花开了？

乐乐说：蜡梅开了。

乐乐摘下一个圆圆的花骨朵，递给王天宇，他接过来捧到鼻子旁闻了闻，说：真香。

乐乐说：放到口袋里，香味就会伴随着你。

王天宇还真的把蜡梅花放到了口袋里……

这时，屋里的人鱼贯而出，王天宇恋恋不舍地看了看乐乐，只得跟着人群回了招待所。

大家走后，黄婉秋说：虎子，今天睡家里吧，和我们说说话。

乐乐忙说：我上楼给哥哥铺床去。

方飞虎跟着乐乐上了楼，在身后对乐乐说：乐乐，王天宇小伙子不错……这么年轻就是大队长了。

乐乐不好意思地说：哥哥看出来了，可是他这种人是不会主动的……

方飞虎说：你是首长的千金，人家能没顾虑吗？

乐乐说：我该怎么办呢？

方飞虎笑着说：看来乐乐得相思病啰。

乐乐说：难道哥哥就没有相思的人？

方飞虎想了想，说：我也是人，怎会没有？

乐乐说：哥哥相思的是谁？

这时只听方天楚在楼下喊：虎子，下来！

方飞虎应了一声，噔噔噔跑下了楼。

父子俩隔着茶几，面对面坐在单人沙发上。

我听你们师长说，你副团长的任命马上要下了。

嗯，找我谈过了。

今天不谈工作，咱爷俩谈点私事。

私事？

虎子呀！有件事，我一直想当面和你谈，我有你妈妈的消息了。

什么？我妈妈？小时候，爷爷告诉我，我父母都牺牲在朝鲜了，我是烈士的遗孤。方飞虎用发亮的眼睛看着爸爸，然后又低下了头。

你妈妈还活着……当年，你妈妈是想叫我把你交给你们李家，可是我们一直没找到你的祖父，后来得知你祖父已经不在人世了……你小的时候我和你爷爷不告诉你这些，是怕你跑，怕你要找妈妈；你当兵后学飞行，怕这些事让你分心。再说我也一直没有你妈妈的消息，所以还是没有告诉你。

爸，你别说了，看来她是不想见我。

傻儿子，哪有不想儿子的母亲？

爸，现在即使有她的消息，除了好奇，我并无太大渴望与她相见。她应该也如此，她找我难，但她找你不难呀！

虎子，你这不是心里话，哪有不想见自己亲生母亲的，何况又是那样一个出色的母亲。我想这里边一定是有原因的……你先安心开会，回去安心飞行，不要把这事放在心上，能做到吗？

方飞虎说：没事，爸你放心吧！

大队长会议结束的这天晚上，举行会餐，后勤大方了一次，桌上清一色的茅台。血气方刚的小伙子们正值壮年，都有些酒量，不论是谁敬酒，几乎来者不拒，大杯干杯，场面看起来有些失控。

方飞虎一手端着酒杯，一手拎着酒瓶子，晃晃悠悠地走到王天宇面前说：王天宇，我敬你三杯酒。

王天宇说：喝酒可以，但……但你叫我喝酒得有个说法。

喝完了再说也不晚。

两人咚咚咚喝了三杯。喝完，方飞虎把王天宇拉到一旁：你昨天晚上在院子里和方乐乐说啥了？

王天宇抓耳挠腮想了半天，酒都吓没了：我只说蜡梅花香，这算得罪她吗？

方飞虎说：可不，你得罪她了。

王天宇是个憨厚又情深的男人。他给乐乐写了那么多隽永浪漫又缠绵悱恻的书信，想急了，他就趁休息天早出晚归来学校和乐乐见个面。乐乐有时也去无锡，她不愿去机场，那里熟人太多，他们就相约一起去太湖玩。

但毕竟，一个要读书考试，一个要飞行训练，他们的爱是那么克制又浪漫，深情又忧伤。

每次分离，乐乐总是流泪，王天宇会说：马上又见了。

乐乐说：我知道，但还是心痛，想你一个人在车上，一个人走回机场，多孤单……

王天宇说：我走后，想到你夹着书本到图书馆，要把我给你耽误的时间补回来，既心疼又自责。

乐乐说：你不来我也是这样的，你来我也是这样的，但我还是愿意见到你。

他们彼此都是初恋，像老天早就安排好的一对神仙恋人，不知道来自外面的威胁。

三年的恋爱，他们生怕挥霍掉什么，从牵手、拥抱到接吻，他们像登山观景一样，一步一个台阶，欣喜地品尝着相爱的风景。

乐乐大学毕业分配到建筑设计院。

1983年，乐乐和王天宇举行了婚礼。

26

方天楚自从离开航空兵师当了军长，生活发生了很大的变化。对于机关生活，他起初非常不习惯。开不完的会，接待不完的工作组，文件堆积如山。离塔台远了，飞行少了，正常的锻炼也没有了。机关里倒是经常有篮球赛、排球赛、足球赛、乒乓球赛，但是，谁能叫他上场呢？他不过是在下面看看热闹，加加油，颁颁奖而已。

他经常在会上说：我是因为打下过敌机，是战斗英雄，才让我当这个军长的。我小时候是个放牛娃，好在生在孔孟之乡，家里再穷也会让孩子读书认字。其实，我的文化是参加革命以后补习的，是党把我培养成为一个飞行员，从此白云为我铺大道。如果没有飞行年限限制，我宁愿做个飞行员，永远飞下去，所以我说，我本质上就是一个飞行员。

每隔一段时间，他会找各种理由下部队。上面首长来，他要陪着下部队；部队演习训练，他要去；部队发生飞行事故，他也要去。

黄婉秋帮方天楚收拾下部队要带的行李，她把洗漱用具、换洗衣服和飞行装备，放到了一个黑色背包里，那是飞行员人手一个的包，上面印着毛主席的手书：时刻准备，务歼入侵之敌。

黄婉秋一边收拾一边嘟囔：总是下部队，机关的人有事找不着你，会有意见的。

方天楚咄咄逼人地说：军长不下去抓部队，老坐在办公室里算什么玩意儿？

黄婉秋说：我听到反映，总找不到你。

方天楚有些生气地说：你不要掺和我的事。

黄婉秋只好嘱咐：你有慢性咽炎，下去少抽烟。

她内心是不希望方天楚经常下部队的，军长就要有军长的样子，他每次下部队，她总是惶惶的。

方天楚到了机场，叫司机把他直接送到了飞行团。到了老部队，他熟门熟路，放下行李，就吩咐公务员：给我找张空床。公务员说：没有空床，招待所给您安排好了。他问：没有空床，还没有探家的吗？

球场上的飞行员们见军长来了，扔下篮球围了上来。

老师长回来了。

军长，来突击检查呀？

他朗朗地说：回来飞几次空域，接受你们检查。

有人在球场上喊：军长，上来投个三分球吧！

他说：渴死我了，先给我弄杯水喝。

王天宇躲在后面不敢伸头。

有人小声议论：军长这次是来考察女婿的吧？

副师长带着两个团长在招待所等他，等了半天不见军长的影子，有人来报：军长已经到团里了。

一行人赶到团里，看到军长正和小伙子们在球场上打球呢！

很多人站在场外看球，中场下来，就听军长还像原来一样，在数落队员，这回在数落王天宇：还是原来的臭毛病，不懂协同配合，抢了篮板球不分给别人，总是自己投，个人英雄主义要不得，这样孤军作战在战场上要被人家打下来的。王天宇撩起背心擦了把汗，说：给了你两个球你都没投进，我也想配合，你投得进吗？方天楚小声说：嘀，翅膀还没硬呢就敢顶嘴了？

听到的人捂着嘴笑，弄得王天宇满脸通红。

副师长上来解围：军长，我们的球场坑坑洼洼，你们军部的球场是塑胶的，篮板是有机玻璃的，你不在那打，到我们下面的破球场凑啥热闹？你摔伤了，我们可担待不起。

方天楚说：军里的球场是好，但人家不带我玩。人家不是军区队下来的，就是八一队退役的，嫌咱飞行员打球路子野，我还是在这里打球舒服。

他的话逗得大家哈哈大笑。

方天楚四处看了看，问：冯师长呢？我来了，他怎么脸也不露？

副师长说：长跑呢！

方天楚说：还是每天十五公里雷打不动？

副师长说：可不，他的长跑纪录快十年了没人打破。你知道，长跑和打牌是师长最喜好的运动。

方天楚说：都是消磨时间的，打牌算哪门子运动？

副师长笑着说：他打牌骂人摔牌，运动量挺大。和他打对家如履薄冰，那真是活受罪，不过他打牌确实好，记牌，别人的牌都在他脑子里。

方天楚说：这我难道不知道吗？过去我常和他打对家，他低头盯着自己的牌，算计着人家手里的牌，你想给他使个眼色，他就是不看你。

副师长听到此，狡黠地呵呵笑了。

方天楚说：你这个笑很有内容啊！

副师长说：你打牌水平不怎么样，不记牌，全靠眼神交流。

大家都知道冯师长是接方天楚班的年轻师长，是方天楚的得意门生，所以说话也就没什么忌讳。

中午，招待所午饭安排好了，方天楚不去，执意要和大伙到空勤灶吃。

冯师长在低头吃饭，头快伸到碗里了，有人说军长来了，他抬头，忙站起来说：军长你来了。

方天楚黑着脸说：我来了，你连个照面都不打，不像话。说完，他扭头去了厨房。在大堡机场时，蔡师傅就在空勤灶，现在已经白发苍苍了。蔡师傅说：老师长，你先去吃着，我去给你加个菜。

他笑着说：好，你的大葱炒鸡子是一绝，很久没吃了。

冯师长是个怪才，平时话少，闷葫芦一个，不善交际，不喜欢应酬。上面来人，都是三个副师长出面，搞得人家不知道谁是主官，谁是副官。其实，要说冯七良的最爱，那一定是飞行和指挥飞行。如果在塔台上，他完全是另外一个人，怎么说呢，算得上一个魅力四射的人，沉静、自信、健谈。无论是做本场飞行的正指挥员还是挂名副指挥员，他总爱霸着指挥员主位不让。一个称职的空中指挥员面对的是一个声像音速不断变化的三维大片，对各个空域滞留的飞机，正在起飞降落的飞机，以及加油、牵引和维修的飞机，几十架飞机的地空动态位置不但要心中有数，而且遇到突发险情，要做出有效正确的应急方案。在一次飞特技科目中，一个飞行员报告空中发动机停车，再次启动失败，请求塔台允许跳伞。这种情况，跳出来，损失一架飞机，跳不出来，通常指挥员会同意飞行员请求。他判断是因进入螺旋失速造成的，飞行员在失速状态下再次启动失败，因此慌了。他根据飞机的高度和离场距离，认为即使发动机停车，以飞行员平时的技术，完全可以无动力滑翔返场，关键要给予飞行员信心，于是，他沉稳地指挥飞行员下滑速度和高度，成功引导飞机安全返场。

冯七良在指挥中，多次处理空中突发情况，判断准确，化险为夷，显示了高超的协同应变指挥能力，曾出色完成大机群异地转场指挥任务，在空军航空兵师长中赫赫有名。

早晨，方天楚和飞行员一起跑步，一起去空勤灶吃饭。不飞行时，一起扳手腕、下棋、打篮球。空闲下来，盘腿坐在床上，和飞行员一起吹牛，高兴起来还唱两句西皮二黄。飞行员撒烟勤，他跟着烟瘾大长,黄婉秋的嘱咐全忘了。

锻炼恢复后,开始进入飞行准备。

第二天就要飞行了,王天宇走过来说:军长,冯师长让我带你飞两个起落。

方天楚头一歪,说,那哪行,起码飞个空域。

王天宇说:明天多云,你间断飞行时间过长,师长说你飞个起落就行了。

方天楚说:你是听我的,还是听你们师长的?

王天宇认真地说:师长听你的,我听师长的,这是组织原则。

第二天,方天楚和王天宇一前一后,方天楚飞前舱,王天宇坐后舱。上了飞机,开车,滑行,起飞……进入云层,好在云层不厚,八百米就出云了,上面是朗朗晴空。

方天楚先向右做了个六十度盘旋,又向左做了个六十度盘旋,做完歪着头得意地问后面的王天宇:还行吧?

后面的人不出声。

他又问:能打几分?

王天宇说:三分。

方天楚说:我看至少四分吧!

王天宇说:你这盘旋做得不像是横八字,倒像是个歪葫芦,给你三分都勉强。

方天楚有些不快:没大没小的,有本事你盘个我看看。

王天宇二话没说,舵杆齐用,转眼就做了一个标准的横八字。这还不说,机头和机尾气流对接,飞机摆平,回到原点,方天楚也感觉到了气流对接时的震颤,禁不住脱口说:漂亮。

两人降落后,拎着飞行帽,方天楚在前面走,王天宇在后面跟，方天楚放慢脚步，想和王天宇聊几句，可是王天宇比他走得还慢，在后面磨蹭，就是不跟上来。他们就这样一前一后向塔台走来，始终保持一定距离，塔台上的人伸着脖子看，不知发生了什么。看上去方天楚脸上不太好看，只见他加快步伐，走进了飞行员休息室。

公务员早把咖啡倒好了，可是他没理，径直走进厕所。王天宇走进来了，团长问：怎么样？王天宇说：你问他自己呗！团长说：这有什么好问的？军长击落过五架敌机，后来是跟着苏联人学飞复杂气象，什么高级特技没做过？这种小动作，军长是闭着眼睛飞。方天楚这时刚好从厕所出来，没好气地说：给我打三分，差一点不及格。团长回头找王天宇，早跑得没影了。

晚上，飞行参谋向方天楚报告，说师长夫人来找他，问他见不见。

他开玩笑说：冯师长躲着我，他夫人却要见我，这是什么事？

冯师长夫人叫朱颖，卫生队全科军医，干部子女，还是方天楚为他们主持的婚礼。现在来找他，自然不能不见。

朱颖见到军长，谈了几句就委屈地哭了，边哭边说：冯七良就是不回家，不见我也就罢了，连孩子也不见。

方天楚说：他要负责一个师的工作，压力很大，工作忙。你是飞行员家属，又是军人，你得体谅他。

朱颖说：你说他工作忙，没时间，可他每天两小时的长跑从不间断。还有，他宁愿在团里打牌，也不回家，就像没有这个家一样。孩子发烧四十度，他都不回来看看，好像孩子不是他的。

他可能觉得你是医生，就放心交给你了。他事业心强，是个难得的航空兵师长，看在我的面子上，你多担待些。

军长，我知道他是你提拔的，你肯定向着他说话。你这样说，我也没什么好说的了。这种守活寡的日子我真过够了！早知这样，我就不该嫁飞行员。

朱颖说完，转身走了，默默地消失在了夜色中。

这几天方天楚泡在师里，也风言风语听了不少冯七良的事。师里有个不成文的规定：通常，家属没事不能把电话打到飞行大楼来，有事，先找家属干事解决。这也是方天楚当师长时定的规矩。冯师长以身作则，老婆的电话从来不接，逼得朱颖背着巡诊箱子来师部找他。但除了开会，他很少在师部。朱颖到飞行团找他，他藏到飞行员宿舍死活不出来，朱颖就在外面喊话：冯七良，你有本事永远别回家。

他一气，果然就不回家了。

第二天，方天楚到空勤灶吃早饭，有意和冯七良坐在一起，冯七良像抢饭一样，吃了个包子就要走，被方天楚喊住了。

方天楚开口就说：你现在名气大了，牛气冲天呀！

冯七良说：我哪敢呀。

方天楚说：飞行躲着我，吃饭也躲着我。

冯七良说：我安排了师里最棒的飞行员和你飞。

方天楚说：别提了，我差点叫他给停飞。

冯七良说：停就停吧，你来飞行，我们确实压力大。

方天楚发火了，大声说：冯七良，我停不停飞，你说了不算。

两人一阵默然，方天楚说：不过，我就喜欢你这点——说实话。算了，谈谈你的事，我听说你东躲西藏，和老婆玩猫抓老鼠的游戏。一个堂堂的航空兵师长，被老婆撵得到处躲，你不觉得丢人吗？你连个老婆都镇不住，还怎么带兵打仗？

冯七良不说话。

方天楚又单刀直入地问：多久没回家了？

冯七良说：没多久。

方天楚说：没多久是多久啊？

冯七良说：三个月，她不让我回家。

方天楚说：你连女人的气话都听不出来吗？你以为你有了孩子就完成任务了吗？部队要建设，家庭生活夫妻感情也需要建设。你就不会说说软话，给老婆道个歉吗？

冯七良说：我有什么错误要给她道歉？

方天楚说：不愿意用嘴道歉，就用行动嘛！行动行动她就老实了，这还用我教你吗？

没想到冯七良说：我有老婆恐惧症。

方天楚生气地说：难道你有男科病吗？看来这话没法谈了，还是谈谈工作吧！你说你，作为一个主官，只抓飞行，居然不抓干部的使用，谁愿意跟你干？

冯七良说：干部使用是政委的事，我抓飞行和指挥。

方天楚说：用得着你场场指挥吗？我看你就是逃避。

冯七良说：你说我逃避就逃避吧！我不愿违心做我不愿意做的事。

27

1953年在朝鲜跳伞的遭遇，成了宋大伟挥之不去的记忆。异国他乡，在绝境下，居然出现一个天使般的姑娘来营救他。当时，他真以为姑娘是天上掉下来的。这大概就是人们所说的天意吧？

停战后，他经过多方打听，终于有了韩涵的消息，同时得知韩涵的未婚夫也是飞行员，牺牲在朝鲜了。冥冥之中，他更觉他们之间有一种缘分。他那时在瓦房店机场，韩涵在长春护校上学，他星期天去看她，远远看到她从大门里走过来，心花怒放，可是她却隔着大门对他说：今天不放假，你回去吧！然后，转身走了，留下一个修长高挑的背影。她毕业后，他想方设法找人把她分配到大连疗养院，以为近水楼台先得月，可是他等来的答复是冰冷的，此生不愿再嫁，他又平添了对韩涵的敬重。

做了空军后勤部首长的宋大伟曾经到大连疗养院检查工作，当着院领导的面，对韩涵嘘寒问暖，说没有韩涵他可能就死在朝鲜了，韩涵是他的救命恩人。韩涵却不以为然，总是淡淡地说：没有我，别人也会救你。宋部长问她：有没有什么困难？她说：我上无老下无小，能有什么困难？宋部长叹口气，说：唉，没见过你这样不食人间烟火的，我欠你的看来这辈子你是不给我机会还了。

这次，宋大伟来疗养，没想到，韩涵主动找上了门，上来就说：想调到杭州，因为那里有亲戚。宋部长纳闷，过去没听她说过嘛，怎么突然有了杭州亲戚？一个独身女人，忌讳多，他也不便多问。这点事对他来说也不是什么难办的事，他一口答应了。

南方潮湿，有腰腿病的飞行员不在少数，韩涵调到西湖空军疗养院，在理疗科任主任。

到杭州，她首先通知了方天楚夫妇。

方天楚一听就明白了，韩涵是冲着儿子方飞虎来的。她嘴上说不认方飞虎，其实心里是想认的，起码是希望能有机会看到方飞虎。

方天楚多年的腰病使他走路有些困难，医生建议他去疗养治疗一下，于是，黄婉秋陪着他去了西湖空军疗养院。

此次来杭州，除了治疗，其实他最大的愿望是要安排韩涵和方飞虎相认。

方天楚和黄婉秋住进疗养院，韩涵得知后马上来看他们。

黄婉秋和韩涵通过几次电话，但还是第一次见面。韩涵拉着黄婉秋的手说：婉秋，谢谢你们这么多年对虎子的照顾。

韩主任，我常听老方说，没有李子虚就没有方天楚的今天。虎子是你们的，也是我们的，现在好了，我们是一家人了。

方天楚单刀直入，直奔主题：现在你和虎子离得这么近，这次我们来，想叫你们母子相认。

没想到韩涵一口拒绝，她说：虎子不是我带大的，我认他，他不一定认我……

黄婉秋说：但虎子是你生的，是你的血脉。

韩涵说：还是不认好，让他永远做你们的儿子吧。我现在离他近了，你们能给我创造些见面的机会我就知足了。

方天楚只好依她，叹了口气说：那就顺其自然吧！

一天，他们正在理疗室，韩涵和黄婉秋在聊天，方飞虎来了。只见他穿着单薄的工作服，英姿飒爽，全身上下洋溢着朝气。

方天楚见虎子来了，高兴地说：怎么一脸的汗呀！

方飞虎说：骑自行车来的。

方天楚问：新飞行员的夜航训练结束了？

方飞虎说：嗯，圆满结束。老天爷给力，要阴天给阴天，要晴天给晴天。

方天楚说：那好呀。这批新飞行员素质怎样？

方飞虎说：没的说，航空理论扎实，飞得也不错。

方天楚听后哈哈大笑：我们那时是先飞后学，都打下敌机了，还没飞过复杂气象，现在是先学后飞，不一样啰！

他转身看着韩涵，意味深长地对方飞虎说：虎子，我给你介绍一下，这是韩主任，我的老朋友、老战友。

方飞虎看看韩涵，怔了一会儿，马上说：韩主任，您还记得我吗？

方天楚的儿子，怎么会不记得呢？

您这是调到杭州来了吗？

方天楚说：韩主任医术好，我们把她挖过来了。

黄婉秋问：虎子，你和韩主任见过？

方飞虎说：我第一次疗养是在大连，疗养院在山坡上，我下山锻炼的时候，不小心崴了脚，是韩主任给我治疗的，对我可照顾了……比对儿子还亲。

韩涵说：记得你到大连疗养过两次，那时你在西北。第一次来疗养时，还是新飞行员呢，毛头小伙子一个，第二次来已经是中队长了……

方飞虎说：您记忆力真好，居然还记得这些。

方天楚看到两人如此亲切，便说：韩涵，你看我这儿子怎样？

韩涵说：好好，你的儿子还用说嘛！将门出虎子。

方天楚说：哈哈，虎子刚才说你对他像儿子一样，我看那就让虎子做你干儿子吧？

韩涵莞尔一笑，看着黄婉秋说：婉秋，你看行吗？

黄婉秋笑着说：我们离得远，虎子能有你这样的妈妈在身边，我高兴还来不及呢！

韩涵看着方飞虎说：不知虎子愿意不愿意？

方飞虎说：你们都说好了，我怎么能不愿意呢？我愿意。

方天楚开心地说：认干妈要有仪式，明天乐乐和天宇都来杭州，我们一起庆贺一下。

第二天，恰逢星期天，新婚燕尔的王天宇和乐乐来杭州游玩。

方飞虎见到王天宇，歪头端详着他身上的西服，一脸坏笑。

王天宇不好意思地说：你看什么嘛，就知道你没好话。

方飞虎说：把我妹妹抢到手了，酒还没请我喝呢！

王天宇说：我请我请，我一定请……

方飞虎尽地主之谊，在楼外楼请客，点了楼外楼名菜，叫花鸡、西湖醋鱼、西湖莼菜、葱油鳝丝……王天宇特意去杭州大厦买了两瓶茅台。

方天楚坐主位，左手韩涵，右手黄婉秋。方飞虎挨着干妈韩涵坐，王天宇挨着丈母娘黄婉秋坐，乐乐挨着王天宇。

方天楚端着酒杯，首先向家人隆重介绍了韩涵：韩主任是我的老战友，抗美援朝战争中，她失去了亲人。今天，我把两个儿子让出一个给韩主任，方飞虎认韩涵干妈，韩涵认方飞虎干儿，为此我们一起干一杯。

大家喝了第一杯。方天楚接着说：现在你们母子喝一杯认亲酒。

方飞虎端着酒杯站起来，毕恭毕敬地叫了声：干妈，虎子敬您一杯！

韩涵端着酒杯也站起来，答应了一声，眼里溢出了泪水，她擦了擦眼睛，自我解嘲地说：孤寡惯了，突然听到叫妈，受不了……

黄婉秋说：将来呀，就叫虎子给你养老送终。

乐乐说：你们看，我虎子哥的眉眼多像韩阿姨。

方天楚打岔说：不是一家人不进一家门嘛！

方飞虎又端着酒杯站起来说：爸妈，我们晚辈一起敬二老一杯，感谢你们的养育之恩。王天宇和乐乐也站起来敬了父母。

方飞虎三杯下肚，又端着酒杯走到王天宇身边说：天宇，你是不是得敬我三杯？

王天宇倒了酒，老老实实地喝了三杯。

方飞虎又说：我再敬新郎官三杯，也沾沾喜气。

一旁的乐乐拦着说：哥，你干吗呀？

方飞虎说：乐乐，别拦着，我们男爷们儿的事。

王天宇满满当当又喝了三杯。

黄婉秋说：少喝点，别喝醉了。

方天楚看着年轻人喝酒，不无惆怅地说：这点算啥？想当年，我们和苏联人都是大杯喝酒，一杯三四两，一口闷，根本不知道啥叫醉。

这天，韩涵喝得也有点多，她坐在方飞虎旁边，沉醉在无比的幸福之中。

散场的时候，乐乐对方飞虎说：哥，明天我们想去你们机场玩玩，天宇要去看看他航校同学。

好呀，欢迎。

第二天，乐乐和天宇来到方飞虎的飞行大楼。

方飞虎带着他们到师部大楼参观了一圈，这栋气宇轩昂的老建筑是国民党航校总部，有半个多世纪的历史了，历经风雨依然被完好地保留至今。据说当年中央航空学校门楼两旁的对联是：贪生怕死莫入此门，升官发财请走别路。他们又去看了隐匿在巨大樟树下面的几幢西式小别墅，方飞虎对他们介绍，这个别墅群原来叫醒村，建于1931年，美国人设计，那时是国民党空军高级军官和美国顾问住所。这幢宋美龄住过，这幢谁谁谁住过。路过小营门铁路线的时候，方飞虎说：当年毛主席的专列就停在这条铁路上。最后，他们去外场参观了飞机和尼克松访华时突击建造的民航大楼。

下午，方飞虎陪王天宇又去另一个团看同学，乐乐说：我不去了，我给哥哥洗洗衣服。

方飞虎说：真是好妹妹，那我求之不得呀！今晚机场放映《阿诗玛》，你们别走了，在我们招待所住一晚，那是当年的航校校长楼。

不了，明天你有任务，我们还是回疗养院吧！

他们走后，乐乐把哥哥的脏衣服洗了，看看枕巾枕套和床单也该洗了，再看被子，天哪！斑斑驳驳，大圈小圈，不禁同情哥哥，老大不小了，还没有个女人，没个小家……尽管家里从来没把哥哥当外人，但想想，哥哥还是挺苦的。

回疗养院路上，乐乐心事重重，她对王天宇说：哥哥帅气又风趣，两只眼睛多亮，多有神，在人群中多引人注目，可为什么到现在没个女朋友呢？

王天宇说：他心中的阿诗玛大概还没出现吧？

28

老公路沿着海岸延伸，弯弯曲曲，路面因长年失修，坑坑洼洼。

靶场设在海边滩涂上，老公路通向那里。靶场驻地是个凹形院子，驻扎着四十个官兵。院子进门是一个篮球场，走到底是食堂，左侧是战士宿舍，右侧是飞行员宿舍。院子里还养了一条黄狗。

靶场方圆数平方公里，飞机的靶标，地面直径三十米。

靶场虽小，也是五脏俱全，有气象和导航等专业人员，还有维修靶标、哨兵和后勤人员。

靶场配有一台军用卡车，每天去县城拉淡水。方飞虎第一次到靶场指挥，坐汽车到县城，然后再坐这辆拉水车到靶场。靶场还有一台维修靶标的拖拉机。每次飞机打靶结束，在泥泞的海滩，维护地靶的材料只能靠拖拉机拖运。海里面还有一个小岛，涨潮的时候会被海水淹没，只有跌潮，小岛才会露出真容。实弹打靶和轰炸通常在小岛上。炮弹、炸弹会把海水炸飞数百米，瞬间，海水像海啸一样涌向岸边。

老公路的另一侧有一个村子，名字叫北滩村，村民们说，靶场那块滩涂地，是早年他们无偿给部队使用的。事过多年，没有纸质契约，谁也说不清楚。

没有飞机过来打靶的日子，靶场的人闲得看蚂蚁上树。靶场设在这里多年了，实在是太荒凉寂寞，曾经也出过一些苟且之事。

靶场场长高鹏人活络，虽然官不大，身上却带有风云之气。

自从被方天楚点将就任，就不让人闲着，开荒种地，养鸡养鸭，延续着在警卫连当炊事班班长的那一套。战士们都是些精壮的小伙子，为了叫他们的体力得到释放，他还组织个篮球队，自封教练和裁判，还吹嘘，他过去带的警卫连队胜过飞行员队。

来靶场指挥的基本是副大队长以上的飞行员。高鹏是一个喜欢热闹的人，他知道飞行员篮球打得好，便忙里偷闲，趁不打靶的日子拉出去秀几场球，三个飞行员配三个战士，名头不小，号称空军靶场篮球队。他这支篮球队和县城的中学打，和县城机关干部打，和工厂企业职工打，几乎打遍县城无敌手，因此，他的球队在县城小有名气。

可是，他也有烦心事，在军民鱼水一家人的年代，他和北滩村的矛盾却越演越烈。

一方面是历史遗留问题，比如发生过飞机擦枪走火的情况，飞机火箭走火，穿堂入室，把农民灶台击穿了。比如有的战士闲得发慌，爬老百姓的窗户，看大姑娘绣花等。但目前最叫高鹏头疼的是，无论是打地靶投水泥弹，还是海岛投实弹，结束的信号弹一响，老百姓总是比士兵跑得快，扛着铁锹成群结队去挖水泥弹。大小渔船开进海里，捞被炮弹震死的鱼虾。危险的是，这种水泥弹也有引信和火药，即使投出，也存在炸药和引信残留的情况，农民在拆除里面金属的时候，曾经出过事故，炸死过人。农民在卖炮弹里面的金属时，由于有残留炸药，工厂回炉时，把炉膛炸爆。工厂顺藤摸瓜找来了，叫部队赔炉子。问题反映到上面，上面命令靶场加强警戒，一个村民都不能放进靶场区域。

那时，农村贫困，靠山吃山，靠海吃海，靠靶场吃靶场。村民们对飞机发射的是一白公斤还是二百五十公斤炸弹，比新来的战士都清楚。你白天阻止，他就晚上来挖，一时很难制止。

方飞虎是第二次来靶场，带着两个副大队长熟悉靶场情况，指挥接下来的飞机投弹。

天气一直不好，投弹的飞机无法起飞，三人闲得发慌，整天逗那只黄狗玩。

高鹏对方飞虎说：要不咱们出去打两场球？

方飞虎说：我们就三个人。

高鹏笑了笑，指着球场上打球的战士说：你随便挑。

方天虎看了看，说：我挑几个个高的吧！我们仨负责进球，他们仨负责抢篮板。

靶场的伙食肯定没空勤灶好，但高鹏每天来问：想吃什么？方天虎不想为难他，见地里长啥要啥，比如有辣椒他就要辣椒炒蛋，有西红柿就要西红柿炒蛋。

他们一班人马威风凛凛地坐着拉水卡车去县城，上午和核电站的建筑工人打了一场，下午又和化工厂的职工打了一场，两场都赢了。工人们说：人家说靶场的人，打靶有准头，看来投篮也有准头。

靶场篮球队彻底奠定了在小县城的霸主地位。

高鹏高兴，回来做西红柿炒蛋、辣椒炒蛋，还杀了只鸡犒劳他们。但他自己一口不吃，理由是他自己养的鸡下不了口。高鹏酒瘾大，喜欢和人拼酒，酒也没什么好酒，一滴香，块把钱一瓶。酒喝多了，就会发牢骚，说你们飞行员飞行压力大，我压力也不小，村民来挖炸弹，出了事，说我靶场管理有问题，我要负责……在这兔子不拉屎的地方，兵多难带，伙食不好，战士想家，我得保证他们每天吃个蛋，你们不知道我有多难。

高鹏脑子活络，利用打篮球建立的人脉，和工厂企业联系了些运输业务，卡车拉完水，剩下的时间全部用于跑运输。维护完靶场，拖拉机也出去找活。高鹏又想，村民能挖炸弹卖钱，我们自己为什么不能？一时开源节流搞得风生水起。

过去，飞行员来靶场指挥，能炒个鸡蛋就不错了，现在居然能吃到鱼虾，甚至螃蟹。

靶场有个塔台，大约三层楼高，长得像水塔一样。塔台指挥员在上面指挥，高鹏有时也上去喊两嗓子：对靶标下沿打……低了低了，拉起来，拉起来。高鹏有样学样，号称自己指挥过飞行员打靶。他甚至大言不惭地吹牛，他指挥过战斗英雄方天楚打靶。这事原本是这样的，一次方天楚下部队，正值飞行团打地靶，他突然想起了多年前第一次打地靶，那也是他第一次打实弹，因为太紧张，两次就把二十发炮弹干光了。下来后，他的大队长李子虚问他，再遭遇敌机怎么办？他那时年轻气盛，说，还有一发大的，他和他的飞机是颗重型炸弹。他讲这段往事是想告诉晚辈们不要莽撞，可是却把自己的瘾头调上来了，结果那天他也飞到靶场投了弹。他知道那天靶场指挥员是方飞虎，但无线电里传来的却是另外一个声音：外边没有，全在里面。这个报靶的路数野得太不靠谱，他问，你是哪位？无线电里传来：靶场场长高鹏。他听后笑了。事后，方飞虎告诉他，那天他打脱靶了，一发没中，零分。其实，对这个结果，他并不感到意外，在这之前他就感觉仪表上的指针和数字模糊了。

农村兵高鹏的一生中，那段经历是他的高光时刻。

天终于晴朗了，这里的海呈土黄色，海与滩的分界线在晴朗的天气非常明显。

方飞虎带着两个副大队长进入塔台。

清场，红色信号弹升空，打靶开始。

飞机一架架进入靶场上空通场，然后依次拉开一千五百米距离，加入靶场航线，报告靶场指挥员：08进入。

可以攻击。

靶场指挥员根据飞行员进入攻击的俯冲角大小、高度，指挥飞行员投弹射击。适时命令飞行员：

退出。

拉起。

高鹏通常也会登上塔台，和他们一起观看飞机投弹、射击。

漂亮，五分。

高度太低，退出。

对着靶标后沿打，炮弹都中。

再不拉起来就听响了，真是愣头青。

歪了，歪了……注意修正测风。

他的话比指挥员还多。他喜欢在靶场指挥面前班门弄斧，一千五百米开炮，一条直线，一发不中；高手六百米开炮，弹无虚发；四百五十米开炮，靶心一个黑洞，弹弹穿心。

方飞虎边听边笑，挺喜欢这个靶场场长。他听方天楚说起过高鹏，看来他和飞机还真有缘分。

绿色信号弹一响，打靶结束，高鹏就下去了，他要组织战士拦截村民进入靶场挖水泥弹。

方飞虎想：高鹏这人挺有意思。

靶场的夜晚异常宁静，除了马路对面村子偶尔传来几声狗叫。这天半夜，院子里一片嘈杂，方天楚起身出来，看见战士在推搡几个村民。高鹏摆手说：几个挖水泥弹的村民打我们的警卫战士，被带回来了，明天叫他们村支书来领人。没事，没事，你去睡吧！

方飞虎回屋睡了。

早晨，他被门外的吵闹声惊醒，出来一看，院子的铁门紧闭，大门外站满了拿着锄头和四齿耙的村民，院子里的战士表情肃穆，列队站成一排。

北滩村六个村民昨天夜里到靶场挖炸弹，警卫战士阻拦，村民仗着人多发生了械斗。靶场战士全部出动，村民跑了两个，关了四个，昨天夜里一个村民发病，还没送到医院就死了。北滩村得知有人死了，咬定是靶场战士打死的。平日里，靶场和北滩村便有摩擦，这回死了人，北滩村老老少少出动，扛着铁锹和锄头把靶场营房团团围住，甚至不允许卡车外出拉水。

高鹏不敢隐瞒，把情况报了场站，场站也兜不住，逐级上报，一直报到方天楚那里。高鹏现在没有别的办法，只能阻止村民闯进院子，避免事态进一步恶化。

方飞虎提醒高鹏，叫战士冷静，别擦枪走火，赶快叫上面来人处理。

高鹏说：只是威慑，枪里没有子弹。

高鹏对方飞虎和两个大队长说：事情和你们没关系，你们赶快回房间，伤了你们我担待不起。他反锁了房门，还派了两个战士守在门外。

此时，村里把情况报到了县里，县里又报到了省里，因为是军民矛盾，省里又报到了中央。

军区火速派工作组到靶场。首先，把高鹏和两个战士控制了起来，警车押走。然后，县里来人把村民劝返，避免事态更严重。

法医鉴定很快出来了，死者有先天性心脏病，双方互殴时身上有伤，但伤不致死。

军事法庭最终判两个动手的战士七年徒刑，高鹏判八年。农村兵高鹏的生命高峰是在靶场度过的，现在靶场成了高鹏的噩梦之地。

高鹏的老婆正在靶场探亲，眼睁睁地看着高鹏被带走，哭得昏天黑地。

方天楚得知靶场事件后，心情沉重。解放三十多年了，老百姓穷，部队也穷，为点破铜烂铁，惹这么大的祸。说起来真叫人心酸。他听说高鹏被关进监狱后，为了不影响老婆和孩子，提出要和老婆离婚。方天楚离开军部去军区上任时，交代场站领导，高鹏父亲高翔救过我们遇难飞行员，他们父子对部队有贡献，别忘记他们，嘱咐部队要给予高鹏家属适当补助。

29

方天楚隐约听说，上面对他有新的任命。

在他结束飞行之前，他还有一个心愿没有实现，他要和方飞虎飞一次，以此告慰李子虚的在天之灵。

大家只知道方飞虎是烈士的儿子，但并不都知道他是军长方天楚的养子。

方天楚叫方飞虎带飞，自然也要准备一番。

清晨，天气晴朗，飞行团飞行的科目是打空靶。

打完空靶的飞机，一架架都回来了。

方天楚对方飞虎说：是不是该咱们了？

方天楚发福了，飞行服穿在身上有些紧，方飞虎帮他整理了一下。

两人登上飞机，开车，滑行，起飞。

爬升到六千米，做了个盘旋和跃升后，方飞虎问：怎样？返场吧？

急啥？再拉个筋斗。

飞机滑到停机坪时，因为知道这是军长的收官飞行，师长早安排师里的宣传干事，等候在飞机下面，给他们拍照。方天楚平时不太喜欢拍照,这次却一反常态,吩咐干事多拍几张。

然后,他们拎着头盔,走向休息室。

方天楚突然想起上次和王天宇飞行,余气未消地说:王天宇那小子,真不给我面子,我和他飞盘旋,他在空中给我打了三分,塔台的人都听到了。

方飞虎大笑:你不是还认可他做女婿了吗?

方天楚说:我不认怎么办?乐乐就喜欢他那个劲儿。

方飞虎说:你不是常说,不骄傲的飞行员不是好飞行员吗?

方天楚说:太骄傲,太骄傲,比我还骄傲。不说他了。明天休息,你不去看看你干妈?

方飞虎说:飞行结束我就去,今天是干妈生日。您去吗?

方天楚说:好呀,我也该去看看韩涵。对了,去找你们师长要两瓶好酒,就说我要的。还有,去照相室把今天拍的照片取回来。

正值秋日,西湖景区桂花飘香。

方飞虎在路上买了一个生日蛋糕。

韩涵在疗养院大院里有两间房,一间是卧室,一间做厨房,两间相通。

一进屋,方飞虎说:干妈,您看我把谁给带来了?

韩涵见到方天楚,一脸的惊喜,连连说:你是从天上掉下来的吗?

方天楚说:可不,刚飞下来,虎子带我飞了个收官,今天也是我的纪念日。

韩涵说:那好啊,今天咱们一起庆祝一下。

方飞虎说:爸飞了几十年,没丢过飞机,没跳过伞,今天安全降落,真是可喜可贺。

韩涵说：那更应该庆贺了。虎子，这院子里桂花飘香，你陪你爸爸散散步，赏赏西湖美景，我去知味观买几个下酒菜，一会儿就回来。

韩涵推着自行车，三人朝花园走去。

迎面走来一个戴墨镜、身材魁梧的老人，韩涵笑着招呼：钱司令，您散步呢？

老人说：我现在除了散步还能干什么呢？别叫我司令，我就是个无官一身轻的老头。

韩涵说：这路湿滑，您小心。

这时，方天楚立住，上下打量老人，问：老将军，您是钱钧吧？

你是？

方天楚。

我知道你，你可是空军的名人。这位是……

我儿子方飞虎，笕桥部队的飞行员。

韩涵说：你们慢慢聊，我出去买菜。

方天楚说：您可是鄂豫皖航空局第一位领导，我们空军元老级人物。

老人听后畅怀大笑，然后收敛起笑容，严肃地说：空军的第一位领导应该是龙文光，可你们空军里，知道他的人并不多。他也是我们空军的第一位飞行员。

方天楚说：听说他1933年就被蒋介石杀害了。

方飞虎说：我们只知道前辈有常乾坤、王弼、唐铎、方子翼……没听说过龙文光。

老将军说：蒋介石给他定的罪名是"带机投匪"，其实也是冤枉了他。他是迷航和燃油耗尽才迫降的。我是第一个和他说话的人,他当时拖延时间,希望国民党来营救他和飞机。我把他转移保护了起来,但飞机一时转移不了,国民党便想炸掉飞机,于是我带领我的部队殊死阻击敌人,直到我们的同志把飞机转移……

听说您和龙文光搭档过?

徐向前是他黄埔军校的学长,把他说服了,并委以重任。我和他搭档,说来也是笑话。龙文光何许人也?人中翘楚。人家不但读过书,而且读的都是名学堂,还去苏联留过学,我呢?除了会武功,会打铁,还会骟马骟猪,我凭的是革命立场坚定。所谓的航空局,也就一个局长、一个政委、一架飞机,还有几个打杂的。但当时在鄂豫皖根据地,列宁号威名赫赫……后来,国民党"围剿",我们把飞机埋了。航空局解散了,没有飞机,龙文光成了折翅的凤凰。突围中,他和部队走散了。说来还是儿女情长,后来他乔装去武汉找老婆,被特务发现,被捕入狱。据说,国民党劝他悔改,他说好马不吃回头草,既然已经弃暗投明,就不想再弃明投暗。国民党航空界一些有影响的人物,也是他的老上级老同学张有谷、毛邦初、张廷孟等联名上书,中国航空缺乏人才,望能给一条活路,用其所长。但国民党还是以"带机投匪"罪,判龙文光死刑。刑前,他留下绝命诗:千秋风雨世间飘,死生一事付鸿毛。吾为自由空中飞,不算英雄亦自豪。1933年8月9日,国民党在武昌威尔台将龙文光杀害,年仅三十四岁。我们获悉龙文光被杀后,无不泪奔。同年,红军追认龙文光为革命烈士。

方飞虎说:美国飞行员费希尔击落我们十架战机,被俘后,我们还是将他遣返了,蒋介石真没度量。

老将军说:龙文光是中国航空界不可多得的人才,如果要写空军史，我建议从我党的第一个参战飞行员龙文光开篇。

临别，方天楚说：谢谢将军给我们讲了空军前辈的故事。

韩涵已经把菜摆好了。

方天楚问方飞虎：酒呢？

方飞虎打开两瓶五粮液，斟满了三杯，举起来说：今天，一祝干妈五十大寿，二祝老爸平安落地，干杯！

方天楚似乎还沉浸在和将军的谈话中不能自拔，他说：也为前辈龙文光，干杯！

方飞虎说：龙文光的事迹，真是可歌可泣，多少这样天赋异禀的英雄豪杰，在革命中牺牲了。

父子俩都喜欢喝快酒，一气干了三杯。

方天楚感慨道：老冉冉其将至兮，恐修名之不立。

韩涵看着父子俩一杯杯喝酒，心里欢喜，一边听爷俩说话，一边给他们剥虾。

方天楚问：虎子，今天咱们拍的照片带来了吗？

方飞虎说：带来了。

方天楚自语：下次去扫墓，拿给李子虚看看。过去，我和他一起飞行，一起击落敌机，一起合影；现在我和他儿子一起飞行，一起合影。

韩涵一张张仔细翻看，爱不释手，眼眶慢慢湿润了。

见两人喝得差不多了，她便坐到沙发上一边织毛衣一边和他们说话。

方天楚问：你这是给哪个孩子织毛衣呀？

韩涵看了看方飞虎，说：虎子都三十多了，结了婚不就得要孩子呀！

方天楚问虎子：你和那位女博士的恋爱真是马拉松，到底什么时候结婚？

方飞虎说：快了快了，好饭不怕晚。

方天楚说：今年你就在杭州疗养吧！陪陪你干妈，把那个女博士也约来，让你干妈看看。

方飞虎说：好。

第二年，方天楚升任军区空军司令。

黄婉秋跟随方天楚上任，他们有了院子，方天楚让人在院墙下栽了两株他心心念念的凌霄花。凌霄，他钟爱这个名字，也钟爱它的颜色。

上海只剩下乐乐一人。

乐乐在单位排队分房子，不知何年何月，很多中高级职称的人都还没分到房子，何况乐乐这个刚分来的大学生。部队暂时借给了乐乐一间宿舍，靠北，厨房两家合用。乐乐满心欢喜，自己总算有个小家了。过去住在家里，虽然房子大，但在父母面前，王天宇总是显得拘束。

她和王天宇一个季度能见一面，他们觉得这样也挺好，每次见面都像新婚一样。他们都是有事业的人，倒是不喜欢整天腻在一起，过碌碌无为的世俗小市民生活。父母是他们的榜样，他们从来没有抱怨过这种两地分居的生活。

王天宇似乎特别喜欢这间朝北的小屋，房子虽然是老房子，地板踩起来吱嘎吱嘎响，但窗外有一个共享大花园。

王天宇的探亲假，可以按季度休。每到季度末，王天宇要回来的这几天，乐乐就会注意走廊的脚步声，王天宇通常穿飞行靴，走在旧地板上，咚咚咚，每一下都很沉，别有一番味道。沉沉的脚步声像是专门给她发出的信号，她是听得出来的。每次她打开房门的时候，他刚好走到了门口。他把拎包放到地上，就抱起乐乐亲吻。房间小，不能转圈，他就颠上颠下，尽情挥霍着他的体力，震得地板咯吱咯吱响。

冬天，靠北的房子冷，窗子透风，屋内温度很低，寒气逼人，但王天宇回来，仿佛带回了一个火炉，房间顿时就不冷了。

这年冬天，乐乐发现自己怀孕了。她虽然不是丁克族，但她并不想要孩子，可能是因为年轻吧！

乐乐把怀孕的消息告诉了王天宇，没想到王天宇非常开心。

乐乐说：我和你还没待够呢，我们要孩子是不是太早了？

王天宇说：我外婆十八岁就生我妈了，我妈二十岁就生我了，你现在都二十四了。

我真是没有一点思想准备，我们在一起的时间太宝贵了，我不想多个第三者，我想……做掉这个孩子。

王天宇吃惊地说：乐乐，不行！我们不能这么做，那我们就是罪人了。

我没有准备，怕不称职，做不好妈妈。

孩子生下来，你就会了。

乐乐说：我们一直在避孕，为什么还会怀孕呢？

王天宇想了想，说：看来只有一个理由，那就是这个孩子太想来到这个世界了。

乐乐突然被王天宇的话感动了，是呀，一个新生命的胚胎已经诞生，这是一件了不起的事，我们不能擅自中断一个生命。

王天宇说：我想要个儿子，让他将来接我的班。他生下来，我就抱着他打地转，长大了，我教他练双杠，拉筋斗，打篮球……

乐乐问：要是女孩儿呢？

王天宇想了想，说：女儿我也喜欢，让她跟着你学画画，长大当画家，或者当设计师。名字呢？叫花花，不好，叫朵朵吧！

王天宇最后一次回来，乐乐已经怀孕五个月了。最让王天宇担心的是上海公交车的拥挤，他回来的这几天，每天护送乐乐挤公交车上班，乐乐心里是高兴的。

王天宇见识了上海公交车的拥挤，车厢内人挨着人，像沙丁鱼罐头一样，他忧心忡忡地说：我走了，怎么能放心呢？

乐乐说：我自己会注意的，人家不都是这样吗？何况肚子里的孩子也不是一碰就掉的。

王天宇这次离开乐乐，和往常任何一次离别都不一样，非常恋恋不舍，甚至眼圈都红了。乐乐看到王天宇这样缠绵，她反倒有些不知所措了，不知该怎么安慰他，只说你不用担心，我都快当妈了，我会注意安全，好好照顾自己和肚子里的宝贝。

这天，方飞虎来上海开会，他知道乐乐怀孕了，给乐乐带了些杭州特产，香榧子、小核桃、西湖藕粉。晚上，他拎着大包小包，欢欢喜喜地到大院看妹妹，找了半天，在一个犄角旮旯里找到了妹妹的小屋。进了屋，看到乐乐抱个热水袋正在等他。他放下东西，没有坐，站在屋里四处看了看，妹妹住这样一个冰窟窿般的小屋让他心酸。爸爸离开的时候怎么不给妹妹安排一间大一点的房子呢？叫一个孕妇住这样冰冷的房子，怎么行呢？

他说：这么冷啊。

乐乐以为他冷，把热水袋递给他说：我都习惯了，回到家抱个热水袋就进被窝，你不来，我早上床了。说完还不好意思地笑了笑。

方飞虎看着乐乐单薄的身体,心疼,不禁说:这个王天宇,他就不能给你买个取暖器吗?

乐乐说:哥,你别怪天宇,他只是不知道怎么对我好而已。

第二天,乐乐下班的时候,看到门口放着一个大纸箱子,她拿进屋,看到里面是一个进口陶瓷取暖器。她插上电,制热效果非常好,很快,屋里就暖洋洋了。

她到卫生队打军线电话给方飞虎,张口就说:哥,你真好,我再也不挨冻了。

30

方飞虎要去太湖跳伞训练。

从浙江飞到江苏,虽说是跨省,但两省紧邻,从起飞到降落,半个小时。

他过去一直在西北,沙漠山区都跳过,水上跳伞还是第一次。到了光硕机场,一直刮风,太湖上风高浪急,他们只好住在招待所里等风停。跳伞忌讳刮风,空中对流风容易造成伞绳缠绕和降落伞飘移,很可能给飞行员造成伤害。

王天宇正往方飞虎住的招待所走,路上遇到两个中年女人向他打听师部是哪座楼。他说:在前面,跟我走吧!听他们口音是北方人。

他问:你们从哪里来的?

她们说:齐齐哈尔。

他说:挺远呀!来部队看孩子吧?

其中一个说:来看弟弟。

哦，场站的还是飞行团的？

飞行团的。

叫什么名字？

戴自强。

王天宇觉得这个名字有些耳熟，但一时想不起来。

另一个说：是这样，我弟弟是这个师的飞行员，在1972年8月的一次飞行中牺牲了。这个月是他的忌日，我们来给弟弟扫墓。

你们知道他的墓在哪里吗？

这个……

年纪大一点的女人说：弟弟牺牲后，我和父亲来部队处理弟弟后事，部队问弟弟的骨灰是我们带走还是留在部队？父亲说，孩子既然是烈士，骨灰就存放在部队吧，牺牲烈士的骨灰都统一存放在烈士陵园。我们家人多年没来，不知现在弟弟的骨灰存放在哪里。

王天宇说：师部到了，进去左拐就是后勤处，你们去问问，我想他们会接待你们的。

王天宇继续往招待所走，他脑子里一直在想那个名字，戴自强。他突然想起在团里历次飞行事故档案资料里见过这个名字。

到了招待所了，他站在枇杷树的阴影下喊：方飞虎，方飞虎。

他在下面等了一会儿，只见方飞虎站在二楼向他招手。

上来呀！

方飞虎站在楼梯口，王天宇说：你们真不靠谱，这种天气来跳伞？叫你们降落伞在空中打架呀？

方飞虎说：是呀，我看一时半会儿跳不了。

王天宇说：前年新飞行员在太湖跳伞，淹死了一个。

方飞虎问：刮风吗？

王天宇说：一丝风都没有，降落伞垂直落下来，把人盖住了。

方飞虎说：救援的路桥部队呢？

王天宇说：跳偏了，路桥部队救上来人已经不行了。

方飞虎说：他妈的，这种奇怪的事也会发生？看来无风天跳伞也有危险。

王天宇说：喝水还呛死人呢！我去年也跳了一次，刚落水就叫路桥部队的战士给拖上来了，到了船上，头盔里的烟都没湿，于是我一人敬了一根烟表示感谢。

二楼是一个贯通的大阳台，两边是一间间客房。进了屋子，王天宇打量了一下房间，说：条件不错，有空调，有独立卫生间，比我们团宿舍好多了。

我听说上面马上要改善飞行员宿舍条件，都标准化。对了，我上次去军里开会，去看了乐乐，她那个小房间，冬冷夏热，孩子马上要出生了，要装个空调才是。

噢，上次回去就想给她装空调，但不行，老房子，电压不足，不让装。

乐乐就是个书呆子，生活上是个低能儿，爸妈一走，上海就她一人，生了孩子怎么办？

是呀，请个保姆都没地方住。

你得想想办法。

王天宇没说话，有心事的样子。过了一会儿，他说：中午，你有空吗？一起吃个饭吧？

和谁呀？

我们团原来的一个上海飞行员，转民航了，回来办点事，要一起吃个饭。时间差不多了,走吧!

他们往外走,在楼下,看到刚才碰到的两个女人在开房门。

王天宇问:找到你弟弟了吗?

其中一个说:没找到。

王天宇说:怎么会呢?

烈士陵园都问过了,没有戴自强的名字。王干事叫我们先住下,说派人去民政局再查查。

王天宇安慰她们说:别急,先住下,戴自强是烈士,组织上会帮你们找到的。

两人朝营门走去。

方飞虎问:那两个女人是谁呀?

王天宇说:我们团1972年摔了一架歼-6,飞行员叫戴自强。

方飞虎说:1972年……老爷子在这儿当副师长!

应该是的。一个典型的机械事故,飞机倒扣在跑道上,飞行员跳伞的机会都没有。

父亲肯定认识这个人……我想起来了,对,就是他,我听父亲讲起过。在夜航大队打P2V,第一次没打中,父亲要了架双座教练机,同时也要了一个全师年龄最小、仪表飞得最好的飞行员,父亲和他搭档了两年,在沿海的迷雾和平流雾中不知飞了多少个夜晚,经历了多少险情。谁会想到他因机械事故摔死了。

他妈的,现在连飞行员骨灰盒都找不到。

他们走出营门,来到军民大酒店,所谓的大酒店其实就是两间平房。看到曲国防已经到了,王天宇做了介绍,曲国防说:老师长的公子,久仰大名!

方飞虎打量了一下曲国防,五官精致,穿戴讲究,咖啡色暗纹西服，浅色西裤。

方飞虎说：一看就是上海人。

三人边喝边聊。

曲国防说：听说冯师长离婚了？

王天宇说：朱颖调走了我们才知道，据说早离了。

曲国防说：朱颖是干部子弟，挺清高，起初没把师长当回事。

王天宇说：我们师长做得有些过分，飞行也不能不要老婆孩子呀！

曲国防问：谁提出离婚的？

王天宇说：据说师长执意要离，谁劝都不听。

曲国防说：他是你岳父提起来的，难道方军长的话他也不听吗？

王天宇说：他就听他自己的。

曲国防说：只知道飞行和指挥，其他什么都不管，不提拔关心下属，叫人没法跟他干。

三人又喝。

曲国防说：我能转到民航还要感谢方军长，那时实在是没办法，岳父岳母身体不好，孩子小，老婆整天抱怨，三天两头和我闹离婚，弄得我焦头烂额。

方飞虎问：你老婆是干什么的？

曲国防说：民航乘务员。

方飞虎说：难怪，人家有比较，民航飞行员待遇肯定比我们高。

曲国防忙说：是呀，老婆整天拿这个奚落我。后来老婆帮我疏通了民航的关系，他们答应要我，而且调过去就给套两室一厅。为这事我找冯师长，他说咱们部队没有这个先例，没人敢放人。逼得我只好找了方军长，我的老首长，才顺利调到民航。先去美国西雅图学习了半年，回来后飞国内航班，下半年让我飞国际航班。唉，怎么说呢，算我没出息吧，只能舍大家为小家了。

王天宇问：人各有志，你的事办好了？

曲国防说：其实我这次来也没什么大事，飞民航和部队飞行是两码事，没了初心，是冲着待遇去的……还是怀念飞战斗机的生活，想念朝夕相处的战友……天宇，我听说你夫人也快生了，我就直说吧，我这次来主要是想问问你，想不想来飞民航？民航方面没问题，我已经替你疏通好了，你是大队长，人家答应只要调过去就给一套三室一厅，然后去美国培训，将来飞国际航班没问题，弄不好还可以弄个机长干干。天宇，你有你岳父的关系，只要你愿意，部队放人不成问题，也成全了我为民航引进人才，两全其美。

王天宇一杯杯只顾喝啤酒，一言不发。

方飞虎说：人家民航真有钱，张口就一套三室一厅，条件是不赖，天宇你咋不说话呢？

王天宇说：今天不谈这事了，还是喝酒吧！

分手的时候，曲国防对王天宇说：老首长给我开绿灯，帮了我大忙，我一直没机会报答，你是他女婿，也不知我这样做是不是报答，他不要怪我挖空军墙脚就行，到民航飞也是给国家飞。另外，我还给老首长带了两条洋烟和两瓶洋酒，上次找他办事，带了两瓶酒他都没收，我本以为他不会放我。

告别曲国防，方飞虎和王天宇往回走。

方飞虎问：真是老爷子把他放走的？

王天宇说：不放行吗？不放要闯祸了，老爷子顶看不上他。说起来话长，泡病号，闹停飞，总是请假往上海跑，后来买了一

219

辆幸福摩托，跑得更勤了。一次大概是路上出了车祸，摔得鼻青脸肿，还不敢说实情……老爷子说，天要下雨娘要嫁人，走了省心，摔个一级，损失更大，不如放他走人。

方飞虎说：这样看，老爷子做得对，给谁飞都是给国家飞。

王天宇不说话。

方飞虎说：看来这是一个机会，也是你人生面临的重大选择。

王天宇说：哥，你是我哥，我想听听你的，若是你怎么办？

方飞虎笑道：改口叫我哥了？看来我们的关系又进了一层。

王天宇说：我很彷徨……很踟蹰。

方飞虎说：既然叫我哥了，我就直说了，这其实是爱江山还是爱美人的古老话题。乐乐是我妹妹，我当然愿意你为她舍弃一切，为她创造幸福……

王天宇眼睛透出亮光：这么说，你同意为我去说服老爷子？

方飞虎接着说：天宇，我想说的是，作为一个同行，一个战斗机飞行员，如果你走了那一步，我会鄙视你。我和老爷子一样，骨子里看不起曲国防那样半路当逃兵的飞行员。

王天宇说：乐乐会怎么想呢？我怕她不理解。

方飞虎说：乐乐爱你，当然希望与你厮守，但我可以肯定地告诉你，她嫁的是一个战斗机飞行员，而不是民航机飞行员。这是不一样的。

31

航空兵部队强调要走得动，打得响，这是衡量一个部队战斗力的重要指标。

王天宇部队投入到师里的跨昼夜机动性拉练训练。这次的部队机动化转场训练参与人员多，要求四种气象飞行，也就是复杂气象和跨昼夜飞行，十几名新飞行员也要参加，中途要跨越几个省，是一次大规模训练。

夜色降临，副师长和王天宇是带队双机，飞行梯队跟着起飞。师长在家指挥坐镇，机群按批次一架架安全降落中途机场。飞机加油时，飞行员在休息室休息，老飞行员显得比较轻松，谈天说地喝咖啡。

罗副师长和高团长在聊天：

冯师长最近像变了一个人，情绪大好，他结婚了你知道吗？

不知道，他不是有婚姻恐惧症吗？

没了，恐惧症完全消失了。

真是闪婚呀！和谁？

据说是个结过两次婚的女人，上面政审后不同意，但咱们师长被迷得五迷三道，像吃了秤砣一样铁了心，一定要娶她。

难道师长遇到妖怪了？

这女人可别把师长毁了。

好了，不谈这个了。

罗副师长说：在北方飞，真是心旷神怡。

高团长说：罗副，快到家了，是不是有些激动呀？

罗副师长说：是有些激动，七八年没回来了。十几年前我就在此地飞行，家乡的每条河每座山我都非常熟悉。

高团长体谅地说：到了放两天假，让大家去海边玩玩，喝喝啤酒，吃吃海鲜，你也去看看家人。

罗副师长说：好主意，两全其美，我也是这样想的。

飞行员并不都像宣传画宣传的那样，个个英俊，也有矮个子、刀削脸。比如高团长就是个矮个子，不但个子矮，而且秃顶。但每当他们拎着图囊，登上飞机，呼啸起飞时，则威武尽显。

新飞行员第一次参加这样的机动转场，既兴奋又紧张。他们还没有资格和老飞行员们侃大山，便抓紧时间打开飞行图囊，再温习过目一遍准备的数据和标记……离地三尺就是危险，飞行不容许发生一点错忘漏。

带队长机罗副师长是旅大人，对地貌标记非常熟悉。有这样的带队长机，王天宇作为僚机自然比较轻松，但他还是对距离、航向、时间、标高、灯光点做了精心准备。

这天多云，云量大，飞过一个山头，罗副师长以为接近目标机场了，推杆就下降高度。王天宇在地图上做了详细标记，离目标机场还有几十公里呢，此山并不是机场前面的山头。

王天宇在无线电里急呼：还不到，拉起来。

这天，王天宇及时纠正了带队长机的误判，飞行梯队到达目标机场降落得还是相当完美，尤其是几个新飞行员在能见度只有一两百米的情况下，超水平安全降落。

接下来的两天，晴空万里，深秋的海边，碧波荡漾，海风习习，飞行员们脱掉厚重的飞行服，穿上便装，三五成群地到老虎滩游玩。天气已经变凉，海里游泳的人不多，但年轻的飞行员们几乎天天下海游泳。

作为安全员的王天宇没有下海，他紧紧地盯着海面波涛，看着战友们在大海中嬉闹，不时地向他们挥手。

他徘徊在沙滩上，看着海边相依的那些情侣，想起了乐乐，也想到了乐乐肚子里的孩子。他们的孩子应当在来年的年初出生，想着想着，嘴角露出了笑容。

他走到一个摊贩处，挑选了一个贝壳做的风铃，海风刮来，贝壳撞击发出清脆的响声，他想把这个风铃作为给孩子的第一个见面礼。

返场的计划已经上报，昼间复杂气象返回，中途降落加油。以部队的训练水平，以及飞行员的状态，计划应会得到上级批准。

这是一个跨越两大水系的转场，气候条件复杂且千变万化。尽管飞的是复杂气象，但是飞行是靠天吃饭的，极端恶劣气候是禁止飞行的。飞行之前天气预报的精准度非常重要。

这天，北方的天空，万里无云。

飞行员们拿着图囊和飞行装备，一个个精神抖擞地来到机场，整装待发。

战鹰在停机坪整齐地排列着，翘首期盼着它们的主人。

随着开车的信号弹打响，机场马达轰鸣，飞机分批次飞向水洗般的蓝天。

当飞机爬到万米以上的巡航高度，飞行员的精神变得怡然，往下望，祖国的壮美山河尽收眼底，这一刻会让他们感到由衷地豪迈，所谓的鲲鹏展翅，大概就是这种感觉。

王天宇依然和罗副师长飞带队双机。

过了蜿蜒的黄河，天气多云转阴。

机群平安降落中转机场，十几架飞机整齐地排列在停机坪上。

飞行员们下了飞机，被汽车接到休息室，有的抽烟，有的喝咖啡，有的在休息室外面的草地上散步。

这时，中转机场场站把热腾腾的饭菜摆到了飞行员休息室。

人吃饭，飞机加油。

行百里者半九十。这次复杂气象转场顺利，将预示着部队的战斗力上了一个台阶。

罗副师长和高团长在和气象台研究天气情况。落地机场和备降机场目前天气尚好，云量不大，能见度也好，预报下午五点以后，有雷雨。经过研究，预计下午四点半之前，全部飞机可以赶在雷雨降落之前返场，罗副师长把情况报给在家坐镇的师长。

经过慎重的预判，上级给了放飞的命令。

全部飞机顺利起飞。

这天，空中的云彩显出了奇异的形状，甚是好看。

当罗副师长和王天宇的长僚机飞过长江之后，天空的云彩变得有些沉重，灰蒙蒙地连成了一片，能见度降低。接近机场时，云层压缩，天气突然变坏，空中出现升腾的积雨云云柱，开始下雨。罗副师长请示降落备用机场，地面指挥所答复备降机场有海上吹来的平流云，能见度更差，让他们按原计划降落。

此时，根据经验，王天宇感觉事态严重，天气趋势会越变越坏，他一边小心地避开云柱，一边请示地面指挥所，他准备留在机场上空搭桥，为后续飞机导航降落。

老天似乎有意和他们作对，转眼，机场被乌云遮住，瓢泼大雨倾泻而下，地面和空中的无线电时有时无，断断续续。

罗副师长向地面请示：我双机在机场上空搭桥，引导后续飞机降落。

只听王天宇说：请罗副师长降落，我留空中导航。

地面指挥冯师长同意了王天宇的请求，并叫王天宇传达地面指挥所要求所有飞机强行降落的命令。

王天宇单机盘旋在机场上空，沉稳地向降落飞机传达地面指挥所的口令，向准备降落的飞机报告机场上空天气情况。

巨大的云柱在空中连成一片，机场被乌云笼罩，能见度瞬间降到一千米。冯师长命令机场的引道灯、跑道灯和探照灯全部打开，命令警卫连、场务连封锁通往跑道的所有路口，驱赶跑道外围飞禽走兽，所有救援车辆进入一级准备。

王天宇在空中传达师长的命令，沉着冷静地为一架架返航飞机导航。

毕竟是一支训练有素的队伍，飞机在暴雨中，一架接着一架利剑般降落在跑道上，尽管编队不算整齐，也不像平时那么井然有序，但都没有偏出跑道。

王天宇终于听到了师长的声音：飞机全部安全降落，017可以返航。

这时，王天宇飞机的油量已经告急，就在他寻找跑道要降落的时候，天空突然响起了一声炸雷。机场地面的人几乎都看到了，南面的天空有一个火球，在向地面坠落……

牵引车、卫生车、消防车，在暴雨中向火球坠落的地方急速驶去。

王天宇大队几个还没来得及脱掉飞行服的新飞行员，也冲进瓢泼的大雨中，向出事地点跑去。

冯师长面色铁青地吼叫着：快去，把那几个小子给我追回来。

他大概不愿意让这些刚实现蓝天梦的小伙子看到惨不忍睹的现场。

自抗美援朝开始，空军航空兵部队就有这样一个不成文的规定：不许飞行员看事故现场，不准许飞行员参加空难飞行员追悼会。

负责后勤保障的运-5运输机带回了王天宇简单的衣物和贝壳风铃。

新成立的飞行表演大队已经训练两个月了，为此，方飞虎专程去北京南苑机场观摩了美国空军"雷鸟"大队的表演。美国军方的三代机很让他羡慕，但对飞行表演他却很不以为意，心想有这样牛的飞机，他也能飞。

1984年，张爱萍率三军高级军官访美，双方的交流开始频繁。

方飞虎所在部队成立了仪仗队，发了礼服。方飞虎负责训练这支刚组建的飞行表演队。

这天，美国空军代表团来杭州访问，除了游览西湖，笕桥是他们的必来之地。他们参观了半个多世纪前建造的航校门楼、航校大楼以及著名的校训石碑，然后，观看中国空军飞行表演。

超低空通场，机翼几乎擦着地面，场内打地靶百发百中，皆是满分。表演结束，方飞虎带着他们参观飞机，他们爬上飞机，仔细观看了机舱，下来后说：你们把两代机飞出了三代机的水平。美国人对着方飞虎竖大拇指的瞬间被摄影师捕捉到，配上"你们把两代机飞出了三代机的水平"的标题，发表在报刊上，使方飞虎名声大噪，升任团长指日可待。

韩涵给方飞虎来电话，问他星期天放不放假，若放假就来疗养院一趟，说大连的同事来杭州出差，给她带了不少海鲜，方飞虎答应了。

韩涵见方飞虎如约而至，满心欢喜，拿出一件刚织好的紫红色毛背心，说：穿上看看合不合适？

方飞虎笑着说：妈，你看你费这事干什么？毛衣毛裤我们都发的。

韩涵说：毛背心发吗？

方飞虎说：这个不发。

韩涵说：天快冷了，马上就可以穿了。

韩涵不太会烧饭，好在螃蟹和海螺蒸蒸煮煮就是美味佳肴。

螃蟹个大鲜美，空勤灶也是吃不到的。方飞虎边吃边说：这种鲜美的螃蟹，还是小时候在老家吃过。每年上蟹的季节，爷爷去赶集，总会买几个回来，蟹膏和蟹黄都让我吃，说男孩子吃了长得快，自己只吃螃蟹腿，奶奶碰也不碰，说她不喜欢吃这些张牙舞爪的东西。现在想来才明白，这么鲜美的东西，谁不爱吃啊，他们是省给我吃。我航校毕业，工资高了，自己没什么消费，钱几乎都寄给爷爷奶奶，除此之外，我无以报答他们。

韩涵默默地听着，嘴里嘀咕：难怪你长得这么结实，两位老人把你带大真不容易呀！

方飞虎说：我爸也不容易，他那时飞行工作压力大，顾不上骄骄和乐乐，骄骄顽皮，差一点进监狱，但爸爸一直关照爷爷奶奶带好我，说我不但是他儿子，还是革命烈士的后代。虽然我在农村，但有爷爷奶奶的悉心照顾和父亲的光环，我少年的生活还是非常快乐和充满阳光的。我有今天，多亏了这样一个父亲。虽然我不是父亲的亲生儿子，但其实我受到父亲的恩泽，比骄骄和乐乐都多得多。

韩涵说：唉，你们一家五口，四个地方，你爸年龄也不小了，应该把骄骄调回来，他身边总得有一个孩子。

方飞虎说：我倒是担心乐乐，她怀孕了，天宇在生活上又是个没心的人。上次去看乐乐，真可怜，南方这种地方冬天阴冷，乐乐住在靠北的小房子里，屋里像冰窟窿一样，她不是一个会料理生活的女孩……

韩涵听后意味深长地说：唉，谁叫她爱上了飞行员呢！

方飞虎说：是呀，王天宇在甲级飞行作战团，训练任务繁重，他是大队长，压力大，但那小子飞得好，又年轻，民航都想挖他。

民航到部队挖人？

民航缺飞行员，一天两天又培养不出来，所以走捷径，到部队来挖墙脚，给的条件优厚。

对乐乐未必是坏事，王天宇自己是怎么想的？

上次遇到他，我作为大哥，明确表示不同意。在部队他是航空兵师长的料，到民航他顶多做个机长。他自己怎么想我不知道。这次他们复杂气象转场还没回来呢，等回来我再和他谈谈。说句实话，为了乐乐，我倒是希望他去民航。

韩涵看了看方飞虎，说：你对这个妹妹是真上心。

方飞虎说：尽管我和乐乐不是一起长大，但第一次见到她，我就心疼她，恨不得把她捧在手心里。妈，这是我的心里话。

韩涵意味深长地问：虎子啊！你一直不结婚，是不是觉得天下的女孩子都不如乐乐好啊？

干妈这一问，让方飞虎一愣，像被点了穴一样，他突然呆在那里，一言不发。

王天宇牺牲的消息，方飞虎是第一个知道的。事故发生后逐级上报，方天楚是第二个知道的。

这天，方飞虎感觉特别烦躁，特别不安，作为一个飞行员，他深知复杂气象转场的危险。天有不测风云，天气预报并不是百分之百准确。复杂气象分低复、中复和高复，有时飞着飞着，高复就变成了低复。

中午他通过军内电话打给光硕机场，得到回答：转场飞机已顺利到达中转机场了。下午看到天气变坏，他的脸色也像天空一样开始阴沉。

下午五点，他得到了王天宇飞机坠落的确切消息。

32

方飞虎做出的第一个决定是去上海，乐乐身边没有亲人，他必须要在第一时间赶到她身边，把这不幸的消息告诉乐乐。尽管他非常不愿意，但他不能回避，他不放心由别人告诉乐乐。他已经三年没有休假了，师里领导知道失事的飞行员是他的妹夫，二话不说就给他批了假。

方天楚也于当天晚些时候知道了这一不幸的消息，他大骂冯七良，并后悔自己看走眼了。他认为冯七良是毁在婚姻上，也是毁在女人身上。结束第一段婚姻后，冯七良开始追求自由恋爱和自由婚姻。鉴于冯七良是航空兵部队师长，组织上要为他护航，政审调查中发现要与他结婚的这个女人有过两段婚姻，而且有海外关系，冯七良没听组织劝告，在婚姻上特立独行。方天楚当时曾暴跳如雷，说，自不量力，他现在没有老婆恐惧症了？看着吧！你们都看着，他倒霉在后面呢！我看以后还是让他少飞为好。

部队不打仗，没了阳刚骁勇之气，什么怪事都可能发生。

方天楚忍住悲痛，没有马上告诉黄婉秋。他准备第二天带一个工作组，去他的老部队处理飞行事故，他想尽快知道究竟是什么原因，造成了这次一等飞行事故。按规定不该他去，但谁能拦得住他呢？

对于一个经历过战争，看到过那么多战友牺牲，经历过多起飞行事故的老飞来说，生死已经能够淡然处之。战争年代，战友飞机摔在眼前，他们拖走飞机，照样出航，不但不影响士气，反而越战越勇。

对他来说，空难的悲壮大于悲伤。他甚至没有过多地为乐乐担忧，他认为这不是一家一户的灾难。他只是惋惜那样一个大有前途血气方刚的年轻飞行员，像流星一样陨落了。

方飞虎当晚就赶到了上海，他必须在部队处理后事的人员到来之前赶到乐乐身边。到上海已经午夜，他来到乐乐小屋外，看到屋里的灯关着，此时，乐乐应该睡得正香。他在乐乐窗前的花园里徘徊，一遍遍地构思着怎么和乐乐说，怎么才能减轻她的痛苦。他还想，王天宇是不是给乐乐托梦了呢？

夜晚安静极了，梧桐树叶开始凋零，硕大的叶子在树上就衰老了，微风刮过，枯黄的叶子现出各种死亡的形状，然后选择在寂静中的某一时刻，咣当咣当落在柏油路上……

原来落叶的声音如此巨大，如此惊悚，他还是第一次听到。

露水先是打湿了他的头发，很快又打湿了他的衣服。

天渐渐亮了，花园里的草坪被他踏了一个晚上，现出一条小路。大院里的起床号吹响了，他突然想到，他要让乐乐吃上一顿香喷喷的早餐，于是他从大院里出来，找了一家早餐店，买了生煎、油条、豆浆和茶叶蛋。当他拿着早餐回来的时候，小屋的窗帘拉开了，乐乐已经起床了，他在外面敲了敲窗子，乐乐探出头，见是哥哥，笑得像花一样。方飞虎忍着悲痛，极力装出笑脸。

乐乐开心地叫着：哥，你怎么来了？

方飞虎说：我昨晚就到了。说完他抖了抖手里的早餐，我来陪你吃早餐呀！

乐乐太开心了，开心地在哥哥脸上亲了一下，哥哥的脸冰冷冰冷的，头发湿漉漉的，她感觉哪里不对，然后退了两步，上下打量着哥哥说：好奇怪，太阳从西边出来了。

方飞虎发现乐乐的身体已经有些笨重了。

兄妹俩进屋，乐乐把小屋里唯一的一张小方桌收拾干净，摆上早餐，和哥哥吃了起来，边吃边开心地说：好丰盛的早餐。她几乎把每一样都尝了尝。

方飞虎想再看一次乐乐的笑颜，居然开了句玩笑：乐乐，你可真能吃。

乐乐果然笑了，说：哪里是我在吃啊，我在喂王天宇的闺女吃呢！

乐乐这句话，让方飞虎的眼泪差点掉下来，他弯下腰，装着拼命地咳了一阵。他一边咳嗽一边想，我该怎么对乐乐说呢？他真的犯难了。

乐乐以为哥哥被她逗乐了，帮着哥哥拍着后背说：有这么好笑吗？

方飞虎擦了擦眼睛，抬起头问：你怎么知道是闺女？

乐乐说：昨晚我梦到王天宇了，是他告诉我的。我猜他大概喜欢闺女。他应该昨天就转场回光硕了。他说回来就给我打电话，你看，他到现在也没来电话……好奇怪，倒是等来了哥哥你。

说着说着她就不说了。

方飞虎这才发现，乐乐的目光直勾勾地越过花园，看向对面的柏油路，同时自言自语地说：梧桐落叶，天就冷了……这是天宇告诉我的。

果然，一夜之间，草坪上落满了黄灿灿的梧桐叶。

方飞虎透过玻璃窗，看到路上有几个人走过来，他们都穿着深色衣服。

乐乐说：哥，你看他们是谁呀？走在前面的好像是光硕的家属干事，还有卫生队的郭医生。

窗外不远处的柏油路上，停着一辆黑色红旗轿车，几个人穿过弯弯曲曲的花园小径，正朝这里走来。

乐乐停止了咀嚼，透过玻璃窗，看着那几个走来的人，仍然在自语：他们的面孔真难看，像报丧的一样⋯⋯

方飞虎站起来，把妹妹拉到怀里，轻轻地拍着她，在她的耳旁轻声说：王天宇牺牲了，他死得很光荣，他救了很多飞行员，他用自己的牺牲，换来了战友的生命，他是一个英雄，更是一个伟大的飞行员⋯⋯

乐乐把早餐吃下去的东西一股脑儿全吐了出来，吐完，脸色苍白，瞪着大大的、仿佛是瞬间凹陷的眼睛，捂着隆起的肚子，气若游丝般地说：我不哭⋯⋯我不哭⋯⋯我不哭⋯⋯不能吓着孩子⋯⋯她浑身冰凉，慢慢失去了知觉。

乐乐在医院醒来。

苏醒后的乐乐像变成了另外一个人。

光硕部队想把乐乐接到驻地，王天宇的父母这会儿应该已到部队了。

乐乐说：我不去⋯⋯我不能去⋯⋯

方飞虎说：乐乐这个样子不能去。

乐乐说：请你们帮我把他的后事处理好。然后她摸着肚子说：

我要把孩子保住。请你们转告王天宇的父母，我会把孩子生下来，我和他们还没见过面，本来说好明年春节假期带孩子回家看他们的……等孩子大了，我会带孩子去看他们，认祖归宗。

部队来人说：你不去，王天宇的英雄证章谁来领呢？

王天宇的父母不是来了吗？

乐乐脸色煞白，但始终没让眼泪掉下来。

方乐乐没去光硕机场，不去为王天宇送行，不参加王天宇追悼会，引起大家猜测，当然也引起大家的指责。

乐乐在医院保胎，来看望的人不少，但她一个不见。

没人的时候，乐乐安安静静地回忆王天宇，默默地流泪，但她从来没有大声痛哭过，她怕惊着肚子里的孩子。王天宇是那么想要一个孩子，她现在全部的愿望就是实现王天宇的愿望，把孩子平安地生下来。她认为这才足以告慰王天宇的亡灵。

乐乐请哥哥代表她参加王天宇的追悼会。

哥哥带回来王天宇给孩子买的贝壳风铃。哥哥还告诉她，王天宇父母真是好样的，没向部队提任何条件，只让部队给儿子修个碑，他们想儿子的时候好有个去处。他们叫我给你留个话，王天宇的烈士证他们先收着，将来会交给孩子。

乐乐说：公公婆婆都是教师，他们只知道教书育人，从来不麻烦别人。

方飞虎说：冯七良被免职了，不知下一步怎么安排。

乐乐说：能怪他吗？但总得有人担责任。

方飞虎说：我听谁说过，有优点的苍蝇还叫苍蝇，有缺点的战士还叫战士。

乐乐说：冯七良挺看重王天宇，就像当年我爸看重他一样，

233

要不也不会把危险的任务交给他。

黄婉秋来了,她和乐乐单独谈了一次话,谈话的内容大多是关于她肚子里的孩子,乐乐坚定地表达了要把孩子生下来的愿望。通过这场变故,黄婉秋发现女儿原来如此坚强,不愧是飞机场长大的孩子,见过云淡风轻,也见过电闪雷鸣,扛得住生离死别。

方飞虎的假期是在医院陪伴妹妹度过的。他白天在医院,晚上回到乐乐的小屋里,假期结束,他忧心忡忡地离开了乐乐。

乐乐出院的时候,作为烈士家属,部队在大院给她调配了一套两居室的房子,家具一应俱全。但出院后,乐乐还是回到了她的小屋,她不愿离开这里,因为小屋里有她和王天宇的过往,小屋是他们曾经一起生活的唯一见证。

乐乐的肚子一天比一天大,她甚至已经感觉到了孩子有力的心跳,预产期就要到了,黄婉秋让她回南京生,她没有答应,她说她已经托人找了一个有经验的保姆。

分娩的日子临近,一天,她正在花园里散步,突然听到有人喊她,她回头,只见一颀长身影向她走来。

她说:你怎么又回来了?

方飞虎说:这回不走了!

她忙问:你给我说说,这是怎么回事?

我调到军部训练处了。

她说:高升了,来当处长了吧?

方飞虎说:副处长,平级调动。

乐乐有些不悦地说:哥,你调到我身边,我自然高兴,但你一个飞行干部放着团长不当,到机关来是不是有点无用武之地呀?你跟爸爸说过吗?

方飞虎说：还没有呢，但我想他应该知道。

乐乐"唉"了一声，说：都想来机关，你知道我看见谁了？

谁？

冯七良。

方飞虎说：我听说他免职后，来军里当参助了。

乐乐说：过去叱咤风云的航空兵师长，现在天天送孩子上学……英雄迟暮。

方飞虎叹了一声，说：朱颖把孩子给他了？

乐乐说：朱颖怎么会把孩子给他？是他现在妻子和前夫的孩子。

方飞虎问：他说什么了？

乐乐说：点点头就走了，什么也没说……我倒是想听他说点什么……他当时是在塔台上的。

他能说什么呢？那天强行放飞他有责任，他大概也不愿回忆。

乐乐在哥哥的劝说下，和保姆蔡姐搬进了新房子。营房处要给方飞虎安排宿舍，方飞虎说，我就一个人，不用费心，就把方乐乐那间小屋给我住吧！

其实，这是乐乐的意思。乐乐让哥哥保持小屋原样，因为这是王天宇生前唯一的家，这是她的思念之地。如果灵魂存在，他会回来看她的。

方飞虎苦笑着说：那我就替你守着，晚上寂寞时，还可以和他聊聊天。

乐乐对哥哥说：我和王天宇在一起的时间并不多，我最怀念的是在小屋里等他回来的那些时光。夜晚，走廊地板的脚步声特别大，但我总能分辨出他的脚步声……

方飞虎看着妹妹圆圆的肚子，消瘦的身体，非常心疼。年前，他还要回部队飞行，他算好了，回来正好赶上乐乐预产期。

年底那天，乐乐出现宫缩，她带着给婴儿准备好的东西住进了医院。

对于生产，乐乐既恐惧又期待。

她匆匆在医院门口的电话亭里，打了个电话，传了个话：我要生了。在进产房之前，她望着门外，希望下部队飞行的哥哥能出现在她面前。

待产室里有七八个孕妇，发出各种各样的叫声，她起初感觉有些可笑，但很快，随着阵痛的到来，她也放弃了斯文，控制不住地哼唧起来，疼痛越来越剧烈……医生护士在身边来来去去，她的宫口还没开到位，没人理她，她这才知道，原来女人生孩子的痛是没人同情的……

痛到无法忍受时，她突然叫了句：王天宇，来帮帮我吧！

乐乐就这样熬了一夜，在她体力耗尽几乎要昏厥的时候，孩子降生了。孩子降生的那一刹那，疼痛戛然而止，咆哮的大海瞬间风平浪静，她从产房的窗子望出去，天已经亮了，天空湛蓝湛蓝，有云朵在飘，这是上海难得看到的景象。医生说，女孩，十分。她想：就叫云朵吧！

她被推出产房，第一眼就看到了六神无主的方飞虎，他的眼神是那么惊恐无助。他穿着飞行皮夹克，和一些产妇的家属站在乱哄哄的产房外面，就像一颗黑豆掉到了黄豆堆里，他应该是等了多时了……她向哥哥微笑着，但眼泪却顺着眼角流了出来。

乐乐被送到病房，护工要把乐乐抱到病床上，方天虎说：我来吧。他伸出大手抱起乐乐，乐乐委屈虚弱地对哥哥小声说：生孩子怎么这么疼呢？我生王天宇的气了，他为什么不来？哥，我求你，把天宇找回来吧……方飞虎的眼泪扑哧扑哧滴落下来。可不是嘛！方飞虎几乎陪着乐乐受了一夜的熬煎，可乐乐想到的还是王天宇。

生完孩子的乐乐几乎被掏空了，肚子瘪下去了，人又变得那么轻，那么单薄。

方飞虎不知怎么照顾一个产妇，同病房的男人和女人，把他当成了外星人，指导他买红糖买生姜买鲫鱼买老母鸡，叫他这样叫他那样，他木讷地答应着却无从感谢人家的热情。

孩子抱来喂奶了，他躲出去抽烟。初为人母的乐乐只顾看孩子，边上人说：喂奶呀！一会儿护士要抱走的。乐乐兀自问：抱哪儿去呀？边上人说：初生婴儿要做各种检查。

乐乐笨拙地喂奶，可是一滴奶也不出来，婴儿开始大哭。

她看着初生儿嘀咕：劲大，脾气也大。

旁边的产妇说：饿的呗！

又一个产妇说：大概是你的乳腺不通……让你老公去药店买个吸奶器。

方飞虎去药店了，边上的产妇问：你老公是干什么的？

乐乐说：飞行员。

产妇说：天上飞的，难怪地上的事一点不懂。

另一个产妇嗤嗤在笑，说：不懂怎么会有孩子？

乐乐说：我老公牺牲了，他是我哥。

生完孩子，乐乐嗜睡，白天睡觉也做梦。

王天宇走到她面前，抱起孩子嘀咕：这么小，她什么时候会叫爸爸呢？她什么时候才能感觉到我的父爱呢？

乐乐说：待她牙牙学语，待她花开如玉……

乐乐忧伤地看到王天宇眼里有晶莹的亮光。

王天宇伤感地对乐乐说：我已经走不进尘世，飞行才是我的天堂，飞机场才是我的家，离开那里，我什么也不是。

乐乐看到王天宇顺着窗外小路上的光影，走出了大院，她感觉像一只大鸟飞出了花园，飞向了灿烂而又凄凉的夜空……

乐乐把贝壳风铃挂在婴儿床的上方。一天，方飞虎来看月子里的母女。他推门进来的时候，风铃动了，像叮咚的泉水声，朵朵笑了，这是她来到这个世界以后的第一个微笑……

方飞虎欣喜地说：小家伙见我笑了。

乐乐看着风铃，面无表情地说：朵朵听到爸爸叫他了。

朵朵满月这天，乐乐带着阿姨，抱着朵朵来到了小屋。

镜框里，是她和王天宇的结婚照，他们没有婚纱照，就是普通的合影。两人看上去是那么青涩，那么不解风情。

乐乐抱着孩子，对着照片说：天宇，今天，我们的孩子满月了。你看，现在我们一家团聚了。我想你一定能看到我们的朵朵，她都会笑了，她将来一定比我漂亮，比我聪明，比我幸福……

蔡阿姨是个知道心疼孩子的女人，在一旁说：这房间真冷，别冻坏了孩子，咱们回去吧！

乐乐说：你抱她先回去，我再坐一会儿，和朵朵爸爸说会儿话。

阿姨便抱着孩子回去了。

方桌的玻璃板下，压着她和王天宇在苏州园林的合影，她一张张地看，回忆那时的情景，在虎丘，在拙政园，在沧浪亭，在留园，在狮子林……她发现王天宇的面部表情几乎没有变化，不怒也不笑，一脸的无辜。照片还是从前那些照片，但人活着和人死了，看上去是那么不一样。

她突然悲恸地大哭起来，这是王天宇牺牲后，她第一次如此放肆地哭。

此时，她知道了什么叫生离死别，她太想念他了，想那个颀长的身影，想得肝肠寸断……

咚咚咚，一下一下一下……乐乐听到了走廊熟悉的脚步声，侧耳聆听，她倏地停止了哭泣。方飞虎推开门，看到她眼圈红红的，目光恍惚……不由心疼地叫了声：乐乐……

乐乐看着他，脸上兀自现出惊喜，扑到他怀里说：天宇，你回来了……我真的好想好想你……

接着，在方飞虎怀里嘤嘤痛哭起来。

转眼，方飞虎的胸前被洇湿了一片。

哺育孩子的辛劳以及精神上的折磨，让乐乐更加瘦弱单薄，方飞虎搂着乐乐轻盈的身体，除了心疼还是心疼，他知道乐乐把他当成王天宇了，只要她愿意，就让她把自己当成王天宇吧。

不知过了多久，乐乐终于哭够了，把头靠着哥哥的胸膛说：哥，我没听够，麻烦你再走一次好吗？

方飞虎什么也不说，转身出去，咚咚咚……又走了一遍。对乐乐来说，这是世界上最好听的声音。那晚，方飞虎不知在走廊里走了多少个来回……

乐乐把方飞虎拉进屋的时候，看到了哥哥脸上的泪痕。

哥，谢谢你……谢谢你让这里所有的东西都在。

方飞虎只得苦笑着说：我在为王天宇站岗放哨。

乐乐说：也是为我，让我在尘世有一块凭吊他的地方。乐乐说完，指着相片说：你看呀！他的眼睛总像一湾清水，他总是那么天真无邪的样子。哥，你没梦见过他吗？他没对你说过什么吗？

方飞虎说：梦过，还不止一次呢。

他说什么了吗？

叫我替他照顾你。

这个不用他说，我哥不照顾我，照顾谁呀？他还说什么了？

方飞虎想了想，说：他好像说来说去就这一句话。

他就是这样，榆木脑袋，到死还是这样。哥，难为你了，我把自己的痛苦转嫁给你，我是不是太自私了？

方飞虎说：在山东老家，第一次见到乐乐你，我就已经感到，未来，你的痛苦就是我的痛苦。你还记得吗？大鹅追你，把你吓哭了，以后你就不敢在地上走，一出奶奶家的门就叫我背着。我教你背诗，鹅鹅鹅，曲项向天歌，白毛浮绿水，红掌拨清波。你一听到鹅就哭。

哥，那样的日子再也回不去了。

方飞虎说：朵朵该吃奶了，你该回去了。

第二天，曲国防来了，手里拎着进口奶粉和益智玩具，斜穿大半个市区来看王天宇的孩子。进门就说，他现在飞国际航班了，孩子的奶粉他全包了。

孩子满月，最让乐乐想不到的人也来了，他就是冯七良。

冯七良进门的时候，乐乐轻轻叫了声：冯叔叔……您怎么来了？

冯七良说：噢，我来看看孩子，听说是个千金。

冯七良伏下身子，看了看孩子，一时就没话了。他来得突然，乐乐也不知和他讲什么。

冯七良说：我应该是你最恨的人吧？

乐乐木然地看着他。

冯七良继续说：那天，我的预判和气象台预报都出现了问题。

你知道吗……我之所以没有放弃那天的转场，或者说没有中断那天的飞行，我是有过慎重考虑的……勇往直前，一直是我们这支英雄部队的传统。我听你父亲讲过，1951年大和岛空战，我们的轰炸机群遭遇佩刀F-86偷袭，不到一分钟，四架轰炸机坠毁，在敌机的疯狂围攻下，指挥那场战斗的指挥员，也是我师的第一任政委，稳健地下达命令：勇往直前，保持队形，继续完成轰炸任务。那次战斗虽然损失严重，我们牺牲了十九个飞行员，摔了数架飞机，但意义是伟大的，它标志中国空军在成立不到一年的时间里就参加了协同攻岛战役，标志我们从被敌人轰炸到可以主动出击轰炸敌人，它在中国空军的历史上永远是史诗般的存在……作为一个航空兵师长，我深知，复杂气象转场对部队是一种必不可少的锻炼，对飞行员是种难得的历练，我甚至想过，用不了几年，我的位子就是他的，可是……谁想到危险天气比预报的早来了一刻钟，那个短暂的雷电就击中他了呢？人们常说，天有不测风云，我怎么就忽视了这句话呢？看来人是不能和老天较真的。那天如果那个雷电略早些或略晚些，情况就翻转了，那就会变成一个在恶劣天气下的堪称完美的转场……我们会得到上级的通报嘉奖……不过，灾难就是灾难，英雄就是英雄，这是不同的两个问题……好在我就要解甲归田了。

走之前，他拿出了一个亮晶晶的东西，说：我没有什么送给孩子的，你穿个红绳，留给孩子做个纪念吧！

乐乐接过来仔细地端详，是一个光滑的精心打磨的金属飞机挂件。

冯七良继续说：我们师每坠毁一架飞机，我都取一片残骸留作纪念，这块是王天宇飞机上的。

乐乐的眼泪噗噗地落了下来。

不久乐乐听说,冯七良转业了,他没有选择留在上海,他不适应上海繁华喧嚣的生活,他选择了回苏北老家。他的新夫人选择和他离婚。他让那些不了解他的人把他当成了笑话。

33

春节,韩涵、方飞虎和乐乐带着刚满周岁的朵朵回南京。火车上,别人都以为这是一对恩爱的小夫妻和他们的母亲。

到了家,一个小男孩打开门探出头,问:你们是谁呀?

方飞虎蹲下来,拉着男孩的手,笑着问:你先告诉我,你是谁呀?

男孩说:我,你们都不认识呀?我叫方铁骑,我是方天楚的孙子呀!

男孩逗得方飞虎和乐乐哈哈大笑。

这时,黄婉秋迎出来,拉着韩涵的手说:欢迎你来家里和我们一起过年。

朵朵和外婆见生,咧嘴哭了,把两只小手伸向方飞虎。

外婆说:还真是外甥亲舅嘞!

乐乐问:我哥和降央卓玛没回来呀?

黄婉秋说:你哥和你爸这对冤家的仇看来是解不开了。

韩涵笑着说:父子俩能有什么深仇大恨?

黄婉秋说:两人犯冲,不提他们了。老方说了,今年多了两个孩子,要好好热闹一下。

乐乐问:爸爸呢?

黄婉秋说：下部队了，但他说了，今年的年夜饭要一起吃的，他还要给两个孩子发红包呢！

方飞虎带着孩子在客厅里玩。

黄婉秋、韩涵和乐乐闲聊，乐乐说：这么多年了，我哥和我爸还不和解？我哥犟得真像头驴。

黄婉秋说：唉，你哥从小就野，长大远离我们，其实就是不想让我们干预他的事。这些年来，他处境不好，也从来不和我们说。你爸早就想把铁骑接过来上学，毕竟是孙子，可是你哥呢，死活不干。

乐乐说：铁骑是怎么来的，不会是自己跑来的吧？

黄婉秋说：唉，你哥离婚了，孩子判给了降央卓玛。我给她打电话，说了你爸想接孩子来上学的意思，我还对她说，你还是我们家的媳妇，想孩子，随时可以来家里看孩子。没想到她同意了，还自己把铁骑送了过来。

哥哥为什么离婚呢？

你知道你哥哥那个坏脾气，还用问吗？他把降央卓玛的一只耳朵都打聋了，人家要告他，他要坐牢的，好在卓玛念他是孩子的爹，最终没有告他。

乐乐说：性格决定命运，我哥也够可怜的，但是大人离婚，更可怜的是孩子。

黄婉秋说：你别说，我真没想到，你爸和你哥那是前世的冤家，但你爸和铁骑，那真是前世的缘分。自从铁骑回来，你爸可开心了，过去找个理由就去部队蹲着，现在下部队都少了。铁骑整天像你爸的跟屁虫，早晨跟他跑步，晚上跟他散步，夜里吵着要跟爷爷睡。

乐乐说：看来我爸是把希望寄托在孙子身上了。

黄婉秋说：可不，把孩子弄得像童子军似的，不学诗歌，不背小九九，整天教他背一些飞行参数。

乐乐说：我爸大概是在训练铁骑记忆力吧？

这时，就听那边的铁骑在给方飞虎讲故事，讲得绘声绘色，仔细听，原来讲的都是爷爷的故事。

乐乐好奇地问：这些事他是怎么知道的？

黄婉秋说：谁知道，还整天和我讲呢。

方天楚回来了，铁骑跑着去开门，一下就扑到爷爷怀里。

方天楚左手牵着孙子，右手抱着外孙女，高兴地说：今年家里一下子添了两口人。

铁骑见家里人多，电视里又是莺歌燕舞的，表演欲有些膨胀，于是拉着方天楚说：爷爷，今天您还没考我呢！

方天楚说：差点忘了，让我想想，就表演个准备起飞吧！

铁骑找了个小马扎，板板正正坐定，然后说：塔台塔台，洞拐准备完毕。

爷爷说：开机。

于是铁骑小嘴飞快地翻动：右上五下一，左上全打齐，关电台，看电压，推油门，按双发……洞拐请求起飞。

爷爷说：洞拐可以起飞。

铁骑倒背双手，呜呜呜在房间里跑了一圈。逗得大家开怀大笑。

方天楚感慨地说：今年是值得庆贺的一年，我们军区在完成训练任务的情况下，飞行事故万时率（每飞一万小时发生事故次数的比率）下降到万分之零点三，飞行事故率大大降低。我们家呢，第三代都回来了。里里外外都不错，我们要庆贺一下。

他把珍藏的茅台酒拿出来，说：我第一次击落敌机，喝过茅台；到北京，总理请我们喝过茅台；之后立功受奖，喝过茅台。今天家国兴旺，我们也喝茅台。

老爷子酒量大，方飞虎见父亲开心，频频添酒，黄婉秋、韩涵和乐乐也陪着喝了两杯。方天楚让孙子尝了一口，问：好喝吗？

铁骑咂巴咂巴嘴，说：香。

爷爷听后哈哈大笑。

爷爷酒过三巡，笑起来像个弥勒佛，他把孙子抱到大腿上说：铁骑，讲讲爷爷打飞机的故事吧！

铁骑从爷爷腿上溜下来，撸了撸袖子，绘声绘色地讲了起来……

事还是那些事，但出自孙子的口，就有些不一样了。铁骑把爷爷一次次击落敌机的经过，叙述得活龙活现，演绎成了童话版的孙悟空三打白骨精……

爷爷看着孙子，抿着酒，笑得合不上嘴。

乐乐说：铁骑比我知道的还多呢！

黄婉秋问：铁骑，告诉奶奶，这都是谁讲给你听的呀？

铁骑小脸一横，说：我爸爸呀！

几个大人，你看看我，我看看你，这谁都没想到。

只有乐乐说：其实咱家最崇拜爸爸的是骄骄。

一时大家都不说话了。

方天楚喝了杯酒，说：骄骄从小就调皮捣蛋，给我惹了不少麻烦，我没少打他……降央卓玛来，说他们困难的时候，饭都吃不饱……但他硬气，从不向我张口，做父亲的挺亏欠他们。

黄婉秋有意岔开话题：你爸老了，现在知道喜欢孩子了，我倒是担心他把孩子宠坏了。

方飞虎说：爸大概想把铁骑培养成飞行员吧？

方天楚说：方之骄快两岁时跟我坐过刘司令的专机。

乐乐说：我去内蒙古时，听哥哥和别人说过这事，我还说他吹牛呢，看来是真的。

方天楚继续说：那天遇到气流，飞机上下颠簸很厉害，只有骄骄一个人，没有一点晕机的意思。当时飞机上的人都说，骄骄长大是当飞行员的料……慢慢地，他就把当飞行员作为梦想了，可是他性格上有缺陷，喜欢打架，后来把腿弄坏了，这事他有些受不了，对他打击很大。

谈起儿子，方天楚有几分愧疚，于是，想换个话题，便看着方飞虎说：虎子啊！B空司令的女儿不行，那个女博士也不行，你到底想找什么样的？你到底是想找阿诗玛呀，还是要找刘三姐？

方飞虎被问得红了脸，不知该怎么说。

方天楚有些责怪地说：你一个飞行干部，总在机关里窝着，我看不合适，作为一个训练处长，不飞行怎么抓训练？

方飞虎说：爸，我经常下部队，您放心，除了抓训练，我没有中断过飞行。

方天楚说：改革开放后，民航发展迅速，空勤人员不够，以高待遇和出国为诱饵，来挖我们空军的墙脚。我听说下面一些飞行员动了心思，想调到民航。

方飞虎说：爸爸消息真灵啊！

方天楚叹了口气，说：还是我老部队的飞行员，找到我这来了。不批怎么办？留在部队早晚要出事。

方飞虎说：我来机关后，他们也找过我，这些优厚的条件很吸引家属在上海的飞行员。

你也动摇了？

方飞虎说：作为一个战斗机飞行员，我一直觉得非常光荣和自豪。

方天楚满意地说：那我就放心了。最近，空军专门召开了加强空勤队伍建设的座谈会。抓飞行人员队伍建设，首先抓飞行人员队伍的思想建设，这是空军的优良传统，也是飞行人员队伍建设的根本所在。

方天楚又说：部队思想建设固然重要，训练和安全也非常重要，你作为训练处长，要处理好训练和安全的关系，这个问题不是说说的，要动脑筋，想透，想明白。

方飞虎说：您提醒得及时，我回去就要筹备训练工作会议。

方天楚说：提高飞行员的素质，首先要抓指挥员队伍的建设。兵熊熊一个，将熊熊一窝，在抗美援朝空战中，这个问题表现得非常突出，哪一个带队长机，在空中表现得智勇双全，空战就打得好。

方飞虎点头说：我最近下部队发现装备逐年老化，器材保障不足，飞机失修状况日益严重，这是安全的隐患。

方天楚说：保证飞行安全是关系到空军建设的一件大事，在这方面我的感触太深了，抗美援朝时期，一次，战斗起飞八架飞机，就有两架因为故障而不能起飞，不仅贻误战机，而且还造成了战友的牺牲，血的教训。几十年来，我亲眼见过和亲自处理的飞行事故不下百起，那些惨痛的场面和教训，深深地烙在我的心中，挥之不去。我们现在规定的万时率是零点三，有的同志提出要取消这个万时率。我以为有这个指标和没有这个指标是不一样的，有了这个规定，在安全工作上就有个抓手，有个目标，有个约束。

方飞虎问：爸，以您多年的经验，事故是不是难以避免的？

关于事故是不是难以避免这个问题，要辩证地看。飞行是在空中进行的，影响飞行安全的因素有多种，有飞机本身的因素，有飞行员的思想、技术、身体等方面的因素，有组织指挥和地面保障的因素，还有天气和一些难以预料的因素，其中，只要某一个环节出了问题，就可能发生事故，从这个意义上来说，要完全避免飞行事故是不可能的，也正是从这个意义上来说，"事故难免论"有它合理的一面。但是事在人为，影响飞行安全的因素再多，除了极少的意想不到的情况外，绝大部分是可以避免的，从这个意义上来讲，"事故难免论"是不对的，事实也完全证明了这一点。就空军来说，要避免飞行事故是不可能的，但是就一个航空兵师、团来说，长期保证飞行安全是可以做到的。我们军区下属的一个师，已经保证了十年飞行安全，从全空军来看，有的已经保证了十多年的飞行安全。这都是非常好的例子。我们有的飞行员飞了几十年，退休之前，事故征候都没有发生过的大有人在。这样的飞行员就应该给他立功嘉奖。还比如我们下属的两个师，飞的机型一样，地理环境也差不多，三年来，一个师摔了六架飞机，另一个师摔了二十二架飞机，两个条件相似的师，为什么在安全方面出现如此悬殊的结果呢？一定要带着问题下去深入地查一查，到底是什么原因造成的。空军提出的"以预防为主，以训练质量为基础，以提高战斗力为目的，积极保证飞行安全"的指导原则，是空军多年来保证飞行安全的基本经验。

两人边喝酒边谈话，一个尽兴地说着，一个沉迷地听着，似乎忘记了其他人的存在。

孩子们都睡了。黄婉秋和韩涵坐在沙发上说话，乐乐趴在哥哥的肩膀上，听爸爸讲话。

今晚方天楚高兴，显然喝多了，最后嘟嘟囔囔地说：机关没意思，没意思，还是下部队，到飞行团好……除了飞行还是飞行，没有其他的烦恼。

韩涵说：真是不是一家人，不进一家门。

黄婉秋说：你看咱虎子，多出色的孩子，性格、气质、模样都好，就是媳妇迟迟不往家里领。

韩涵努努嘴说：虎子的心思在哪儿，你还看不出来呀？

黄婉秋抬头看了看饭桌上的三人，突然怔住不说话了。

黄婉秋说：我们真是睁眼瞎，你看，这不是现成的一对吗？

入夜，方天楚躺在床上睡不着，叹着气说：我说这孩子呀，哪儿都不错，就是个人问题处理不好。唉，他这样拖着，影响下一步的使用呀！冯七良不就是一个好例子吗？个人问题搞得鸡飞狗跳，耽误了大好前程……想起来让人心痛。

只听身旁的黄婉秋说：虎子和冯七良可不一样，你还没看明白吗……我算是看明白了。

你看明白什么了？

那个B空司令的女儿，那个女博士，谁看到她们的影子了？神龙见首不见尾，你不觉得蹊跷吗？依我看都是子虚乌有。

你想说什么呢？

他喜欢乐乐，你没看出来吗？

你瞎说什么，乐乐和王天宇还是他给牵线搭桥的呢！

那是因为乐乐喜欢王天宇，虎子一切为妹妹着想，把自己的心事藏着。你还记得吧？小的时候乐乐回老家，乐乐想要河里的鱼，他给抓，乐乐想要鸟蛋，他就给上树掏。我算看明白了，你不信？

方天楚猛地从床上坐起来，说：这小子，藏得这么深。这是好事呀！都怪我们粗心了。

也不能怪你，你一直把虎子当亲儿子，自然想不到要招做女婿。虎子情深，对乐乐的感情一直埋在心里不说，大概是怕伤害我们，也怕伤害乐乐。这孩子总是委屈自己，成全别人。

方天楚想了想，说：你别说，虎子和乐乐，两个孩子真是般配。明天你去征求一下韩涵的意见。

她毕竟是虎子的亲妈，想必是早就看出来了，今天你们在那儿说话，还是她提醒我的。

方天楚说：这个韩涵，她这次来南京，弄不好就是为这事来的。

黄婉秋说：可不，你听她说，火车上别人以为朵朵是她孙女呢！

不错不错，亲上加亲，没有比这再好的了。

方天楚冷不丁地说：我想李子虚也会高兴的。

34

方飞虎和乐乐的婚礼在军部小灶举行，没摆酒席，只有糖果、花生、瓜子和茶水。

这场婚礼除了家人，还有方飞虎老部队的战友、机关的同事。

婚礼引人注目的是证婚人。空军副司令张凯下来检查工作，他和李子虚是老航校同学，也是方天楚的老上级。听说李子虚的儿子要和方天楚的女儿喜结良缘，主动提出做两个年轻人的证婚人,也算告慰故人。

空军副司令出席婚礼并当证婚人,锦上添花,一时,大小领导云集。

这让方飞虎感到意外,甚至有些不自在,他一个训练处小处长,即便是方天楚的养子和女婿,也不配有如此规格以至惊动空军副司令做他的证婚人。

无论如何,方飞虎是这天最幸福的人,这一天给他带来的喜悦不亚于他被正式招飞的那一天。

方飞虎穿了一件培罗蒙定制的毛料藏青色暗格西服,天蓝色衬衣,没扎领带,下着蓝军裤,健硕潇洒。乐乐没有披红戴绿,白衣白裙,妩媚大方。两人胸前别着红花,乐乐抿着嘴,娇小可爱,紧挨在高大的方飞虎身旁,依然像小妹妹依偎着大哥哥,缠绵又般配。他们立在门口,迎接着入场的嘉宾。

张凯到了,和方天楚、黄婉秋、韩涵握手,说:老方啊,两个孩子的证婚人,没有比我更合适的人选了。

方天楚说:你和李子虚是老航校同学,这个证婚人你不当谁当?

张凯说:子虚英年早逝,留下遗孤,是你一手栽培长大,老方你劳苦功高。

张凯又握着韩涵的手说:小韩,这几年在儿子身边开心吧!

韩涵说:那要感谢幕后的你和宋大伟。

婚礼热热闹闹地开始了。

铁骑领着朵朵满场子乱跑,降央卓玛照看着两个孩子。乐乐在婚礼前通知了二哥骄骄和降央卓玛,但二哥没来。

当主持婚礼的后勤部部长宣布证婚人讲话时,一脸严肃的张凯,迈着军人的步伐,走到两位新人面前,接受了新人的敬礼,然后清了清嗓子，说：在证婚之前，我要先给大家讲个故事。刚刚还热闹的婚礼，一下子变得肃静下来……

方飞虎的亲生父亲叫李子虚，我们同是老航校一期乙班同学。老航校被誉为中国空军的摇篮，它最初建在吉林省通化市，航校有几架东拼西凑的破飞机，国民党想把航校扼杀在摇篮里，经常来轰炸，航校被迫迁至黑龙江省牡丹江市，国民党飞机又追来轰炸，航校再次迁移到黑龙江东部的东安。我们那时有个响亮的口号，敌人想叫我们趴在地上，我们一定要飞上天去。国民党飞机通常在上午十点到下午三点这个时间段来轰炸，我们就把飞机隐蔽起来，在上午十点之前，下午三点之后组织飞行。那时，生活环境十分艰苦，我们自己盖房子修跑道，自己开荒种地，自己养猪磨豆腐，老航校的飞行学员就是在这样的环境里飞出来的。除此之外，我们边学习边四处搜集飞机零件，我们叫捡洋落，现在叫捡破烂。李子虚出身名门，他父亲早年在英国留学，归国后加入了共产党，在上海从事地下工作。李子虚文化水平比我们高，精通诗词书画，经常充当我们的文化教员。我们在辽阳收集器材时，他认识了当地的铁路工人金永祥，知道他有两只崭新的飞机轮胎，就想弄回来，但金永祥不给。其实呢，金永祥也不是不给，他见李子虚人好，便想招他当女婿。李子虚见他女儿还小，当女婿也不是眼前的事，为了两个轮胎，就答应了。谁知数年后，抗美援朝战争爆发，我们又回到了辽阳，在二线机场训练准备入朝参战，也就在那时，金永祥带着闺女甜妹找到了我们。这时，甜妹已经是楚楚动人的美人了，李子虚自然一见倾心，两人相爱了。后来，我们开赴一线机场，李子虚作为空中指挥的大队长，英勇顽强，共击落四架敌机，在一次空战中坠机身亡。在我们办理烈士后事时，关于他父母的下落依然语焉不详。最近，我们通过国家有关部门，得到了李子虚父母的信息。他的父亲原名李文翰，曾化名李耳，祖籍山东胶州大店。他的母亲原名刘焱，曾化名项韦，江苏无锡人。他们曾以夫妻名义在上海从事地下工作，国民党撤离时被我党派往台湾，50年代被捕，惨遭国民党杀害。真乃"赤子丹心昭日月，英雄肝胆映山河"。李文翰、刘焱、李子虚一家三口为国捐躯，方飞虎是他们唯一的后代。

说到这里，下面有人问：甜妹呢？说说甜妹呀！

副司令清了清嗓子说：

金永祥和甜妹都是辽阳的支前模范，金永祥先于李子虚牺牲在朝鲜，得知李子虚也牺牲在朝鲜后，甜妹毅然参军入朝，加入了赫赫有名的野战卫生列车大队。到了朝鲜，她救护了不计其数的志愿军战士，还营救了我们一位跳伞的飞行员。

甜妹在朝鲜时发现自己怀孕了，但她一直坚持救护伤员，直到1953年底才回国……归国后，她生下了孩子，后来，她把孩子交给了李子虚的战友方天楚，后来，你们都知道了，方天楚成了方飞虎的养父。

全场唏嘘不已，有人催问：甜妹呢？甜妹如今怎么样？

副司令走到韩涵面前，牵着她的手，让她站在自己身边，然后对大家说：甜妹现在叫韩涵，是我们空军西湖疗养院的副院长，也是一位理疗专家。

婚礼现场响起了经久不息的掌声。

虎子走到妈妈身边，母子相拥。

方天楚和黄婉秋眼里涌出了泪水，但脸上却露出了欣慰的笑容。

副司令又接着说：我至今保留着李子虚送给我的一张条幅，

我没有什么贵重的东西送给这对新人,我把这张条幅送给他们,我想对他们来说,这是最珍贵的礼物了。副司令的秘书展开了一张装裱精良的条幅,只见上面写着:敌人想叫我们趴在地上,我们一定要飞上天去。

方飞虎还是第一次看到父亲的手书,当他郑重地接过它时,似乎嗅到了父亲的气息,他泪如雨下。

他说:谢谢首长,我没见过父亲,今天见字如面,父亲的手书对我来说是最最珍贵的礼物。

这晚,方飞虎和乐乐回到了他们的新房。这是部队新造的公房,三室一厅。这天,压在方飞虎心底的那块沉重的石头,终于搬掉了,他的祖父祖母原来和父亲一样,都是为国捐躯的英雄。他和亲生母亲终于相认,他还娶到了他一生的爱人。

这晚,方飞虎终于对乐乐说出了在他心里积压了很久很久的一句话:乐乐,你第一次回老家,第一次趴在我的背上,那么轻,柔软得像个羊羔,那时我就对自己说,将来我一定要娶这个小乐乐。从此我就一根筋,非乐乐不娶。

乐乐依偎在虎子温暖的怀抱里,多么熟悉的气息,这是她从小就喜欢的味道……她说:哥,这些年,你太苦了。

我一直以为,暗恋是世界上最美的一种情感……其实我很幸福,感谢上苍给了我这样一个冰清玉洁的妹妹,不,是我今生今世的爱人。

方飞虎抱着乐乐,乐乐依偎着他。秋夜,安静极了。

窗外,啪嗒……啪嗒……啪嗒……

哥,落雨了吗?

不是,是落叶。

噢，梧桐落叶的时候，天就凉了……她想起王天宇曾说过的话。

新婚之夜，他们没有做爱，默契地选择了以这种方式怀念王天宇。

35

方飞虎走马上任 D 师师长。

方飞虎的生活也步入正常轨道，他的爱终于有了安放之处，他如愿以偿地得到了他今生今世的爱人，那是植根心灵深处的初始之爱，它包含得太多，承载得太重，是感恩加亲情的异性之爱。他有时也责怪自己，冥冥之中，是不是自己的执着和深情弑杀了王天宇的生命。

如果他那时没有阻拦王天宇去民航，反之鼓励他去，那么他或许就不会死。对于王天宇的死，他是加了砝码的，想到这里，他的心不免痉挛。

对于生于飞行之家的乐乐来说，对她影响深刻的，都是穿制服的飞行员，如果再嫁，除了方飞虎，她不可能另爱他人。

方飞虎上任后，乐乐又过上了几乎独守空房的生活，她不抱怨，这是她从小便熟悉的生活状态。

此时，中国已经进入改革开放时代。

中国敞开了大门，积极和国际社会交往，世界也向中国敞开了大门。

早在 1984 年 6 月，受美国邀请，国防部长张爱萍就率领中国军事代表团访美，受到了热情友好的接待，参观了美国的一些军事机构，让中国军事代表团大开眼界。

1987年初春，受美国空军参谋长韦尔奇上将邀请，方飞虎随空军代表团出访美国。

此次出访，给方飞虎留下了深刻印象。

美国军方让中国军方享受了盟军待遇，参观了很多重要的军事设施和基地。比如内利斯基地，也就是著名的红旗靶场；戴维斯芒顺基地，也就是老旧飞机存放维修中心；巴克斯法尔基地，就是第八航空队司令部；伯特里克基地，也就是空军航天导弹发射中心；西开姆基地，就是太平洋空军司令部；还有五角大楼空军地下指挥所，北美防空司令部下沿山地下指挥所，以及空军军官学校。

这次访美，既让方飞虎看到了中美空军的巨大差距，同时也看到了中国空军新时期发展的方向，路漫漫其修远兮。但对于方飞虎个人来说，还有着意想不到的收获。

在参观完五角大楼空军地下指挥所的晚宴上，他听到美国一位空军上将和中国空军司令的一段对话：在朝鲜战争中，我曾被你们击落过。

司令说：的确，在那场战争中，我的大队击落过几十架你们的飞机，我本人也击落数架你们的飞机，当然，我本人也被你们击落过，跳伞捡回了一条命。

上将说：不过可以肯定，我不是被你击落的。

司令大笑说：但愿你不是我击落的，那会给我们今天愉快的晚宴带来尴尬和不快。不过，你怎么能肯定不是我击落的？实事求是地说，空中格斗，谁击落谁，很难说清楚。

上将说：我可以肯定地说，击落我的飞行员战死了。

司令对上将的话似乎产生了浓厚的兴趣：你是亲眼见到了

吗？据统计，我们在抗美援朝牺牲了一百十六位飞行员，我们和你们飞行员伤亡的比例，是一比一点四。你们统计双方伤亡的比例和我们的统计相差极大，我并不觉得这有什么离奇，战争嘛，都是各说各的。我最近读了你们的《朝鲜战争中的美国空军》一书。书中说在朝鲜，美国和盟军空军共损失飞机一千九百八十六架，其中，空战仅损失一百四十七架，这显然是天大的笑话，因为除了友军，仅志愿军空军就击落了三百三十架，还不包括损伤的飞机。

上将幽默地说：把敌我双方统计的数据相加除以二，也许才是个真实的数据。

大家哈哈大笑。

笑毕，司令指着方飞虎说：这位年轻的方飞虎师长是烈士的后代，他父亲也是我的战友，就是在朝鲜空战中牺牲的。

将军说：我清楚地记得那天，1953年4月9日，也是停战前三个月，我们奉命去炸朝鲜的一个水库。我们知道，你们的米格飞机一定会去拦截我们，并且知道会发生殊死空战。果然，在江边入海口我们就遭遇米格-15拦截，我的中队长先被中方飞机击落，我的飞机和你们的米格-15在海上展开了格斗。那是一个空中技术极好的飞行员，我的飞机尾翼很快被他击伤，我只能选择跳伞逃逸。好在制海权是我们的，我在落海后，瞭望空中……以他的飞行动作和姿态，起初我以为是苏联人……当他向我俯冲的时候，我想我完了，我成了他的靶子，或是他要与我同归于尽。我清楚地看到那是一张亚洲人的面庞，我们有过短暂仓促的一瞥，我睁大眼睛，等待死亡的降临……然而，在他接近我的时候，并没有开炮，而是操纵了飞机，让它在我的头顶越过，扎进了我身后的那片大海……我们监听到他最后的话是用英语说的：I will cut you some slack just because we do the same thing.（我放过你，只因为我们是同行。）后来我们的舰艇及时赶到，我被救起。我们也打捞上来了他的遗体，把他体面地安葬在了汉城公墓，并视他为人道主义英雄。

司令严肃地问：你知道他的名字吗？

将军说：非常遗憾，我不知道他的名字，但我保留了他的一件遗物。今天我把它带来了。将军边说边从身上掏出了一张塑封的相片。

司令接过来，从怀里掏出眼镜仔细辨认，眼里慢慢涌出了泪水。

将军问：你认识？

司令缓缓地说：他是我们一直在寻找的战友。然后，他把方飞虎拉过来，对将军说：这就是李子虚的遗孤，他父亲牺牲的时候，他还没出生呢，现在已经是我军最年轻的航空兵师长。

将军拉着方飞虎的手说：你父亲一定是个受过很好教育的人，是具有人道主义品格的国际主义英雄，他虽然击落了我，但他却是我的恩人，我会永远纪念他。无论在中国还是美国，他都是一个伟大的飞行员。这张照片一定是你父亲，现在，我把它还给你。

方飞虎双手接过照片，照片上的父亲李子虚英气儒雅。他看向窗外，在历史漫长的岁月中，曾经有过那样幸福的瞬间，此时，他的目力似乎已经回望到了朝鲜湾那片湛蓝的海……

将军说：请转达我对你母亲的敬意，如果我的愿望能达成，我一定去拜会她。

方飞虎并不知道将军的愿望是什么，但从将军口中，他终于知道了父亲的牺牲之谜。父亲在那场空战中击落了两架敌机，因燃油耗尽，他没有选择跳伞做俘虏，而是选择和飞机共存亡。在那场战争中，中国空军一直保有无战俘的纪录。

父亲在即将离世的最后关头，没有向失去自卫能力的同行开炮，高远的境界超越了战争的局限。

战争在人类历史长河中毕竟是短暂的，而和平是长远的。

方飞虎在美国给朵朵买了一个漂亮的洋娃娃，金发碧眼。他深爱那个孩子，因为她是王天宇的女儿，也是乐乐的女儿，他在爱着朵朵的同时，感悟到了这些年方天楚对他的爱。

1990年，乐乐给方飞虎生了一个女儿，取名丹丹。这年，朵朵已经五岁。都说，飞行员生女儿的多，可不，到飞机场看看，满地都是丫头片子。

36

新中国成立后，中国空军装备的一直是苏联的米格-15、米格-17、米格-19、米格-21战机。20世纪50年代初期，中国开始研制国产战机，陆续装备国产战机歼-6、歼-7、歼-8，但均属二代战机。

20世纪70年代末，中国打开国门，开始走出去，看到了西方世界的先进战机，这才真正感受到了东西方之间存在的巨大差距，有了追赶的方向以及强烈意识。

20世纪80年代末，遭到美国制裁后，中国决定向苏联购买飞机，以弥补中国在军事上的短板。

出于地缘政治的考量，中苏双方一拍即合。尤其是中国老一代飞行员们，总会念念不忘他们的飞行教官，以及在朝鲜战场那些叱咤风云的榜样。那时，苏联飞行员们在空中做着精美绝伦的特技动作，看得他们眼花缭乱，血脉偾张。

1989年5月，戈尔巴乔夫访问中国，解除了中苏两个大国三十年的冰冻期。

1990年4月，中苏双方共同签署了《合作纪要》。5月，中国正式向苏方订购二十四架米格-17军用直升机，这成了中苏双方坚冰解冻后的第一单贸易。

紧接着，方天楚率队出发，去苏联洽谈购买米格-29，这款战机是苏联当时最先进的三代战机。

在苏联的欢迎酒会上，有几位老将军引起了方天楚的注意，他准备一会儿敬酒的时候，向他们打听一下教官伊万的消息。就在他这样想的时候，他发现了一张熟悉的面孔，是他，苏联老团长安德烈。这场意外的重逢让他们久久地相拥在一起，之后，他们自然谈到了伊万。安德烈告诉他，伊万在朝鲜击落十八架敌机，比他击落的敌机还多，伊万是战无不胜的苏联英雄。方天楚疑惑地问：那么伊万是怎么牺牲的？安德烈说：敌人是永远击落不了他的，伊万不是被敌机打下来的，他是被自己人误伤的。战场上这样的悲剧不是不可能发生，只是某一阶段我们不能说出真相罢了。

方天楚说：伊万是个好教官，这些年我一直怀念他。

这样的相聚自然是要豪饮的，当伏特加的酒意蔓延上来，回忆曾经共同的峥嵘岁月，真还有说不完的话。酒越饮越爽，话越说越近，喝到这个份上，彼此喝成了亲兄弟，说的都是干货了。安德烈挥着手说：买……买什么米格-29，不买不买，那玩意儿连第聂伯河的燕子都飞不过，要买就买蓝色闪电。

方天楚问：什么是蓝色闪电？

安德烈说：试试就知道了，我建议你去试飞一下，我还可以陪你飞个起落，当然如果你想拉个筋斗，我也可以奉陪。

方天楚是带着使命来的，一听此话，不免一个激灵，酒全醒了。三十年的封闭，对苏联空军的核心技术知之甚少，原以为米格-29是最先进的战机，听下来还有更好的呀！方天楚借着酒兴继续畅谈，安德烈肝胆相照，完全没了设防。方天楚得知，苏联还有一款蓄势待发的先进战机"苏-27"。他想：买就要买最好的。

酒会后，方天楚马上将新情况反馈给了国内。随后，中方便开始同苏军高层谈判，用苏-27来取代米格-29。自然，谈判并不顺利，人家自己还没装备呢，凭什么先给你们装备。

方天楚一行并没泄气，基于历史的经验，和苏联人打交道，死缠烂磨，耍点小性子还是好使的。不急，好饭不怕晚，再说，中国人在谈判上，向来是有耐心和恒心的。

最后机缘的促成，几乎缘于一个偶发事件。

既然不卖，那就是不谈了，那我看看总行吧，总不能白来吧？方天楚在酒桌上对苏联人说：多年前，我在丹东机场曾看过你们的飞行表演，那真是令人神往，那是我这么多年来难忘的回忆。这次来，听说你们的战机已是今非昔比，我们一行人很想"观摩"一下苏-27表演，一饱眼福，不虚此行。苏联人乍一听自然高兴，满口答应。但回去酒醒后一想，不对。于是，苏联人耍了个滑头。

苏联军方把他们一行人带到莫斯科郊外的库宾卡飞行基地，到了才知道，他们观摩的将是一场米格-29的飞行表演。

这天秋高气爽，一看就是飞行表演的好天气，看台上，中国代表正襟危坐，期待着苏联飞行员的表演。随着刺耳的轰鸣声响起，表演开始。

方天楚有些不爽，感觉被他们戏弄了，但很快他的注意力就被吸引过去了。

只见一架米格-29直冲云霄，雷霆万钧，鹞式飞行，宛若一支刺向天空的利剑。回场做低空特技表演时，大概是想让看台上的中国人惊艳，拉筋斗时拉到了极限，但炫技过头，造成操作失误，飞机妥妥地砸在了中方代表们面前。

机毁人亡，表演现场瞬间变成了空难现场，中国代表满脸的惊愕和紧张，但苏联人面对这码子事从容淡定，那边在处理事故现场，这边的备用战机已经拉出机库，准备继续完成既定表演。中方代表表情肃穆，是致哀，也是向牺牲的飞行员致敬。可是苏联人把中国人的肃穆解读为：你们拿这样的飞机卖给我们，这不打脸吗？我们真的不高兴了。

都说中国人爱面子，其实苏联人更甚。一向盛气凌人、以老大哥自居的苏联人觉得很没面子，此时，苏-27战机在中方代表的心目中，变得越发具有吸引力，购买苏-27的决心坚如磐石。这多少缘于刚刚牺牲的那位英雄——米格-29战机飞行员。

方天楚了解到，原来苏-27是苏联最新研发的一款先进战机，加之国内经济低迷，生产受限，苏联空军自己装备也不多。

中方代表不断跟苏联洽谈，经过多次交涉，苏联终于同意第一批向中国出售二十四架苏-27战机，但要求不能装备到长江以北，因为苏-27腿长，升限高，航程大，苏联方面担心中国装备了苏-27，给他们自己的国土安全造成威胁。

洽谈期间，在安德烈默许下，方天楚亲自驾机升空体验了一次，在万米高空做了一个横滚。老团长安德烈在后舱坐镇，成功再现了四十年前的场景。他们走下飞机相拥而泣，仿佛回到了激情燃烧的年轻时代。

苏联人看出中国人购买苏-27的迫切心情，狮子大开口，开出天价。于是再谈，边喝边谈，谈来谈去，据说最后谈成的价位，方天楚一行自己都不好意思说出口。当然，苏联人也有短板，二十四架苏-27也是东拼西凑，最后连双座教练机也拿来充数了。

1992年，造型又酷又帅、高大威武的双垂尾苏-27，像桀骜不驯的鸷鸟，长途飞行，从俄罗斯边境机场德日达直飞中国境内，在长江南岸降落，烟灰色高大漂亮的钢结构机库早已期待它们的到来。降落前，俄罗斯飞行员又进行了他们拿手的超低空通场鹞式表演，巨大的轰鸣产生的音效，险些把机场附近的民房掀翻。可惜前来接机欢迎的空军首长没有看到这精彩的一幕，因为他们的专机还没落地。崇尚飞行自由的俄罗斯飞行员离开国土便开始放鸭子了，比预定时间提前很多到达芜湖机场，当中国空军首长走下飞机的时候，俄罗斯飞行员列队欢迎，反客为主。

自然，这二十四架苏-27要装备给王牌师。

不久，中方又陆续购买了几十架苏-27。中国空军进入三代机时代。一时间，作为中国战机当中高大帅的苏-27成为航空兵部队的宠儿，飞行员们都以能飞上苏-27为荣。

后来，苏联又研制了苏-30，再后来，中方把苏-27的生产线也买来了，模仿生产了一款国产战斗机，取名歼-11。

这年年底，方飞虎师改装苏-27，三十八岁的他跨入了飞三代机的行列。

37

1995年年底，方天楚卸任。

在这之前，他到方飞虎部队观摩苏-27飞行表演。

他和方飞虎坐在塔台里，塔台是他熟悉的地方，甚至隔夜的烟味都叫他感觉特别亲切。面对天空和跑道的辽阔视野，他的心情有些激荡，如潮的往事扑面而来。

那个全师仪表飞得最好的戴自强，飞机刚起飞就反扣在他眼前，伞都没机会跳……

还有全师长得最帅的小伙王庆祥，夜航出去居然飞迷航了，茫茫夜空，谁知道他遇到了什么？

飞行有许多匪夷所思的谜，每一次事故白纸黑字，看似都有结论，起码理论上成立，但谁能证明那是真相呢？民间有一说，离地三尺神仙在，飞行员也有一说，离地三尺老天爷说了算。

勤务兵的声音打断了他的回忆：首长要茶还是咖啡？

方天楚说：来杯浓茶吧！

很快，勤务兵用白瓷盖杯给他泡了杯浓浓的毛尖。

方飞虎还是多年的老习惯，上了塔台滴水不沾，只有香烟一根接着一根。

方天楚喝了口茶说：大晴天，飞行的好天气啊！

副指挥员张大队长是个二十几岁的年轻人，笑着说：这不首长来了吗？老天爷给您面子。

方天楚笑着说：现在的飞行员都这么油嘴滑舌吗？

参谋长递了根中华给他点上，说：可不，这批年轻人都是喝蜜长大的。

方天楚说：难怪，我们是吃苦长大的，说出话来都是苦哈哈的。

一旁的方飞虎说：还抽？您不是戒了吗？

方天楚说：一步步来，在家戒了，在外面没戒，在塔台上更不能戒。

参谋长附和道：对，塔台和中华是绝配。

张大队长说：首长，吸烟有害健康。

方天楚看了看小伙子说：小嘴巴巴的，难道我不知道吗？我是想，抽二手烟还不如自己抽。想当年在丹东机场，塔台里总像生土灶一样烟雾缭绕，那时从没听说吸烟有害健康。别给我扯淡，给我说说苏-27的参数。

张大队长说：飞机是您引进的，您不是比我还清楚。

参谋长说：少废话，首长是在考你呢！

大队长一仰头，一串数据脱口而出，像是印在脑子里的。

这时，信号弹响起。

轰鸣声顿时响成一片，塔台里不断传来报告声：准备完毕，准备完毕……

方飞虎下令起飞。

飞机进入跑道，加速，转瞬间起飞跃升……

方天楚看得入迷，脸上现出复杂的表情。

这时，只见一架飞机超低空通场，高昂的鹰隼机头和漂亮的双尾垂翼令人惊艳，突然又大仰角拉起，姿态犹如眼镜蛇，令人惊悚。看到这一幕，方天楚多少有些激动，历经三十多年，中国空军终于进入了三代机的行列。

飞行结束，方天楚登上飞机，在机舱里坐了坐，臃肿的体态让他有些不适，但他还是像模像样地握了握驾驶杆，看了看仪表。

大小仪表的表针都是双针，他眼睛老花了，已经看不清指针，他不免有些失落。距在苏联试飞这款战机时隔仅三年，怎么连仪表盘都看不清楚了呢？

下飞机后，他到飞行员休息室和年轻的飞行员们见了面。在轻松的气氛中，年轻的飞行员希望首长给他们讲话。他说好吧，作为一个老飞行员就讲讲我对你们的希望：

抗美援朝时期，我们这些放牛娃出身的飞行员，驾驶着当时最先进的米格-15喷气式战斗机参战，那是多么大的荣光啊！我们置生死于度外，一心想打下入侵之敌，去北京见毛主席。我的飞机中弹两次，油量告急发动机停车两次，我都把飞机开回机场了，李永泰飞机中弹五十多发，摇摇晃晃地也把飞机开回来了。那时我们把飞机看得比生命还重，飞机没了还要飞行员干什么，就怕没飞机开，怕坐冷板凳。今天，你们也驾驶着最先进的战斗机，肩负着巡天卫国的使命，希望你们苦练拦截技术，不战而屈人之兵，当然，这还远远不够。中国空军任重道远，不先进就要忍受屈辱，就要挨打，归根到底，要有自己的国产机。毛主席说得好：独立自主，自力更生。中国还有句俗语：谁有不如自己有。我们要自己研发我们的四代机，甚至未来的五代机，我不是在这说瞎话，我们也许很快就会看见那一天的到来。一句话，我们不能光享受天之骄子的荣誉，而应当有所作为。飞行员永远爱蓝天。我说的爱蓝天，就是永远爱自己这个飞行的职业。

有人问：首长，作为一个飞行员，您最大的遗憾是什么？

方天楚眯起眼睛，埋头抽了几口烟，然后缓缓地抬起头说：这个问题问得好啊，问得好！我行将走下领导岗位，自然要回顾飞行生涯，这也是最近我思考得比较多的一个问题。但现在想来，作为一个老飞行员最遗憾的，是没有飞上最先进的国产战斗机……但我相信你们，你们以及你们的后代一定能实现这个愿望。说完他的眼睛潮湿了。

飞行休息室里爆发了热烈的掌声。

这年，已经卸任的凯特将军以私人身份来华。将军经过和韩国曲折的交涉，将李子虚的遗骸以及办理的相关文件带回了中国。在方天楚和方飞虎的陪同下，在杭州宾馆举行了交接仪式，将军亲手把李子虚的骨灰盒交到了韩涵手中，还了战场上欠李子虚的一笔账。

中美老兵见面，早已从敌人到朋友，化干戈为玉帛了。

中国人好客，何况又在杭州这种天堂一般的地方，方天楚以中国人待客的方式款待贵宾，喝白酒，吃中餐。

将军说：我有一个请求，李子虚对我来说，一直是个谜。不同的人种，不同的国度，不同的文化，不同的信仰，何况在当时，又是敌对的双方，他为什么放过我，没置我于死地？我想我们一定有共同的东西，所以，他生前是一个什么样的人，这个问题一直困扰我，我很想知道。

方天楚说：人都是血肉之躯，所以必然有共通的东西。说起李子虚，他虽然二十六岁就牺牲了，但他的故事太多了，今天他的妻子和儿子都在，我们一人讲一段。我先讲讲他的身世，他荣耀的祖辈。他和我是同乡，他住河那边，我住河这边，他家是书香门第，太祖是秀才……

之后韩涵讲了她和李子虚相识相爱的故事。

最后，方飞虎说：我是遗腹子，我没有见过我的父亲，但我是在父亲的战友、我养父的关怀下长大的，是他培养我成为一名飞行员……

将军听完，感慨地说：我和李子虚虽然有过匆匆的一瞥，但我感觉到了他的不一般，这次有幸听你们介绍，我的谜团解开了，他成了我眼前活生生的人，一个人格高贵的人。

聚会双方非常愉快。

恰逢此时，丹东志愿军纪念馆落成，方天楚作为抗美援朝战斗英雄被邀请去丹东参加落成典礼。

方天楚心潮起伏，他说：这是活着的人被邀请和死去的人聚会呀！我一定要去，一定要去！

他给韩涵去电话，说墓园里李子虚的墓还是衣冠冢，要不要把李子虚骨灰安放到那里？

韩涵想了想，说：本来是想等我死了，买块墓地，我们活着没在一起，死了埋在一起。你这样一说，我倒觉得我不该太自私，他和他那些熟悉的战友在一起应该比和我在一起更好。

方天楚又说：你要不要和飞虎商量一下？

韩涵说：他不都是听你的。

方天楚说：不一样啰！廉颇老矣。飞虎现在令人刮目相看，是飞三代机的航空兵师长了。我不能独断专行，凡事要问问年轻人。

韩涵说：我还有一个心愿，我希望飞虎能到场安放父亲的骨灰，安慰子虚的在天之灵。

方天楚想了想，说：这确实是个好主意，可是你设身处地地想一想，飞虎怎么能分心呢？

方飞虎十分赞同方天楚的建议，同意把父亲的遗骸安放到丹东志愿军烈士陵园，只是为不能前往而遗憾。

在方天楚和黄婉秋的陪同下，韩涵把李子虚的骨灰安放到了丹东志愿军烈士陵园，在安放仪式上宣读了方飞虎致父亲的信。

韩涵带回一个蓝花瓷瓶，那是一个女儿红酒瓶，她留下了一撮李子虚的骨灰，她把瓶子摆在床头，从此感觉有了依伴，因为这是可以触摸到李子虚的存在，她感觉此生已无憾。

方天楚常常拿着报纸自言自语：怎么字都是双影？怎么眼睛就花了呢？

黄婉秋说：你过去视力太好了，六十多岁了，自然要老花。

方天楚说：你怎么就不花呢？

黄婉秋说：我过去近视眼，现在倒看清了。

方天楚卸任后，成了孙子铁骑的玩伴。铁骑放学回来他们要聊会儿天，晚上陪着爷爷散步，早上陪爷爷慢跑，寒暑假爷爷总是带着他去机场看飞机，小小年纪，就成了航空迷，对空军的所有飞机，如数家珍。

方天楚作为航空联谊会的名誉会长，应邀担任国际抗日航空烈士纪念碑建设委员会顾问，全程参与了纪念碑修建的工作。

在抗日战争胜利五十周年这一天，隆重举行了纪念碑落成典礼。

耸立在南京紫金山北麓的南京抗日航空烈士纪念碑，主碑高十五米，两个机翼直耸蓝天，象征着展翅的雄鹰永远在蓝天翱翔。主碑的两侧是雕塑，左侧是中国和苏联的飞行员，右侧是中国和美国飞行员。英烈碑上刻着三千多名烈士的姓名和身世，他们是中国、美国、苏联和韩国在抗日战争中牺牲的航空烈士。

应邀前来参加落成典礼的有俄罗斯老战士协会主席、韩国空军前总参谋长、国民党空军退休将军、飞虎队代表，以及陈纳德的夫人陈香梅女士。

在接待飞虎队的晚宴上,有人告诉方天楚,费希尔还活着,于是他把想和费希尔取得联系的愿望,告诉了飞虎队访华团团长罗西。他曾是飞虎队飞行员,虽然八十多岁了,但精神矍铄,他听后动情地说:这是一件绝妙的好事,是从敌人到朋友、从战争到和平的有意义的事,回去后我即刻操办此事。

费希尔得到方天楚的消息后,几乎两夜没有合眼。在这之前,他奉行的是忘记过去的理念,但现在,他不得不回忆起他所经历的噩梦般的两次战争。

1997年10月,飞虎队访华团再次来中国旅游,在罗西的热心安排下,费希尔得以随团来到中国。

此时的费希尔已经是一个生意遍布全世界的成功商人,人生进入另一巅峰。

费希尔1955年被释放回国,依然服务于美国空军,越南战争爆发后,他被派往越南,但据他自己说已很少参加战斗飞行,主要负责后勤工作。越战结束,他从空军退役,返回越南办厂:从中东进口原油,在越南开办石油加工厂;从澳大利亚进口矿石,在越南开办水泥厂。赚来的钱大部分做了公益事业,抚养美国兵在越南留下的私生子,拿他的话说是还了孽债。

在已公布的资料中,费希尔在朝鲜战场上击落敌方飞机十架,和击落十四架敌方飞机、排名第四的戴维斯相差四架,排行第八,是双料王牌飞行员。

事隔四十多年,方天楚和费希尔在宾馆见面,不大的会见厅里挤满了人,原本是一场私人见面,消息不胫而走,来了很多记者。见面时,双方都不免有些紧张,这种紧张并不是源于有闪光灯和记者在场，而是敌对角色在此刻的转换。

是敬礼、握手，还是拥抱呢？

最终，双方都选择了最恰当的见面礼仪——握手。

方天楚说：我们是第二次见面了。

费希尔反应很快：是的，第一次我们是在空中见面，尽管我没有看清你的脸。

方天楚说：那第二次见面是你被俘后，你还记得吗？

费希尔摇了摇头。

方天楚帮他回忆：那天，我是房间里唯一一个穿飞行服的人，我想你应该是有印象的，当然，我没说话。

费希尔回忆了一下，说：是的，我想起来了。我那时有些紧张，不知道你们会怎么对待我。

方天楚说：说实话，我当时很生气，因为你险些打掉我的长机，但看到你负伤了，作为同行，我又有些不忍。再说我们有优待俘虏的纪律约束，我不能伤害一个没有自卫能力的人。

费希尔说：那今天我们算是第三次见面，你是一个伟大的飞行员。

方天楚摆手谦虚地说：不，我算不上伟大。

费希尔补充说：1954年，我在苏联《红星》杂志上看到介绍你的文章，才知道我是被一个十九岁的飞行员击落的，而且我知道你在喷气式飞机上只飞了不到一百小时，那时我已经飞行三千多小时，所以我说你是个伟大的飞行员。

方天楚说：和你们的空军相比，我们的空军还处在婴儿期，但我们却创造了奇迹，要说伟大是我们中国空军伟大，我们打得小心谨慎，朝鲜战争结束，我们的空军不但没少，而且迅速得到了发展和壮大。

费希尔说：从战争到和平，让我们忘记战争吧！

方天楚说：说得好！从战争到和平，从敌人到朋友，但愿世界没有战争，永远和平。我们永远是朋友。

最后，他们彼此交换了礼物。方天楚送给费希尔的礼物是他写的四个大字"展望未来"。这四个大字，他是费了一些心思的。起初，他想写"不忘过去"，但觉得不大气，不像一个共产党将军应该有的胸怀。他又想到"忘记过去"四个字，但过去怎么能忘记呢？他忘不了牺牲的战友，忘不了李子虚。所以他写了"展望未来"四个字，给人希望和期盼。费希尔赠送他的礼物是一架木制飞机模型。

费希尔对方天楚说：这就是被你击落的F-86飞机模型，是我亲手做的。

方飞虎这年到了停飞的年龄，这意味着他将回归地面生活。谁都没想到，他婉转地拒绝了升迁，接受了一个闲职——指挥所调研员。

飞行员飞过万里江山，但并没有行过万里路。停飞后，他最大的愿望就是去看看他飞过的空域下面的山川河流，近距离感受大地万物的肌理和芳香。这几乎也是所有结束飞行生涯的飞行员的愿望。

作为一个有着飞行传承和基因的飞行员，他几乎把自己的青春和热血都给了这份事业，一旦告别是很难割舍的，唯一让他感到安慰的是他把飞机安全交给了机场，把自己完好地交给了乐乐。

这些年抬头望苍穹、低头看山河的飞行生涯，让他全神贯注地投入其中，不敢有一丝懈怠。二十多年的飞行生涯，正逢中国航空高速发展阶段，改装过多款机种，但他几乎连一次飞行事故征候都没发生过，这几乎是一个奇迹。哪一个老飞没有几次惊险历程，留给他们在晚年给子孙津津乐道，可他没有。

他这辈子说起来很简单，他所有的精力，一份给了事业，一份给了爱情。飞行是他唯一的职业，乐乐是他唯一的爱人。

现在他平安落地了，他要用今生余下的时光，好好陪伴爱人，享受亲情。

第一站，他要去看看空军的摇篮东北老航校。那是父亲的起点，那里有父亲的足迹，也是他对不忘初心的理解。他们开车到最北的漠河，回头沿着当年老航校迁徙的线路走了一遍。

第二站，要去看望父亲李子虚。这些年，一直没机会去，甚至父亲骨灰安葬都没参加，内心一直愧疚。

他们在丹东志愿军烈士陵园父亲的墓前献了花，他趴在父亲的墓碑上像孩子一样痛哭，乐乐没有劝他，让他独自宣泄这么多年的思念……

方飞虎说：爸，我还是第一次来给您扫墓，您不怪我吧？尽管我和您不曾谋面，但您影响了我一生。爸，我平安降落了，今天我可以骄傲地告诉您，我二十几年的飞行像一条完美的抛物线，几乎没有瑕疵。爸，我从不相信老天保佑，也不迷信，但我还是感觉到，您在冥冥之中指引我……爸，我深深地感谢您。妈妈用一生爱您，她对您的爱超越了生死的界限，爸，您含笑九泉吧！

他们此行还有一个任务，下一站，他们要去内蒙古看方之骄。

38

过完千禧年，又一个划时代的世纪展现在人们面前。

航天、互联网科技迅猛发展。中国的军用飞机更是取得了长足发展。

世纪之初的第一个十年，方家的第三代长大成人，男孩继承了这个家庭的飞行基因，而女孩继承了乐乐的艺术基因。

方铁骑高中毕业后义无反顾报考航校，考试体检达标被招录。

方乐乐的大女儿朵朵高分被名校录取，她选择了母亲的建筑设计专业。小女儿丹丹高中毕业后，去美国留学，选择了当代艺术管理专业。朵朵和丹丹性格不同，一个内向一个外向，一个自带忧伤，一个自带喜乐。

丹丹在美国有两个熟人，一个是方天楚爷爷不打不成交的朋友费希尔，一个是李子虚爷爷的手下败将凯特将军。

丹丹到美国后，费希尔请丹丹来家里聚餐，隆重地把家人介绍给了丹丹，并特意介绍了和她在一个学校就读的孙子皮特。皮特虽然没有电影演员皮特那么夺人眼球，但他幽默快乐，还有点嬉皮士，他们成了好朋友。丹丹跟着皮特参加了各种活动，两个异国年轻人看起来毫无隔阂。双方家长都很明智，对于他们的交往保持缄默，但心里都期望他们能发展成恋人，让前辈的佳话延续。

丹丹毕业实习在佳士得，在一次拍卖会上，她突然听到有人叫她的中文名，循声望去，是凯特将军，他虽然白发苍苍，但精神矍铄。老人现在是活跃于收藏界的大藏家。部门经理看到一个中国实习生居然认识他们的大客户，就叫丹丹专门接待老凯特。从那以后，每次老凯特来拍卖会，未进大门，就高喊丹丹的名字，又寒暄又拥抱，并向熟人介绍，他和丹丹的爷爷是同行，丹丹的爷爷是一个了不起的飞行员，曾经救过他的命。以此让拍卖行重视丹丹，给足丹丹面子。

在老凯特的关照下，实习结束，丹丹得到了佳士得的聘书。

圣诞节前，丹丹说将带男朋友回国探亲，方天楚非常高兴，他的梦想终于成真，他和费希尔由敌人成为朋友，化干戈为玉帛，到了他们孙辈又结下良缘，真可谓一段佳话。

可是，丹丹带回的并不是皮特，而是另一个叫Martin的男孩，一个具有德国和荷兰血统的金发碧眼的高个子比利时男孩。

丹丹把Martin拉到爷爷身旁介绍说：这是我爷爷，也是我家的老老飞。我们家的老飞是我爸爸，小老飞是我哥哥。可惜，这次你见不到他们。

Martin按丹丹事先教的中文，毕恭毕敬地说：老老飞，您好。

方天楚被Martin逗笑了，但还是把丹丹拉到一边问：我老朋友费希尔的孙子皮特呢？

丹丹说：我们是朋友，非常遗憾，我们没有发展成恋人。

爷爷失望地问：难道皮特不好吗？

丹丹说：他太嬉皮士，也不够漂亮，这些我都无法接受。

爷爷看了看Martin，撇嘴说：这个男孩儿是够漂亮的，可漂亮又不能当饭吃。

丹丹说：看着养眼就行，干吗要当饭吃啊？

方天楚又嘟囔说：比利时……攻占北平的八国联军，朝鲜战场上的联合国军，都有比利时的份儿……

丹丹说：爷爷，不能把那些旧账算在Martin身上呀！你不是说要展望未来吗？

Martin是丹丹的同班同学，害羞，不爱讲话。班级里大多是美国同学，唯有他俩的母语不是英语。在美国的圣诞节他们都没有回家，他们彼此交换的圣诞礼物惊人相似，Martin送丹丹一本德国插画家古尔布兰生的书《童年与故乡》，丹丹送Martin的是德国卜劳恩的连环漫画集《父与子》。拆开礼物，Martin惊奇地看着丹丹：你是怎么知道这是我童年最爱的一本书？丹丹同样惊奇地看着Martin问：你是怎么知道《童年与故乡》是我童年最爱的一本书，它几乎被我翻烂了。他们不认为这是一种巧合，而是心有灵犀。于是，他们一拍即合，带着各自喜爱的两本漫画书出发了。飞机上，他们交换看着彼此童年喜欢的书，不时笑出声来。丹丹邻座的爷爷羡慕地问她：你们看到了什么？为什么这么快乐呀？丹丹说：我们在书里看到了我们彼此的童年呀！爷爷说：那是值得高兴的事，不知我能不能看到自己的童年？丹丹说，我想大概可以，不信你看看。于是把漫画书递给了爷爷。丹丹和Martin在美国的第一个圣诞节是在美丽的迈阿密度过的。

Martin发现丹丹手机的屏保是一个戴头盔的男孩，便问：你的男友吗？

丹丹说：是呀！我的中国男友。

Martin问：我呢？

丹丹说：你是我的比利时男友。

Martin问：你还有美国男友吗？

丹丹咯咯笑了，说：他是我哥哥铁骑，我们是在爷爷家一起长大的，从小他就是我的偶像。

Martin说：他喜欢开摩托车吗？

丹丹说：是的，但他更爱开飞机。

Martin 问：他是飞行员？

丹丹说：Yes, correct.

Martin 继续问：我看他戴头盔，难道他是战斗机飞行员吗？

丹丹说：这有什么奇怪的呀！在我们家，战斗机飞行员多了去了，我爷爷是老老飞，我爸爸是老飞，我哥哥自然是小老飞。

Martin 惊讶地张大嘴巴：我能见到他们吗？

丹丹说：如果你一直是我的男朋友，我想应该是有机会的。

毕业后，丹丹被佳士得聘用，Martin 也被一个艺术品保险公司聘用。

Martin 腼腆地自我介绍说：比利时很小，据我知道，没有几架战斗机，因为一起飞就到边境了。比利时只有六十公里海岸线，不像中国这样辽阔。我出生在比利时海边，读书去过德国、法国和美国。我和丹丹虽然国籍不同，但我们却有很多相同的地方，好像我们一万年前就认识一样。

方乐乐听后嘀咕道：我看你们最大的共同点是都喜欢浪迹天涯。

丹丹说：妈妈，你说对了，那真是我们的同款爱好。

Martin 喜欢打网球，还是个航空控，他喜欢这个航空世家，他安静地坐在方天楚旁边，用那双蓝色的眼睛端详着这位老人，用丹丹曾经告诉他的只言片语，拼凑想象老人家的过往。

39

铁骑是这个飞行世家孵化出来的一只雏鹰，飞行基因被注入到了他的血液里，他很小就知道，他未来注定是要飞翔的。

方天楚伏在书案上写字，他眼睛花了，喜欢写大字，半张宣纸写一个鹰,现在这个"鹰"字让他写得出神入化,似乎随时要飞起来一样。

字写到一半的时候,院子里传来摩托车的突突声,这声音让他心情大好,他收了笔,看向门口,他应该有半年没见到孙子了。

我爷呢?

屋里写字呢!

铁骑进来,站在爷爷身边,颀长健美,几乎高出爷爷一头。

他们一起看着墨迹未干的大字,爷爷问:怎么样?

铁骑心领神会地用口水把字贴到玻璃橱上,歪着头看了一会儿,说:嘿!越写越邪乎了,我看有要飞起来的意思……对了,我们师长要您的字。

我又不是正经的书法家。

可您是正经的英雄,人家要挂在作战室鼓舞士气。

那你叫他自己来。

他走不开,部队训练忙着呢!

忙好呀!

爷爷,要不要我先考考您"飞行"口诀呀?

你爷爷只是眼睛花了,脑袋还没老化迟钝,跟我聊聊你们的"飞豹"吧。

让方天楚意外的是,铁骑似乎对这个话题突然没了兴趣。

有什么好聊的,单机双人飞,后面就像有个拖油瓶。

什么拖油瓶?

师里来了批女的,飞后舱。

呃,这是上面谁想出来的花哨事?

谁知道呢?老感觉后面有只眼睛看着你的后脑勺,唉!被盯得头疼，还动不动就挑你毛病，烦死了。

我听出来了，跟我说说你又要动什么心思？

爷爷，咱爷俩说话最直截了当，我跟您直说吧，我想飞歼-10，飞最好的战机，做最牛的飞行员。

这时，只听到院子里有人喊：铁骑回来了吗？

接着，方飞虎和方乐乐进来了。

方天楚显然不满意有人打断他和孙子的对话，抱怨道：你们耳朵挺长呀！

方飞虎说：听说铁骑要当大队长了，我们能不回来祝贺吗？

方天楚瞥了孙子一眼，说：人家要去飞歼-10。

方飞虎说：有志气，歼-10目前是我国自主研制的四代战机，你飞"飞豹"两年了，可改装歼-10要从头来呀！不想当大队长了？

铁骑说：不当就不当，歼-10对我的吸引力远远大于大队长，我对当官没兴趣。

方飞虎说：硬气！可这事没那么简单，不是你自己说了算的。

铁骑说：不争取怎么知道行不行，事在人为。爷爷要帮我说句话，铁骑不会给爷爷丢脸。

方天楚想了想，说：这要看你们师长放不放你。

看来有门，铁骑高兴地说：人家要您的字呀！

方天楚说：看来你们已经谈好交易了，但这事还是要走组织程序的。

铁骑说：我回去就打报告。

方飞虎神秘地小声问铁骑：我听说郑爽那姑娘在追你。

铁骑说：这事都传到您耳朵里了？还真不是空穴来风，看来不是我走就是她走。

方天楚问：你们嘀咕什么呢？这又是哪个姑娘？

方飞虎说：他后舱的那个姑娘。

方天楚说：瞎胡闹，方便倒方便，但哪有前后舱谈恋爱的。

方飞虎说：铁骑呀，你要权衡一下，去飞歼-10，大队长没了，姑娘可能也飞了。

铁骑笑了笑，说：姑父，我要向您学习，感情这东西就像酿酒，越酿越浓呀！这一点您是有切身体会的。

方乐乐说：别没大没小的。

方飞虎红着脸说：敢调侃你姑父了，你师长可是我徒弟。

铁骑突然一脸严肃地说：无论如何我要争取一把，为此我已经准备半年了，我想好了，为了飞歼-10，什么都可以不要。

方天楚看着孙子，满意地笑了。

铁骑到了歼-10部队，飞上了心爱的战机，如虎添翼。对于喜欢挑战和刺激的他来说，还是要兢兢业业从头开始，他提前做过功课，所以对于海量数据可以很快消化。无论是身体的敏捷还是大脑的记忆力，从小就受到过爷爷的精心调教。他无疑是个飞行天才，对他来说，飞行的快乐是一种基因，流淌在他的血液里。他自信自己就是这款战机的绝配，他不会愧对它，他要飞出它该有的峰值。

歼-10不但是现役战机中最优秀的战机，而且机载雷达、火控系统以及座舱显示在装备过程中一直不断改进完善。歼-10不但有着酷炫矫健的身姿，关键它是一款空中对抗博弈的战机，对于铁骑来说，它是一款有资格参加航空兵部队最高水准比武的战机，他对那顶金光闪闪的"金头盔"充满渴望，它是空中对抗获胜者的荣誉，也是对战斗机飞行员的最高奖赏。

"金头盔"奖于2011年开始设立，是模仿实战的空中对抗性质的竞赛，接近实战，是几乎没有限制的自由空战。

铁骑经过四季苦练，一年后获得空军对抗空战竞赛"金头盔"，第二年成为蝉联"金头盔"的王牌飞行员。

这年正月十五，铁骑约郑爽回家看爷爷，自然也约了妹妹丹丹，说想见见她的洋男友。他们有几年没见了。

丹丹果然带着Martin回来了。

朵朵到杭州韩涵奶奶那里过年，刚回来。朵朵话少，自带一种忧伤的气质。

丹丹把铁骑哥哥拉到Martin跟前说：这就是我手机里的屏保男，我们家的小老飞方铁骑。

都说隔代亲，看着自己一手栽培的孙子回来，方天楚毫不掩饰满脸的喜爱。他指着铁骑不无骄傲地向Martin介绍说：这是我孙子，我们家的第三代飞行员，飞的是目前最好的国产战机。

丹丹说：你们看爷爷的眼神呀，像炫耀他的艺术品一样。

铁骑和Martin握手。为了显示一下自己的语言天赋，铁骑和Martin熟练地飙了几句英文。

铁骑发型很酷，两鬓短当中高，两人个头相差不多。

Martin看着铁骑，掩饰不住一脸的仰慕。

方天楚端详着爱孙，笑呵呵地问：现在的飞行员都理你这种发型吗？大公鸡似的，有什么好看的？哪有我们那时清一色的三七开好看，那时人家都叫我们"分头大队"。

铁骑对爷爷说：我这叫动感飞机头，很一般，还有迎风背头、中式寸头、郭德纲头。

丹丹说：一堆光榔头混在一起，没准还有同性恋呢！

铁骑看着郑爽说：我取向明确，完全没有同性恋倾向。这个郑爽可以作证。

郑爽体形高挑匀称，短发，一双乌黑的大眼睛像有光束射出。

丹丹看着郑爽扑哧笑了，说：难怪我哥后脑勺疼，你的眼睛又亮又锋利。

铁骑怕郑爽尴尬，马上解释说：丹丹的意思是说你的眼睛会放电。

没想到郑爽大方地揭铁骑的老底：我们第一次在机场见面，你哥就向我抛媚眼。

话少的朵朵突然冒出一句：开着"飞豹"谈恋爱，好有高级感呦！

丹丹嘲讽道：是呀，空前绝后。我现在知道了，你们要是不谈恋爱，领导大概也不会把你们分开。我铁骑哥是双赢，不，是三赢，既得到了美女，又飞上了歼-10，还拿到了"金头盔"。

Martin 看着铁骑问：什么叫"金头盔"？

铁骑说：先进的战机加飞行员精湛的技能在无限制的自由空战中的获胜者。

方天楚说：不错，人的因素是至关重要的。抗美援朝时期，我们飞机少，飞行技术也不行，但我们不怕死，敢于拼刺刀，也打下了不少敌机。解放后打美蒋的 P2V，我们的飞机不行，但人行呀！我们发挥主观能动性，想了很多土办法，打下多架 P2V，结束了美蒋飞机进犯大陆的历史。这说明什么？永远不要忽略人的因素。

Martin 感觉好奇，他问丹丹：你们家算下来就有五个飞行员，中国到底有多少飞行员啊?

一旁的朵朵说:你问这些干什么?当心把你当间谍。

丹丹马上心疼地说:姐姐你不要吓唬 Martin 好吗!

朵朵笑了。

朵朵的毕业作品,是为新区设计的一个美术馆,居然中标。美术馆建造已见雏形,朵朵带丹丹和 Martin 前去参观,这个具有人文景观的美术馆很得 Martin 喜爱,他对丹丹说:等美术馆落成,我们在这里办个首展吧!

丹丹不解:办什么展呀?你又异想天开了?

Martin 没有把他的想法告诉丹丹。

Martin 和丹丹回美国后双双辞掉了工作,在美国开办了自己的画廊,推介和展览当代艺术作品。

丹丹第一次去比利时,是去参加 Martin 父亲的葬礼。葬礼上丹丹第一次见到 Martin 的妈妈,一位栗色头发面容姣好的女人。大厅里布满鲜花,散发着淡淡的香味,家人和朋友轻声交谈,葬礼从始至终没有哭泣。

葬礼结束,Martin 妈妈告诉丹丹:在 Martin 很小的时候,他父亲就离开了我们。

Martin 和丹丹很少谈及家事,于是,丹丹一直把他当成一个无家可归的人。

她笑了笑,继续说:他是搞艺术的,离不开女人。可是他生病后,身边的女人都走了。

丹丹随 Martin 回比利时才知道,Martin 的父亲是比利时著名收藏家,收藏的当代艺术作品种类庞杂繁多。经过和 Martin 妈妈的商量,他们决定把 Martin 爸爸的藏品在中国展出。委托丹丹做策展人，运输和保险由 Martin 负责。展览馆就选在朵朵设计的新区美术馆。

Martin 父亲藏品展如期在美术馆开展。

Martin 父亲不但是藏家，而且热衷扶持年轻的具有才华的艺术家，他的很多藏品是他早期扶持帮助过的艺术家作品，如今这些艺术家已是大师级艺术家了。

展览吸引了国内很多专业人士，使一个刚开馆的区级美术馆名声大噪。

方天楚听后，没头没脑地说：嚄，我们一个飞行世家，居然出了两个玩艺术品的行家。

黄婉秋附和道：儿孙自有儿孙福，你别想人家都走你的路。

40

北方一直是方飞虎魂牵梦绕的地方，退休后，他和乐乐开车出发了。

一路上，车里几乎只播放《我爱祖国的蓝天》一首歌。

他喜欢飙车，如果没有限速，他通常时速会开到一百二十公里以上。

乐乐提醒他：你这是出来享受速度带来的快感吗？

方飞虎说：和飞行比起来，这种低速有什么快感可言？

乐乐说：我听爸爸说，抗美援朝时美军指挥官沃克是个飞行疯子，每天平均在战区飞行三四个小时，你以为他死于空难吗？

方飞虎说：我知道他死于车祸。

乐乐说：我只是提醒你而已，能换首歌听听吗？

第一站到丹东志愿军烈士陵园看父亲,一晃又十多年过去了,他已经年过六十,而照片上的父亲依然那么年轻,永远定格在了二十六岁。端详着父亲纯净英俊的面庞,他不免伤心,大好的年华他都没来得及享受。烈士陵园里有太多如父亲一样年轻的面庞了。

离开烈士陵园,他们又去了浪头、小孤山和大堡机场。

大堡机场是父亲战斗时间最长的机场,父亲就是从这里起飞,从此再没回来。

此时,大堡机场已经撤防。跑道像沉睡了一样,野草在六边形水泥块的缝隙恣意生长。飞机远去,峥嵘不再,西风掠过,只剩衰草。

方飞虎蹲下身子,用手抚摸着那些六边形的跑道砖,想象着父辈飞机的起落架在此掠过,忧伤而又亲切……

他也为跑道伤心,那些飞机,那些汽车,那些喧嚣,那些人,都快闪到哪里去了呢?

方飞虎呆呆地站在跑道中央,四周都是山,远的山,近的山,高的山,矮的山,父亲当年就是在这里飞跃山脉向南出航的……

他凝神望向远方……机场突然喧腾起来,天空绚烂,一架架飞机离开停机坪,排队起飞,天空中出现了银色的机群,辅道上车水马龙,一片繁忙……他看到一群穿着咖啡色毛领飞行服的人,笑呵呵地向他走来,他们是那么年轻威武,他竟然认出了他的父亲,白皙的面庞,忧伤的眼神,坚挺的鼻子,三七开的分头一丝不乱……

乐乐说:虎子哥,你怎么了?

方飞虎说:噢,我看到他了。

乐乐四处张望,问:谁呀?

方飞虎说：父亲。

然后，他站在父亲曾经起飞和降落的跑道上，哭了……

乐乐从后面搂着方飞虎，把头靠在他的背上，随他无声流泪。

离开跑道，他们向营区走去，他们想去看看父亲住过的营房。

从前立功受奖和看戏的礼堂，已经成了养鸡场。他们围着走了一圈，想象着他们的父亲打下敌机后在此领奖的情景，不免有些心酸。

食堂的大门紧锁，外面是一个堆放废品的垃圾场。

再往里走，有八栋红砖砌成的两层楼，这大概就是后建的飞行员宿舍。篮球场的水泥地已经龟裂，锻炼器械早已没了踪影。楼前的树木高大，大概多年没人修剪，东倒西歪，恣意生长。楼房的门窗都已不见，楼梯扶手残破不全。

方飞虎小心地走上楼梯，二楼是一间间刷着绿色墙围的宿舍，墙上隐约可见红色仿宋体标语。所有房间都像被洗劫了一样空荡荡的……

喂，你们哪儿来的？在这转悠什么？这时只听楼下有人大声喊叫。

乐乐说：喊我们呢，快下去吧！

方飞虎探出头往下看了看，转身就往下跑，乐乐不知怎么回事也跟着下了楼，就听方飞虎在楼下喊：见鬼了，你怎么在这里？

那人说：见鬼了，你怎么在这里？

乐乐一看，惊喜地说：哥，你在跟踪我们吧？

方之骄说：我跟踪你们干吗？我哪有时间！

乐乐问：你怎么在这儿？

方之骄不说话，扭头转身示意他们跟他走。

乐乐问：哥，这几年你都去哪儿了？

方之骄说：我一直在这儿。

乐乐说：在这儿……在这儿干什么？

方之骄说：驻防呀！

乐乐问：部队早走了，谁叫你驻防呀？

方之骄说：没人叫我……只是我自己需要。

乐乐问：就你一个人？

方之骄说：人多着呢！

乐乐四处看了看，除了鸟鸣，不见一个人。

乐乐问：降央卓玛来了吗？

方之骄说：她呀……一直不肯原谅我。

此时，他们来到了一排红砖旧平房前，看上去门窗齐全，显然经过整修。平房当中的门楣上挂着一块木板，木板上有几个红字：大堡机场红色基地。

方之骄指着牌子不无得意地说：就凭这块牌子，就凭这几个红字，就没人敢不让我驻防。

走进去，当中的一间是接待室，厚实的木桌，长条木凳，墙上密密麻麻签着人名。方之骄递给他们一支笔，叫他们也签了名。

乐乐问：这些都是来过这里的人吗？

方之骄得意地说：是。

乐乐惊喜地看到了一些熟人的名字：金飞飞？是金子跃叔叔的儿子吗？听说他转业后留在了新疆民航局。

是的，他上次来，带给了我一个珍贵宝贝。

不会是和田玉吧？

那算什么，有钱能买到的东西不算宝贝，他送我的东西多少

287

钱都买不来。

方之骄一边说一边带他们走进了左边的陈列室，只见墙上挂满了照片和文字，玻璃柜里是陈列品，有书信、日记本、飞行图板、飞行图囊、飞行笔记、飞行手册、飞行服、飞行靴、头盔、杯子、毛毯和各种奖章。

方之骄拿起一个理发推子，说：你们看，这是什么？

谁不认识，手动理发推子呀！

这可是一把比你我都有阅历的推子，比我们年龄还大，我们的父亲，方天楚和李子虚的头它都理过。用它理过头的人，有些死了，有些还活着。他是吴宇航牺牲前用过的推子，后来金子跃叔叔接了班，继续用它理发……金飞飞前几年用一个德国自动剃须刀和他爸换，金叔叔不给，后来说要捐给大堡机场陈列馆永久保留，他才同意交换，为此老头还哭了一场……这里还有许多这样的珍贵物品，很多物品的主人都不在了，是他们子女捐给我的。

左边两间是宿舍，一间是客房，一间是方之骄的卧室。

走到院子里，方飞虎问：这里就你一个人？

方之骄说：人多着呢？

方飞虎下意识地四处看了看。

一阵风刮过，院子里几棵高大的杨树哗哗作响。

方之骄看着那些白花花闪动的树叶说：活着的人和死去的人都有……我会带他们四处走走。

方飞虎问：都是什么人？

方之骄说：前两年还有些老人来，那些在这里工作过的飞行员、地勤人员、场站人员，这两年来得少了，估计也走不动了，但他们的子女却越来越多了。为此，我搞了个大堡机场子女网，帮他们寻人，找战友，找同学，转发信息和照片，发表回忆文章，征集飞行员的物品，有时也组织些活动……去年，山东临沂农村来了一位大姐，带着父亲的烈士证书和仅有的一张照片，让我帮她找父亲的战友。她说她出生不久父亲就牺牲了，母亲不识字，一直在农村，关于父亲的事知之甚少，她一直有个心愿，想知道父亲是怎样的人，他是怎么牺牲的……我把她父亲唯一的照片发到了大堡机场子女网，很快就有人见到了，马上发了一些她父亲和战友的照片。后来，她一一拜访了父亲还健在的战友，听他们讲了她父亲的往事……

方飞虎说：你做了件有意义的事。

乐乐说：看来你还挺忙的。

方之骄说：是呀，从来没这么忙过……我带你们走走吧！

机场的边界已经模糊，侵入一些与之违和的东西。每年春天，飞机跑道两边的野草，疯狂地向跑道中央侵蚀，但跑道年年顽强地抵抗，终是保住了阵地。将来就说不好了，沧海桑田，时间终究要改变一切。

荒草丛生的机窝和洞穴机库依然可见，没了飞机没了轰鸣声的机场成了一个巨大的遗址，大雁在空中盘旋，呱呱叫着，仿佛在庆祝它们失而复得的领空。

三个人仰头看那些飞鸟，久久地看着……

然后，他们登上了一座小山。方之骄指着小山南面一座废弃的房子说：那里原来是气象台。又指着小山的北面说：大堡机场牺牲的二十三位烈士，包括你父亲李子虚和吴宇航原来就葬在那里。他们的墓碑虽然被移走了，但我知道他们的灵魂没走，一直在这个废弃的机场游荡盘桓。我整天和这些人的灵魂在一起，和他们聊天，告诉他们这个世界每天的变化。我也会把他们子孙的事情及时告诉他们。我要服务这么多人，我整天忙着呢！

他们站在小山上向下望，看着这里的跑道、机窝、老房子，甚至碧空、远山，听着疾风萧萧掠过，不免肃然起敬，因为它们见证过父辈的英勇无畏和牺牲。

乐乐说：哥，难道你想永远在这里吗？

方之骄说：外面的人都在往前走，而我在往后走，外面不需要我，只有这里的人们需要我。我已经想好了，我死了就埋在小山上，如果不让埋，就叫铁骑把我的骨灰撒在小山上。

乐乐试探着问：你和铁骑常联系吧？

方之骄说：那小子来过了，看到他今天的样子，我什么遗憾都没有了。他来时我也像带你们这样，带他四处走了走。但我知道，他往前走，我往后走，我和他永远走不到一起了。

乐乐说：你不想回家看看爸爸吗？你还生他气吗？

方之骄看着远方，良久，摇了摇头。

尾　声

方天楚老而不闲，尽管视力越来越模糊，不再看碑帖，也不读古诗，但每天磨墨挥毫，笔力不减，仿佛进入了一个自由王国，嘴里念念有词，写的字越来越草，越来越大，越来越逍遥，最后几乎没人能看懂了。

各种书法展览来向他约稿，看了他的字，不认识，为了避免尴尬，只好说：呵呵，老英雄的字，真是力拔山兮气盖世呀……

最终，他们还是在他的旧纸堆里找了些陈货拿走了。

他越写越沉迷，越写越多，但却无人问津了。他常常看着那些大字，对黄婉秋说：我死了，这些字都给我带走，到那边，我要用它换饭吃。

黄婉秋嘀咕：这边人看不懂，那边人就看得懂了？

除此之外，他最开心的事是和孙子视频。过去爷爷教给铁骑的飞行游戏，现在他经常叫爷爷玩。这次叫爷爷背飞机参数，下次让爷爷盲摸机舱内舵、杆、手柄、仪表、电门、罗盘、地平仪的位置，有时还让爷爷手脚并用，模拟全套飞机起飞动作程序。从前的霸道爷爷现在言听计从，而且非常在乎自己的成绩和得分。这些游戏仿佛让方天楚又回到了那些开飞机的好日子。

这时，黄婉秋总会在一旁感叹：过去是老头子训练孙子，现在是孙子训练老头子。

一天，铁骑兴奋地告诉爷爷：我们去南海巡航了。

方天楚说：爷爷为你自豪啊！

爷爷，今非昔比，我们这一代赶上了好时候，飞机腿长，升限大，一飞就四五千公里，而且还可以空中加油续航。

方铁骑没有辜负爷爷的栽培，热爱飞行，渴望飞翔，从国产歼-10飞到国产歼-20，从飞四代机进入了飞五代机的行列，用青春实现了父辈和祖辈的梦想。

凌霄花盛开的这个季节，是方天楚的生日。

一早，铁骑跟爷爷视频，方天楚主动说：小子，咱们今天做什么游戏呀？

铁骑大笑说：爷爷您学会抢答了，好吧，今天来点简单的。洞拐间隔飞行太久，今天开始恢复飞行，座舱实习，请洞拐把起飞程序盲背一遍。

只见方天楚略一沉思便开始了：右上五下一，左上全打齐，关电台，看电压，推油门，按双发……

铁骑听完，严肃地问：再想想，有没有错忘漏。

方天楚自信地说：这玩意儿背了几十年了，不可能发生错忘漏。

铁骑说：洞拐，您忘掉了最后关键的跳伞逃逸拉环。

方天楚哈哈大笑，自豪并慨然地说：你爷爷的飞行生涯里没有这个开关。

铁骑为爷爷鼓掌，大声说：五分，洞拐今天成绩优异。没的说，爷爷的头脑杠杠的。

铁骑还告诉爷爷：我爸爸把我妈妈接到东北了，您儿子方之骄终于知道认错了，他们春季一起回来看您。

这天，韩涵、方飞虎、乐乐和朵朵都来了。丹丹和Martin带着他们出生不久的孩子也从美国回来了。现在，方天楚叫Martin小马，叫他的儿子小小马。

方天楚抱着重孙子说：我们和西方的贸易没谈成，丹丹和Martin的恋爱却谈成了，还结出了硕果，好啊好啊！下次回来太爷爷教你打地转。

蓝眼睛的小小马到了这个家一点不见生，谁逗跟谁笑。

朵朵接过小小马，笑着说：我们家就要有个双国籍小老外飞行员喽！

丹丹说：我喜欢看Martin打网球，希望将来坐在满场俊男靓女的观众席看小小马打大满贯。

方天楚这天高兴，带着他的孙辈朵朵、丹丹和Martin去他的书房，看他写字，边写边自嘲：唉，现在没人稀罕我的字喽！

Martin 却在一旁看得着迷。

丹丹问：Martin，你喜欢老老飞的字吗？

Martin 点了点头。

丹丹问：Why?

Martin 说：It's like flying.

朵朵说：老老飞终于有知音了。

Martin 认真地说：难道老老飞的书法不是当代艺术吗？

丹丹说：Martin，我们给老老飞策划个展览怎样？

朵朵说：好呀，我来负责找展厅。

除了 Martin 是认真的，朵朵和丹丹其实是在哄老老飞开心。他们没想到，方天楚竟然很受用。

丹丹说：爷爷，那就给您的展览命名吧！

方天楚想了想，说：鹰。

丹丹拍手说：当代艺术展——鹰，太酷了。

夏季，凌霄花爬满了院墙，开得铺天盖地，它的藤蔓盘根错节，又粗又壮。方天楚不是个喜欢花花草草的人，但凌霄花却让他热爱了一生。如今，他依然能从盛开的花丛中，追溯到遥远时光中那个北方清晨日出的颜色。

图书在版编目（CIP）数据

老飞 / 刘迪著. -- 上海：上海文艺出版社，2025.
ISBN 978-7-5321-9277-9
Ⅰ．I247.5
中国国家版本馆CIP数据核字第2025HY4520号

本书为上海文化发展基金会2025年度第一期文艺创作资助项目

责任编辑：张诗扬　景柯庆
封面设计：山川制本workshop
内文制作：艺　美

书　　名：老　飞
作　　者：刘　迪
出　　版：上海世纪出版集团　上海文艺出版社
地　　址：上海市闵行区号景路159弄A座2楼　201101
发　　行：上海文艺出版社发行中心
　　　　　上海市闵行区号景路159弄A座2楼206室　201101　www.ewen.co
印　　刷：浙江中恒世纪印务有限公司
开　　本：1240×890　1/32
印　　张：9.375
字　　数：210,000
印　　次：2025年8月第1版　2025年8月第1次印刷
Ｉ Ｓ Ｂ Ｎ：978-7-5321-9277-9/I.7277
定　　价：58.00元
告　读　者：如发现本书有质量问题请与印刷厂质量科联系　T:0571-88855633